# 一杯哲学的茶

罗海 ◆ 著

中国出版集团

现代出版社

**图书在版编目（CIP）数据**

一杯哲学的茶 / 罗海著. -- 北京 ：现代出版社，2017.2（2023.7重印）
ISBN 978-7-5143-5430-0

Ⅰ．①一… Ⅱ．①罗… Ⅲ．①散文集－中国－当代
Ⅳ．①I267

中国版本图书馆CIP数据核字(2017)第031762号

# 一杯哲学的茶

| | | |
|---|---|---|
| 作　　者 | 罗　海 | |
| 责任编辑 | 李　鹏 | |
| 出版发行 | 现代出版社 | |
| 地　　址 | 北京市安定门外安华里504号 | |
| 邮政编码 | 100011 | |
| 电　　话 | 010-64267325 010-64245264（兼传真） | |
| 网　　址 | www.1980xd.com | |
| 电子邮箱 | xiandai@vip.sina.com | |
| 印　　刷 | 三河市京兰印务有限公司 | |
| 开　　本 | 710×1000　　1/16 | |
| 印　　张 | 20 | |
| 字　　数 | 325千字 | |
| 版　　次 | 2017年2月第1版　　2023年7月第3次印刷 | |
| 书　　号 | ISBN 978-7-5143-5430-0 | |
| 定　　价 | 59.80元 | |

# 自　序

　　这本书所选的文字全部来自我发表在各种报纸副刊上的文章。它们篇幅短小，容易读。

　　为选这些文字我第一次认真做了一个统计，发现不知不觉间，这些年我在约二百家报纸刊物发表过文章。我觉得我实在有必要把这些发表过我文章的报纸名字记下来，作为纪念，也以此表达对它们的感谢和感激之情。它们是：

## 国家及省级报纸

　　1.《中国化工报》；2.《中国妇女报》；3.《中国建材报》；4.《中国税务报》；5.《中国审计报》；6.《中国老年报》；7.《中国城乡金融报》；8.《中国旅游报》；9.《农民日报》；10.《副刊选萃》；11.《联谊报》；12.《团结报》；13.《人民权利报》；14.《图书馆报》；15.《藏书报》；16.《湖北日报》；17.《宁夏日报》；18.《甘肃日报》；19.《新华日报》；20.《大众日报》；21.《广州日报》；22.《青年参考》；23.《山西晚报》；24.《作文周刊》；25.《教育导报》；26.《齐鲁晚报》；27.《新晚报》；28.《教师报》；29.《生活新报》；30.《扬子晚报》；31.《春城晚报》；32.《深圳商报》；33.《四川政协报》；34.《华东旅游报》；35.《每日新报》；36.《湖南工人报》；37.《新民晚报》；38.《上海老年报》；39.《平安时报》；40.《老年报》；41.《新绿报》；42.《现代金报》；43.《重庆日报》；44.《成都晚报》；45.《广西日报》；46.《广西政协报》；47.《广西工商报》；48.《广西政法报》；49.《广西国土资源报》；50.《广西民族报》；51.《广西电力报》；52.《广西交通安全报》；53.《广西工人报》；54.《广西煤矿工人报》；55.《广西文艺报》；56.《广西广播电视报》；57.《广西法制报》；58.《广西教育

报》；59.《南国早报》；60.《公安时报》；61.《法治快报》；62.《地质矿产报》；63.《南国今报》。

**地市级报纸**

64.《柳州日报》；65.《柳州晚报》；66.《北海日报》；67.《北海晚报》；68.《桂林日报》；69.《桂林晚报》；70.《茂名日报》；71.《茂名晚报》；72.《苏州日报》；73.《姑苏晚报》；74.《马鞍山日报》；75.《皖江晚报》；76.《右江日报》；77.《左江日报》；78.《桂中日报》；79.《来宾日报》；80.《锦州日报》；81.《桂东日报》；82.《湘潭日报》；83.《楚雄日报》；84.《南通日报》；85.《大同日报》；86.《舟山日报》；87.《梧州日报》；88.《南宁日报》；89.《漓江日报》；90.《潮州日报》；91.《四平日报》；92.《联合日报》；93.《河池日报》；94.《钦州日报》；95.《汕尾日报》；96.《宣城日报》；97.《江阴日报》；98.《扬州日报》；99.《十堰日报》；100.《德阳日报》；101.《襄樊日报》；102.《聊城日报》；103.《江城日报》；104.《常熟日报》；105.《长白山日报》；106.《金昌日报》；107.《遵义日报》；108.《锦州日报》；109.《定西日报》；110.《阳江日报》；111.《贺州日报》；112.《酒泉日报》；113.《番禺日报》；114.《黔东南日报》；115.《贵港日报》；116.《郑州晚报》；117.《郑州日报》；118.《凯里晚报》；119.《苍梧晚报》；120.《泉州晚报》；121.《处州晚报》；122.《玉林晚报》；123.《牛城晚报》；124.《合肥晚报》；125.《厦门晚报》；126.《恩施晚报》；127.《浔阳晚报》；128.《武汉晚报》；129.《大江晚报》；130.《银川晚报》；131.《东方新报》；132.《桂中乡情报》；133.《长江烟草报》；134.《中学生学习报》；135.《皖东晨刊》；136.《阿克苏报》；137.《石油管道报》；138.《半岛晨报》；139.《柳州铁道报》；140.《南宁铁道报》；141.《环境与发展报》；142.《华矿安全报》；143.《西江都市报》。

# 目录 CONTENTS

# 诉说和倾听

　　网友"凝固的音乐"有点像个哲学家，在论坛里他写道，对别人述说自己，这是一种天性；认真对待别人的叙说，这是一种教养。读完了，我几乎要被他引入沉思。

　　在电视剧《剑谍》里方滔说，你不问我我说什么？听他说完，很想大笑。有一句俗话叫"一棍子打不出一个闷屁"，大概形容的就是方滔这种人。你问一句，他答一句；你不问，他可以做到整天一句话都不说，仿佛在这个世上根本没存在。

　　这种人是可爱的，他的可爱之处是，他不会打扰你的生活；这种人有时也有点恐怖，他的恐怖之处是，他有时给人幽灵般的感觉。

　　不过在我看来，可爱之处远比恐怖之处多很多。所以做这种人，还是值得肯定和表扬。

　　可是，现在这种人差不多已经成了"珍稀动物"，你很难找到。更多的人就是那种"叙说是一种天性"的人，经常喋喋不休，有人的时候喋喋不休，没人的时候自说自话，反正嘴巴不闲着。你如果反感他说话太多，他还振振有词，反驳你：人生了嘴巴就是用来说话的呀！搞得你无可奈何。

　　我的一位远房表哥就是这样，后来弄得熟人见了他，就要远远地躲开他。再后来，天可怜见，他竟然当上了领导！从此喋喋不休总会有很多听众，再不怕没人听了。

　　张爱玲曾说如果你要使你的讲话不缺乏听众，你就去当老师。我发现她说得不够到位。不管古今，无论中外，如果你要使你的讲话不缺乏听众，你最佳的选择是尽快去当领导。

在人面前讲话我能做到，但是自说自话我却做不到。看电视的时候，见电视里别人自言自语，觉得很有趣。能够自言自语，认真想也算做人的一个高尚品质，他有话说话，坦诚；他不烦人，明智。我也曾想学学喃喃自语，可是，最后做不到，感到自说自话特乏味，还是宁愿选择没人的时候唱唱歌。在没人而深感无聊的时候唱唱歌，或者小声哼哼，或者放声歌唱，倒着实能调剂自己的情趣。也算一种享受，有那么一点轻松而美好的感觉。

我想做一个什么样的人？嗯，我想做一个该说话就能够说话，并且还能够说得滔滔不绝，头头是道；不该说话的时候能够赶紧紧闭鸟嘴，沉默沉默再沉默的人。如果能够做到这样的人，我会很佩服。我自己也许不总能够做到该说话时说话，但经常沉默我还是能做到。这点可以令自己稍感欣慰。

这个世界是如此浮躁而喧嚣，首先是浮躁，结果必然喧嚣。都抢着说话，所以正如"凝固的音乐"说的，能够认真倾听别人的说话，就成了一种有教养的表现。

我的一位朋友他就体现出了这种教养，他倾听别人的说话时，每次都显得那么真诚那么投入。我很佩服。因为我很多时候做不到。

我更佩服我的另外一个同学。也许我们可以能够容忍一个陌生人的唠叨，但我们很少有人能够容忍熟人特别是亲人的唠叨。我这位同学例外。他的母亲是一个总喜欢絮絮叨叨不停说道的老人。有好多次我在一旁都忍耐不住，十分不耐烦听了，而我这位同学每次都始终笑眯眯坐在唠叨的母亲边上，仰着脸倾听着母亲的絮叨，仿佛总是没听够。

很多年以后，我再回忆起这幕情景，意外地感到分外温暖和温馨。强烈地渴望着自己也能有这样一天，能这么坐在母亲身旁，静心静气地倾听母亲也许同样没有休止的絮叨！遗憾的是我的母亲不爱唠叨，说话总是简洁。

在这一天，我才知道，能认真地倾听别人说话，其实不仅是一种教养，更是因为一颗爱心和对拥有的珍惜。

（《南国今报》，2010 年 1 月 19 日第 32 版，编辑：韦巍）

## 添筷不添菜

　　俺家乡有句俗话："添筷不添菜。"就是说，你家在开饭的时候，或者正抬眼渴望着桌上的饭菜准备饕餮开吃，或者已经狼吞虎咽着了，这时，巧巧的，有客人来访也好、来蹭饭也罢，统统高高兴兴热情招呼，统一地安排各位就近入座。坐好了，起身给各位添双筷子，就尽了地主之谊，算是把你客人的肚子给招呼好了。哪位客人谁要幻想主人这时因为你大驾莅临了，特地捋手捋脚再动干戈，下厨去为你炒俩小菜招待你下二两小酒，那你一定要失望，没门的。而俺们村的人，去别人家做客一般也全不做这非分之想。赶上有一碗残汤剩饭，估摸着能填饱了肚子，就觉着这一趟算没白来了。

　　小时候俺最高兴的是有客人来。但是，如果在开饭前，早早地客人就来了，像是光来等开饭，父母表面上不显颜色，内心是不高兴的。这点客人一般不知道，只有我知道。我揣测父母的不高兴，原因是按咱村的风俗，客人这么早来了，主人就得格外地准备下些菜肴，少不得要去村头卖猪肉的张屠夫家，特别地割下半斤猪头肉来。而父母暗中心里头实在是很心痛就这么失去了半斤猪头肉钱的呀！俺在上学以后，轻易不敢请同学来家吃饭，有时受了同学的吃请，无法不回请，就磨磨蹭蹭的，瞅准了母亲把饭菜已做好了，最好是刚刚把饭菜端上了桌了，正冒着诱惑人的热腾腾香气，等着人吞食呢，赶紧地把同学请了家来。这时，父母看见同学来了，也许是添筷不添菜的缘故，心情没负担了，会真实地热诚高兴，把同学招待得十分熨帖亲切，让同学都受宠若惊。俺看着，在一旁笑，脸上很光彩。

一九八四年的时候，当然这是说的二十世纪八十年代了，父母离开了乡村泥土，来到了城里。那会儿俺正高中毕业，大学没考上。大学没考上的原因，那会儿俺是全怪父母，中学分科时，俺对父母说俺要读文科，俺文科不说在年级里数一数二，要考上个把大学，俺觉得还是有点儿把握吧。不想，父母尤其父亲死命不同意，他说只准学理科，学好数理化走遍天下都不怕；他又说，学文科干吗？到时像公社里某某光晓得耍嘴皮子呀！父亲最看不起或者说最痛恨的就是耍嘴皮子的人了。母亲就在一旁帮腔。而文科理科父母都想到了，就是没想到大学不是俺家开的耶，不是你想学就能进大学学的！结果，俺把理科考得一塌糊涂一败涂地。不单没考上大学，连县里办的中专都上不了。成绩下来，俺整天就对父母尤其是父亲完全发扬了从鲁迅那里学来的风格，横眉冷对！那一阵父母每见着俺，是不敢说话的，一脸讪讪地耷拉着头。他们这样俺还不解气，天天地邀了同学来家开饭做客，心里想着用这样来报复报复父母。父母知道如此，奇怪的是好像并不很心疼买猪头肉的钱了，咱和同学在房里聊天，他们就忙里忙外准备着尽可能好地招待咱的各路同学。现在想来，第一，如果俺如愿考了文科，就准能考上？还是同样的话：大学又不是你家开的；第二，那样对待父母也太过分了。想明白以后，咱现在的心很是惭愧。

不久俺进了城市工厂打工，俺原以为"添筷不添菜"是俺小地方风俗，到了厂里才知道，在集体宿舍生活，城里的这些单身汉竟然全精通这个礼，而且不但心领神会，更是运用自如。谁请客了，或者准备开席了，或者已然吃着了，就手叉着腰扬起脖子打电话给某某某，说老兄在某某处俺特专请你开饭局，快来吧！听的人也明白怎么回事，但不说破，乐颠乐颠赶了来，见了一桌人，拿了筷坐下，说俺就知你小子不地道，会对俺有那好事，光嘴上抹油啊！说罢哈哈笑着，端起酒杯大口喝酒。

有人说中国人喜欢虚设的大方，这算不算呢？

（《重庆日报》，2011 年 6 月 3 日第 14 版，编辑：吴秀萍）

# 一只争取民主的狗

我们家养了三只狗，一只叫笨狗，一只叫花花，一只叫猪头。

笨狗是一只已经长大成形的土狗。说它笨，其实不笨，透着许多灵性，叫它守老鼠洞捉老鼠，它会一整夜地坚持着自己的职守，直到老鼠耐不住寂寞、耐不住饥渴终于从洞里跑了出来，然后被守株待兔的笨狗一口逮着。有人讲：狗咬耗子多管闲事。这也难怪，讲这句话的人据说是属耗子的。狗咬耗子并不是多管闲事，做好了自己看家护院的工作，然后发挥余热，帮着老猫小猫结成统一战线咬咬耗子，是很得到主人赞赏的，是一种极端聪明伶俐的表现，一般的狗没有这个灵性还表现不来呢。因此，凡是到我家来的客人，都怀着无比好奇的心，总有一个共同的迫切的愿望和请求，就是都要求我们的笨狗当场表演狗咬耗子的本领。最初笨狗常有这样的表现机会，听了客人的请求，立马会精神振奋，两耳竖直，眼睛发亮，全神贯注望着我，只等一声令下，它就迅捷地扑向鼠踪出没的地方，然后不负众望，把老鼠嘴到擒来。后来，这种机会越来越难有了，弄得它又焦急又难过又扫兴。老鼠都不敢来了，那也是没有办法的事呀。主人和客人都只好随和地微笑着拍拍笨狗的狗头以示理解和安慰。

花花是一只正在成长的吉娃娃，个儿小，毛色美，显得娇小可爱。虽然什么事都不做，想做凭它那点身手大概也做不来，它却得到了主人特别的青睐，我们出门散步，游玩儿，基本上带的就是这位小花花。笨狗和猪头是没有份儿的。花花在我们前前后后左左右右奔奔跳跳，撒尽了欢儿。路人见了它，有时会特意地停下脚步来打量，同它逗趣儿，接着还会同我们聊几句关于花花这只狗以及其他一些别的话。这些人包括熟悉的人和更多不熟悉的人。因此，从这方面去检视，花花增添了我们人类之间情感的交流和亲善。也是很有功德的了。

有时一家人例行散步，我曾不止一次提议这次就不带花花了，带一次笨狗或者猪头吧。这个提议，总会立即遭来所有散步者的反对，那意思是笨狗和猪头这样的土狗也配吗？我就哑然了。狗和人看来自然也是一样的，也得分个三六九等配与不配呢。

猪头不仅是一只土狗，还是一只不听招呼的狗。我们对它最有意见最不满意的地方就是，尽管我们对它打了无数的招呼，给了它无数的教诲，它总是执着自己不听招呼、不接受教育，而且不守公德，逮着机会就跑到大马路上随地大小便。最后，我们给予的措施只好是从早上到晚上都把它拴在狗屋，定时上卫生间。这时候我发现，原来猪头竟是一只具有民主意识的狗，我们拴它的时候，它总是大声吠叫抗议，这种吠叫和抗议竟可以持续几个钟头甚至一整天，让我们不胜其烦。

但是有一次不知是什么原因，造成我们把笨狗和花花跟着猪头一块拴上了。这次发生了奇迹，猪头竟然一点也不像平常那样吠叫抗议吵闹了，而是乖乖地静静地与它的同被束缚的同类待着。

原来这就是一只狗要求的民主。

老实说，发现这个现象使我极其得意。

（《南国今报》，2006 年 12 月 18 日第 26 版，编辑：韦巍）

# 像童话一样的鸡

"王建军，王建军！"我四处喊，一边喊一边寻找，找到鸡窝的地方，王建军正在那里。

他用一只手指竖在嘴边，对我轻轻嘘一下，示意我安静安静！

他做这个禁止我的动作的时候，望也不望我，两眼仍专情地注视着一直关注着的一个地方。

我立即不再作声。

我对王建军产生了好奇。

王建军在干吗呢？他待在一只鸡窝的旁边，凝神关注着什么呢？鸡窝有什么好关注的，难道鸡窝里也会有什么隐秘吗？

我轻轻地走近的时候，发现原来王建军正在看一只母鸡下蛋。而母鸡下蛋正在关键的时刻。母鸡半蹲着，一只蛋露了一点头，缩回去了，再露一点头，又缩回去了……终于，一只蛋生下来了。母鸡咯咯咯报着喜兴奋或者是高兴地扑扇着翅膀，飞下鸡窝可能是向王建军的妈妈报喜讨彩去了。

直到这时，王建军才如释重负，他不再理会这只下蛋的母鸡，透了一口气，转脸问我：找我干吗？

不干吗。

其实我找王建军肯定是有事的，可是我被王建军这么专情看一只鸡下蛋给忘记了。

下午在学校，我把这件王建军看母鸡下蛋的奇事告诉了同学们。我没想到会立即成为同学们对王建军的一个笑谈。这让我很后悔。我在心里承认，看一只母鸡下蛋，很有趣。我想这些同学肯定有很多也是这么认为的，也有同样的好奇，只是他们嘲笑了王建军以后，不会有谁再敢承认了。从此以后，我也不再敢去看母鸡下蛋，我怕会遭到同学们同样的嘲笑。不过很快我就把这件事忘记了。

不但王建军家养着鸡，每户人家都养着鸡，而尤数我家的鸡像童话里的鸡，最让同学们羡妒。

我们家一共养有十二只鸡，每只鸡都能听懂我说话。每当中午或者傍晚我要喂饭给它们的时候，我就像军营里司号员吹响集合号，而我的这些鸡们则像一名名士兵。当我吹响了集合号的时候，它们不管在多远玩耍，它们不管同谁玩耍，也不管当时玩得有多开心，只要一听到我的号令，就雄赳赳气昂昂昂首挺胸，从不同的地方不同的方向，一齐急步向我走来。

当然我作为司号员兼指挥员，吹的不是军号，而是我吃饭用的一只铈碗，也不是吹，每当我想指挥鸡们集合的时候，我就拿起我的饭碗用一双筷子"咣咣"地敲响它。鸡们一听到，立马就会在我面前集合，仰着头似乎在听我下达命令。

这让同学们都羡慕不已。因为他们养的鸡没有一个能听懂他们的话。这使我很得意，成为我经常向同学炫耀的节目。其实要想鸡们像童话里的鸡那样听懂一点人话，一点也不难，但是这个秘密，我谁也不告诉。

我的十二只鸡里其中有一只鹤立鸡群的大公鸡，它比别的鸡更聪明，除了能听懂我的集合号令，还能听懂我别的说话。我说叫一声，它就会仰天喔喔喔叫一声，我说去，叮王建军，它就跑去啄一下王建军。所以王建军来我们家总要很小心，总要先在门外叮嘱，你不能叫你家大公鸡啄我啊。待我答应了，才敢进我们家院子。

大公鸡还很护小鸡，这也是我欣赏它喜欢它的地方，我们家的小鸡被谁家鸡欺负了，它会像《水浒传》里的"拼命三郎"那样和人家决斗。除暴安良，很有侠士风范。

有一次我和王建军因为什么事先是吵起来，后来打起来了，大公鸡发觉了，愤怒地扑向王建军，朝王建军又叮又啄，直到王建军狼狈地逃窜回他家。

这件事发生，母亲以为是我教的大公鸡帮架，狠狠地骂了我一通。其实天可怜见我从来没有教过。不过我还是感到羞愧。这不是大丈夫的行径。

我为我的鸡得意，也为我的鸡遗憾，特别是我的大公鸡。有一本苏联的连环画，里面说的是一个叫阿廖沙的小学四年级孩子，有一次他家准备宰一只母鸡，他把它救了。这只母鸡突然开口向他说话，说我会报答你的。他感到很神奇，又不信。不久他参加一次考试，握着笔的手不听指挥地填写着答案。考试从来不及格的他，这次竟然得了满分五分！这自然是母鸡报答的结果。我读了这本连环画，羡慕得要命，我一边读一边扭头看我的大公鸡，我想我的大公鸡会不会也是这么神奇的一只鸡呢，我看像。可是它除了可以听懂我一些话和时刻为了我去决斗外，却从没有帮我将试卷答成满分过，这令我感到些许遗憾。

（《酒泉日报》，2015 年 6 月 17 日）

# 我们怎样与初恋情人再见

与人相见，有时是一种姿态，它没有任何的含义。你在街头遇见了一个熟人，然后你向他点头、问好，就这样擦肩而过。既没有任何含义，更没有任何意味，你很快就会忘记了，或者你从来就不曾记得。

但是如果与初恋情人相见，又会怎样？

我的初恋情人当时是一名空军中尉，我喜欢她穿军装的模样，妩媚中透着英武，英武中又露着妩媚，端庄而甜美。

她喜欢我每天都向她约会，到了夜幕即将降临，就打电话给她，约好地点，然后不见不散。

每次与我约会，她都穿一身这座城市正在流行的便装，袅袅娜娜向我走来，见了我的时候，露着温婉的笑靥。

她穿起便装就把她的英气全打磨掉了，只剩了妩媚。很多时候应我的要求，我们会重回到她宿舍里，我让她再穿上那身戎装。戎装上身，顷刻她就变回了模样，挺拔而不叫亵渎。我喜欢她变回来的军人模样：温情里面含着节制，让人又爱又敬。

在屋里我们两人的时候，有时她会飒爽英姿雄赳赳地走几步正步给我看，我一边看着一边拍手叫好。我看她走着雄赳赳正步的眼睛，我知道满眼里全含着爱慕和热恋。

可是每一个人的初恋总容易有一个不完美的结局，我们的也是这样。有一天，在一个夜幕低垂的黄昏，我们就分手了。

很多年过去了，现在我突然想到，如果我与我的初恋情人再见，我会怎样？

有一种可能，就是我会露着沉静而温婉的微笑，甚至还会向她故意有些调皮地眨眨眼睛，示意问好。

另有一种可能，就是许多年过去了，当我再见她的时候，我惊奇地发现我竟仍然不可克制地心跳不止，无法控制。我的脸色一下变红一下变白，也可能一下变绿。两片嘴唇木讷，说不出一句话。

保尔和他的初恋情人分手后，是在这样一种场景下遭遇。当时正下着大雪，大雪封路，一列火车开来了，不得不停下来。乘客们都被要求下车参加铲雪的工作。保尔的初恋情人冬妮娅从车上走下来，同正在指挥铲雪的保尔撞了个满怀。保尔凝望着她，不带一丝感情，告诉她：铲雪吧。然后转身走了。

我觉得保尔很酷。我可能做不到。那一个转身，对我来说难度太大。我心里的那一丝温情，一定会表露。

当然，也不能排除我也可以像保尔一样酷。当有一天遭遇我的初恋情人时，利索地拿起一把锹，对她说，铲雪吧。然后一个转身，只给她留下离去的背影。

（《银川晚报》，2010 年 1 月 6 日第 23 版）

## 显得老的人都有深沉的思想

老西不老，也就三十多岁，三十多岁人家都喊他老西，而且人没老，这个名字却有点年纪了。我记得该是在上初一的时候，我们就喊他老西了，"老西老西"我们都这么喊。原因挺简单，就像中国的象形文字的产生取自物质的外在形象，老西那时虽然才刚上初中，年纪应该就在十二三岁，却显得很老了，额头上爬满了皱纹，连两个瘦瘦的脸凹，尽管皮包着骨头都奇怪地起着皱纹，所以我们仿造中国象形文字的创造方法必须喊他老西。老西的学名陈西，在我们同学之间，恐怕不太会有人认真记得。就像老漏。

老漏大名王宇，可是真不会有人记得他叫王宇，这个我敢打赌。老漏的大号来源也有点搞笑。我们读中学那会儿，中国足球正准备冲出亚洲走向世界，足球职业联赛如火如荼，看球的、学着踢球的火爆异常。在这个时候，我们不可避免情不自禁地都要热爱上足球，老漏也是一样。老漏不仅热爱上了足球，并且他还热爱上了足球场上的一个具体职位：守门员。每当同学们打球的时候，他就往球门上一站，当仁不让。那时大家都想横刀跃马，攻城略地，万军之中取人首级，前锋不能做，至少也来个前卫什么的，极不甘愿做了后卫，那也要逮着机会或者创造着机会，一个劲儿地往前冲，拿自己当前锋使，哪个愿当守门员哪，这下好了，有人站出来，心甘情愿做守门员，立即得到一致热烈拥戴！不过这好景很难尝，大家很快领尝到了结果很苦，王宇当守门员，虽然他当得兴高采烈，虽然最先大家也都兴高采烈，但很快就看出不妙，王宇的守门差不多形同虚设，尽管他也左腾右扑，手脚并用，奇怪的是球总是不是从他胯下洞穿就是从他手中滑过，难有他抱住一次球的时候，大家无奈，因为守门员还是得他当，除了他没人愿意，结果只好给他取号"老漏"，见了面喊声"老漏"聊以自慰。

老西显得老，同学赵杰曾跟我说，显得老的人必定有深沉的思想。我拿眼望着老西大点其头。我点头的原因是我已看到了老西的确有非凡的思想。老西同学平时不苟言笑，在学校里，几乎没有他的声息，有一次，我突然发现他在自学日语，嘴里念念有词，这让我大吃一惊，就觉得老西这人了不得，思想深远，将来必大有作为。我们的学校叫融水县中学，融水县全称融水苗族自治县，在这里我得老实承认，我们很多同学汉语都还没有讲好，可是老西却要讲日语了：米西米西，八格牙路。老西喜欢独自走在学校边上的一座叫西门的池塘。我也爱走，因为我家就住在西门塘边。西门塘边有许多一两丈高的杨柳，不少柳枝都垂到了水中，成为好看的风景，更加好看的风景是在傍晚的时候，有许多妹妹会在这好看的风景里看风景。这时，就像那首诗说的，她们在看风景，风景成了她们。我走在西门塘是为了看这些好看的风景，然而老西走在西门塘却和看风景无关，我和老西后来成好朋友后，他告诉我他属水，遇水而生，所以他要想自学好日语就非得上西门塘，风景在老西的眼里在很远的地方。不久老西就开始用日语创造思想了，老西用日语写了很多的诗，很多年以后我才知道，老西写的那些诗，在日本人们叫作俳句，都是一些隽永而美丽的诗思。

我们唐校长不知怎么知道了老西在自学日语，决定要和老西进行日语交流。唐校长的简历是这样的：湖南人，二十世纪五十年代毕业于一所俄语大学，毕业后支教分配至广西融水中学做英语教师，直至升任该校校长。现在他要和我们的老西同学来一次日语对决，唐校长虽然毕业于俄语大学，不仅会俄语英语，连日语也不在话下，可见我们学校的人由唐校长始本就多有奇才。听到这个消息，仿佛一次华山论剑，同学们那个兴奋劲儿啊。老西的自学日语从此由秘密成为公开。一天唐校长集合了全校师生，点名：陈西！唐校长说：到我办公室去。然后笑眯眯用他的湖南腔补充一句：办公室有茶喝咧！后来"办公室有茶喝咧"迅速风靡全校，成为同学间的流行语，意为好事找到你头上啦，但是真好事还是假好事那只有你自己咂摸了。这次对决的结果，老西始终守口如瓶，这本也是老西的个性使然，只是让同学们好生难耐，后来还是从校长方传出了点口风，似乎是对决下来，校长只有两个叠字：自误自误自误！听说唐校长建议老西从此再别自学什么日语了，以免自误。老西好像不以为然，日语照学不止。

如果唐校长真曾经这么告诫老西，十多二十年后，从现在看，长辈的或者权威的告诫，也并不是就可作为真理深可持守的。因为老西自从在中学开始自学日语后，似乎不仅没自误，好像还颇派用场，融水作为苗族自治县有着优越的民俗资源，中国的、外国的，多有人来，日本友人来访的更是不少，老西口语不行，自学不辍的日文竟越学越像样越可用，用笔能和日本人自由交流，交了不少日本朋友，为自己向世界打开了一扇别人不容易得到的窗口。在这个向"洋"的社会倒是独领了风骚啊。这就是老西的深谋远虑了。

"一个人应该有自己一点独特的追求或者爱好。"现在，老西深沉地这么对他的儿子说。在他儿子面前，老西也是长辈和权威了。但是他作为长辈和权威告诫儿子"要有一点独特的追求或者爱好"，他的儿子是不是应该深持执着呢？老西儿子听了，曾悄悄问我：如果一个人没有任何独特的追求与爱好不成吗？看来他很苦恼，他发愁自己总没有什么独特的追求和爱好。老西的老婆却说，只要儿子自由自在快乐生活，他有没有嘛独特追求爱好又咋啦？

（《桂林晚报》，2008 年 7 月 9 日第 22 版，编辑：唐森）

# 丁香花开

有许多词语，念起来有种古典的韵律美。"丁香花开"，就属于这样。念着它，感觉到清，感觉到雅。

我没有真正见过丁香花开的模样，在我的想象之中，它应该是白色的，或者带着一点淡淡的黄，五瓣，像小指尖那么大，在黄昏以后，甚至临近了静寂的子夜，才会芬芳绽放。

那时我们住在乡下，在某些夜里，我会闻到很浓郁的香味，我猜想，它应该就是丁香的气味。可是我从来也没有去寻找和印证，不是想留下一点浪漫的遐想，保持一点什么诗意的距离，而是我那时非常缺少应有的好奇，现在很让我感到有一点后悔了。

丁香花开，容易使我想到一些美丽的女子，尤其是命运坎坷、在暗夜里独自怅望星空的美丽女子，以及一些爱情，一些凄婉动人的爱情故事。

听过一首歌，歌名就叫"丁香花开"。当歌者眯缝着眼睛，手握着麦克风，望向不可捉摸的天空，此时，章乐如暗香浮动，缈缈飘来，没有谁会不屏住了息，等待一朵丁香，在歌声中绽开。一簇美丽的艺术叶瓣，烘托得丁香，怎样地更具幽雅和神秘啊。我不太喜欢侍弄花儿草儿的。搬到城里以后，隔壁的海宝却是特喜爱养花护草。那时住的还都是平房，门前有着宽宽的院子。海宝就将他的花呀草呀摆满了围院，只空下一条窄窄的缝隙，留给大家过往。人们总是小心翼翼从花草丛中走过，有时也会站在花草中相互心情愉快地打着招呼闲聊。花有半胸高，低一低头就可近近地嗅着花儿散发出来的纯净的香味了。

我最爱无人的时候，这么走着，三步五步一低头，闻一闻，看一看。有时我也愿望着做做海宝的助手，比如下学以后的某个傍晚，在他给花儿换土的时候，帮他拿一拿花钵，但生性的羞怯阻拦了我。

花就在我的身边，如此亲近，不再像在乡下时的夜里，只闻到花香却见不到花儿了。但我仍对花儿保持着相对的距离，这种距离也使我保持了对它的相当程度的陌生感和神秘感，我不知道在它们中间有没有丁香花开，我相信是有着的。

清代文人袁枚对于赏花曾说："茗赏者上也，谈赏者次也，酒赏者下也。"我既不品茶，也不饮酒，又无人与我清谈，在围院的花间，我这样无言无语，却赏心悦目地看着我全不了解的花儿，算哪一种层次的赏花呢？上者，次者，还是下也？可惜袁枚离我已远，不能回溯到几百年前，去请教袁枚，以解我惑了。

但花开着的世界是美好的，能够感受到花开着的心也是美好的。

（《广西日报》，2000 年 6 月 9 日，编辑：蓝阳春）

# 开满河岸的红杜鹃

　　每到三四月，泗欧河两岸便开满了红杜鹃，就像绿草地上密密匝匝停泊着俏丽的红纸鸢，在枝头上轻盈地飘扬，若幻若仙，倒影在细雨霏霏的绿水中，宛若梦中仙境。

　　那时我十一二岁，喜欢和婉婷吱吱嘎嘎地摇一叶扁舟，在红花绿水间荡漾，将似开未开的花骨朵儿，插在她的发梢上。婉婷小我一岁，却更懂事。我们两家是邻居，有一次大人们开玩笑说要将婉婷许配给我了，捉了我们来比个头儿。我挣扎着，大叫大嚷要跑掉。她却没有丝毫反抗的意图，只是文文静静地站在那里，大大的眼睛水灵水灵地忽闪着。我看到这双眼睛的注视，竟停止了反抗。

　　这件事很快张扬了出去，同学们都知道婉婷是我"媳妇"了，有羡慕的，更多的就常人前人后取笑我们，让我羞死了。于是我心里对婉婷有了一种莫名的恨意，总要设法捉弄她。

　　每当星期天，同学们都结伙上山砍柴，婉婷自然是尾巴似的跟定我的。一次我约了几位要好的男同学加上婉婷，上杨岭背柴。回来的路上已近黄昏，老林里归巢的鸟发出各种各样叫声，老牛远远近近的长啸短吟时断时续传来。我偷偷向同伴使了使眼色，便加快了脚步。他们会意，一齐疾步而奔，很快就将婉婷甩下了。婉婷在后边一声不吭紧赶慢赶着。开始还听到她大口大口喘着粗气，后来就没有声息了。拐过弯不见她时，我们一忽闪躲进了路边齐顶的芒草丛中，直看到泪眼汪汪的婉婷如没魂儿的幽灵慌乱行过了，才得意扬扬立起身来，捂嘴儿幸灾乐祸偷笑。掌灯时分，我们才回到村口，这时忽然想到了事情的严重性，婉婷回家不狠狠告上一状才怪呢，等着屁股上挨大板吧。于是个个都一扫得意脸色，惶惶然忐忑不安，各自噤了口，鬼影儿似大气不敢喘地溜进了家门。不料各人进家却都相安无事，因为回迟了，竟像功臣一样倒被大人们好一顿亲切招待。村里放电影是男女老少的盛大节日，放了学，四五点钟光景，晒谷坪上的立柱上拉起来的银幕前，就已号满了高的矮的，长的短的各色各样凳子。这时大人们会格外大度，女孩子可以买上几粒果糖，男娃们凑起钱来，竟能买得起一挂两挂炮仗。这炮仗可有大用处哩，先是炸蚂蚁窝，炸牛粪堆，待到傍黑儿，等到女孩儿们都三三两两端端坐定了，嗑着瓜仁嚼着果糖，单等着电影开场，男娃们就有好戏上演了。瞧定了平日得罪他的女孩子，偷偷地将一两枚炮仗点燃，学着电影《地雷战》里的手段，人不知鬼不觉地放到女孩子的凳下，在轰然的爆响中，男娃们神情狡黠互相眨着开心的眼睛期待着女孩儿们尖厉的叫声。如果是特别胆小的女孩儿受此一吓，准定会跌坐在泥地上，引来男娃们一阵哄笑。婉婷也受过我地雷大战的多次轰扰，她的尖叫和煞白了脸色的模样，总让我感到十分解气。而她明知是我的恶作剧，却从来也不会向大人告发，倒让我更肆无忌惮了。

如今回忆起这些不禁惭愧，有一回读到李白的诗："郎骑竹马来，绕床弄青梅。同居长干里，两小无嫌猜。"我就好羡慕，不禁想，当初自己怎么就不知道珍惜？

现在又是三四月间了，泗欧河两岸一定开满了红杜鹃，婉婷还会坐在船上，欣赏这美丽的景色吗？又是谁为她摇橹，谁会为她鬓发上插一枝远远就可看见的，在溟蒙细雨中如梦一样突现出神秘的红杜鹃呢？

（《中国旅游报》，2001 年 4 月 11 日 B2 版，编辑：武葳）

# 🌀 爱情敲门

爱情多好啊。

我在没有理解爱情的年纪，就通过许多次的幻想期望爱情的敲门了。

可我不是早熟的男孩儿，直过了二十岁我还未谈过爱情，这使我对爱情更建立了一种或者可以算是偏执的忠诚。我九岁那年小舅舅从崇明岛回沪，就是为了迎接爱情的敲门之声。在那个黄昏前来敲门的人，后来成了我的小舅娘。其实在这之前的许多天，家里的大人们都忙碌地筹备迎接并倾听这爱情的敲门声了。人人的脸上都带着一种喜气洋洋、红扑扑的容颜。他们都用一种神秘的语气逗小舅舅。这时小舅舅就会抬起右手抓后脑勺，露出农民一般憨厚、老老实实不出声的笑，两排洁白的牙齿整齐雪亮地露出来，就像秋天预备收割磨砺的镰刀。那时小舅舅作为兄弟姐妹中排行最小的一员，不像他的哥姐们一样分到新疆、青海、广西这些边远的省区，而是作为最后一批"到广阔天地大有作为"去的知青，受到照顾，只上山下乡到了沪郊的崇明岛。但我猜想虽然未当农民，小舅舅也一定仍是位好农民，他那种农民式的笑容就是证明。所以我的阿姨们在爱情为小舅舅敲门之前，不管以严肃的面孔还是以戏谑的口吻，教导和告诫小舅舅怎样选择话题以及注意些什么事项等，我认为都十分必要，因为小舅舅洗耳恭听的模样很好笑。

那天黄昏彤云低垂，梧桐叶初黄，爱情的敲门之声就是在这种氛围中出现的。在那个时刻之前，我多次透过木格花窗凝望包容爱情的外面的世界，我渴望着外面的世界，它会为我的小舅舅带来怎样不可捉摸的爱情呢？那时小舅舅还未学会抽烟，等待中，他只焦急地时而坐下，时而在堂屋里毛毛糙糙、磕磕碰碰地转着圈儿。我们家亲情味十分浓郁，人的感情很少需要掩饰，因此我得以看到小舅舅这副淋漓尽致表露当时那种复杂心态的有趣模样。我忍不住也会不懂装懂打趣地笑他。在家里我和小舅舅的感情尤好，所以小姨就一把拉我进怀中，说，从今天起小舅舅不属于你了，属于待会来敲门的"爱情"。我在她怀中使劲挣扎着，去搂小舅舅。小舅舅傻傻地笑，满不在乎我的被困，只伸手挒着我的头，不像以往立即采取营救我的行动。使我十分生气，暗暗下定决心，待会他的爱情来了，我一定要拖他的后腿，缠住他不放。小舅舅当时并没有察觉我这酝酿在心的阴谋，他的忽视更加深了我的恼怒。

这时爱情轻轻的敲门之声传来了。门是虚掩着的，一敲门，门也就微微打开了。爱情并不是亭亭玉立的，至少未来的小舅娘不是亭亭玉立的。但我感到一种美，这使得我不由一呆，不觉中变乖了，一声不吭地站在一边。可是在他们双双要告别出门时，我忽然记起了我的决定，跑上前去一把抱住了小舅舅的大腿不放。我在心里说过我要拖小舅舅的后腿，不是假话，是真的，我就上去抱住了小舅舅还未有迈出门的后面一条腿，让所有的人大吃了一惊。可是小舅舅毕竟有他化解我的办法，他回头来只微微一笑，哄我单独进他的卧室，只轻轻说了一句话，就让我服服帖帖心甘情愿去维护和守卫他的爱情了。他说，你长大了不是想当解放军，做首长的警卫员吗？今天你就先做我们的警卫，保卫我们好不好？但要悄悄地跟着我们，别让人发现了。想到我可以保卫本能地让我感到美丽的爱情，我兴奋起来，欣然服从。于是放行，开始扮演那个"悄悄的"角色。走在路上，有时小舅舅还会偷偷回过头来，向警惕地跟踪而行的我挤挤眼睛，更鼓舞了我尽心尽责地恪尽职守了。

爱情因为允许单纯的稚气存在而变得更加纯净美好了。这是我很久以后长大了得到的慧悟。我很感激小舅舅没有在当时粗鲁地对待我，使我保存了对自己最初接触爱情的美好回味。这虽然不是我的爱情，却使我领受到了爱情包容着的那种温情和宽厚的品性。也许就从那一天起，定格了我对爱情一生不易的美好怀想。

（《中国化工报》，2000年11月9日第8版，编辑：白丁）

（选入《当代名家颂青春》出版时间2012年2月1日，中国科学文化音像出版社出版）

## 雷声

　　我一直在等待雷声，就像入秋等待第一枚飘落的树叶。每次季节的转换，都使我产生渴望和期待。现在，我热切地期待着今年春天第一声的雷鸣。

　　读加西亚·马尔克斯的《百年孤独》，我没有读懂，那是在初中的时候。但是我喜欢并且有点膜拜里面透露的那种让人思想恍惚的神秘和怪诞。如今，距我最初的阅读已经十多年了，我一直希望再重读它，只是始终未有这个机缘。我想通过重读，来弄懂里面描写着的晴空万里之下突然莅临的一声惊天动地的炸雷，暗示或者暗指什么。中国有句诗叫"于无声处听惊雷"，那是容易领悟的，那种心境通过阅读这句诗，立即可以让读者产生一种感应。《百年孤独》里的这声炸雷却不同，显得太突兀了，让读者比如我感到猝不及防，难以接受。也许是地域的差异特别是文化的差异才阻隔我那样的年轻读者去理解吧。尽管未能理解，我还是喜欢它。你能喜欢一样东西，一件艺术品，未必因为你理解了它。有时隔膜产生的吸引力，比你真正理解它更能让你的思想保持鲜活，使你得到滋养，而充满欢喜。我就这样在十多年前曾经一再捧读着加西亚·马尔克斯的《百年孤独》，像书里那位黑人站在空旷中仰天倾听着莅临的雷声那样聆听马尔克斯怪异的诉说。

　　在前些年我开始学习写作之后，听到的第一个春雷，让我非常感动。它有点像马尔克斯描写的炸雷：震耳欲聋，地动山摇。不过它是有预示的，乌云密布，狂风阵阵，飞沙走石，这又是不同的地方。也就使这雷声本来可以像《百年孤独》里凭空而至的炸雷一样不凡，结果却变得挺一般的了。但我还是受着震撼非常感动。雷声蕴含着许多东西，而只光光想到它是一种力量的显示或象征，就足以让人产生敬畏了。如果说古人由于愚昧必然将它涂抹上一层神的色彩的话，今人将雷声产生的来龙去脉弄明白后，却依然愿意把它看着具有某种神性：自然的神性。那次，当我静静地等待着期望着一声雷鸣，雷声果真如期莅临的时候，整栋房屋在雷声中战栗，我却怀着坦然欣喜的心情，宁静地坐于书桌前，在预先摊开的稿子上写下了《倾听雷声》。我不是要阐释什么，面对自然哪怕是仅仅一个雷鸣，人的理解也是十分苍白的，虽然你可以说出它产生的原因、形成的过程，你却不可能完全理解自然的这种声音、理解它的话语所包含的一切。而人类的历史因此就成了一部一点一点试图努力认识自然的过程，这个过程一定是无穷无极的。我写作《倾听雷声》只想把自己此时此刻的这颗感应并多少契合了点自然的心，流露成文字，让它成为我对自然拥有的一份珍藏。如果能这么写下来了，我就感到满足和欣慰了。

今年的雷声，一直到了今天，才姗姗迟来。在我的印象里，象征着春天的雷声，这些年来，不仅来得越来越迟了，也越来越缺乏那份干脆和明净响亮了，听起来就像蒙着块布敲响的鼓钹，沉闷而阴郁。

这时在北方，一些地方正刮着遮天蔽日的大风沙；在南方，比如我们这座城市，正一阵一阵下着泥雨，让许多漂亮的城市和美丽的村庄，不是变得灰暗模糊不清了，就是变得肮脏斑斑点点了。

（《广西日报》，2002 年 4 月 5 日 B3 版）

# 历史

　　我一直把他敬称为黄老，一位老游击队战士，如今已近八十岁的人了。

　　这天伯父来我这里，正巧碰见黄老，相遇之下他们脸上都写着难以读懂的表情。

　　黄老走后，伯父向我说了多年前的这么一段往事：那是1950年土改，黄老当时是年轻的土改队长，他肩上挂着盒子炮领着民兵来到我们家，说：把你们划为地主，限明天就搬出这里！祖父是老实巴交的小生意人，置下了一些薄田，三间土房，听了，一句话也说不出，祖母大约是书香门第出生的"小家闺女"，认得点字，读过些诗书，就拿了当时党的文件据理力争，冲"黄老"这位队长辩护说：按党的政策，我们不属于地主。"黄老"说，你别多说了，定下的名额，你们就是地主！

　　我明白就是这一句话，从此将对我们的家庭几十年来造成怎样的灾难。

　　伯父在对我说这段往事的时候，尽管极力在掩饰，也压抑不住心中那种战栗着的哀怨（艾怨？抑或怨愤？我不知道该怎么用）。我们家对晚辈从来也不说历史，这是第一次，没有黄老的出现肯定也不会说。

　　历史一经揭示，就是一段恩怨。

　　我想，今后我该怎样面对黄老呢？

　　如果说有一些历史是不该不能忘记的，另有一些历史还是忘记的好，不要留给后代，在他们心灵上抹下阴霾。我的父辈一直以来都是这么做的，以前我感到很困惑，不理解，现在，我豁然理解了。我很欣赏和佩服长辈们这种对历史所表现出来的理性，一种智慧。

有很多东西，那些历史的恩恩怨怨，悲欢离合，都是时代造成的，错也好，对也好，个人的命运在历史中实在更多的只是随波逐流。比如像黄老对我们家，当时他虽然有能力能客观地不把我们家划为地主。如果他真这样做了，他差不多可以变成伟人了。他当然不是伟人，只是一个极普通的人，因此注定只能跟随着那个时代的政治意识和现实要求，表白他的态度，做适合他当时身份的事。而历史一具体到个人，在人和人的碰撞摩擦中，就必然把历史造成的悲剧，具象成为个人之间的恩怨，并且由此产生的那种痛那种苦，那种悲那种哀，也就更真切灼痛、更切骨深重！难怪一直对历史往事保持缄默的伯父，在突然见到黄老之后，忍不住开口对我第一次说出了一段历史。

黄老走了，他是默默地离开的。当他知道我原来是他造成的一个家庭悲难的后人，他会怎么想，他将来还会来见我吗，又怎么面对我呢？

有人一直在要求"文革"的一些人进行忏悔，而那些被要求的相当部分人始终拒绝忏悔。

何止是"文革"呢，其实上每个时代都有人应该忏悔，尤其是政治跌宕的时代，可又难以忏悔，在时代的大潮中谁能说他不是受害者呢？

只要不是出于恶意和品质恶劣的谋害，我们既然已经无法计较历史，面对历史产物下的个人以及他们的历史行为，我觉得也应该给予最大的理解和宽贷，不必陷在恩怨中出不来。

（《中国化工报》，2001 年 3 月 11 日第 7 版，笔名：弦歌，编辑：李明月、李丹）

# 谁在御风而行

　　列子一定是个充满了好奇和幻想的人，当我读到他的"御风而行"后，就有了这种看法。并且感觉到列子的头脑里尽装着童稚和天真，没有这份童稚和天真，尽管不失好奇与幻想，都不能够写出这么美妙的话来的。"御风而行"，我读着这句话时，感觉仿佛自己的两只手顿时张开来了，鼓满了迎面的风，轻灵若仙，飘飘而动。

　　西方人的幻想来自实践，中国人，尤其中国古人的幻想来自随心而欲。台湾漫画家蔡志忠先生在画"御风而行"的漫画时，干脆就让列子空舞着两只宽宽的水袖，在天空里像一片洁白的羽毛随意飞翔。潇洒极了。看着这幅漫画，我才知道，要想使自己潇洒，很容易，就是让自己变得简单。这种简单越纯粹，也就越潇洒，最后，像列子一样，谁也挡不住。蔡志忠只是小学文化，也就是说，接近于文盲。也许，正是这样的人，只有这样的人，才能够在物欲沉重的当代，可以径直跨过时代的阻隔、特别是文言文的阻隔，走近列子。人们对蔡志忠如此能够演绎列子，惊奇不已。这么想想，也就没有什么可惊奇的了。

　　过分的幻想，似乎便充满了滑稽。曾经许多人都把列子说的"御风而行"看作天大的滑稽。当代人这样，我想，列子老先生的同时代人必定更是这样。中国的历史告诉我，五千年来，中国有幻想，可是并不鼓励幻想，特别是像列子这一类的幻想。列子生存于中国，又生存于中国的那个时代，一定感到挺悲哀的，他自己感到悲哀，我们后人在读着列子时，更为列子感到悲哀。他的潇洒因此也就是不得不为，不然就不会成为历史上的这一个列子，也就没有"御风而行"了。

透露着悲哀，还透露着悲凉。

除了列子说过御风而行，传说古时候，有个别人不仅是这么说说，还行动了，他把火药管子绑在自己的腿上，然后点燃了，以为这么一来，就可以在空中自由翱翔。结果自然失败。这一次失败，使中国很久以后再也没有后来人。好端端的火药，最后一直仅拿来，成了小孩儿家过年节凑热闹的玩意儿。最近一百年来，因此不断地有人为此摇头叹息，痛苦不已。

列子为我们提供了一种思想，一种异想天开的思想。可惜他没有继续能提供实现这种思想的道路。他为什么不继续提供呢，如果他能把好事做到底，我们的历史将会是怎样更伟大的历史。不过，这么责问他，当然不应该。应该责问的是，列子以后，为什么没有人为这种思想做一个真正的后来者？使得那位把火药管子绑在腿上希冀一冲飞天的人，差不多只能算是瞎胡闹了。

中国历史上演绎着的许多悲剧，很多都是因为只有萌芽，然后就迅速地窒息枯萎了。翻翻历史，我们可以看到，有太多能够使我们科学发达、社会昌明的机会。可是我们都错失了。

今天读着列子，信手写出这些话，虽然时代不同了，我们也搞科学发明，提倡社会昌明了，但心里还难免地惆怅。

（《深圳商报》，2011 年 1 月 25 日）

# 流浪

　　我无法想象自己能超脱流浪的迷惑而断然拒绝流浪。每次想象流浪，心底就有莫名的期待暗暗躁动着，只要允许、只要有人提议，我就会扯了他的手，恨不得立即就开步，走向任何地方，走向任何因陌生而显得神秘的地方。

　　我喜欢站在从未到过的街市，只为回顾时碰不到一双熟悉的眼睛。有时我特别愿意寻找陌生地对视着的这种眼睛，你无法预知在那里会读到什么，你无法知道深入下去会让你欣喜还是令你沮丧。"不要问我从哪里来，我的故乡在远方，为什么流浪，流浪远方……为了梦中的橄榄树，为了天空飞翔的小鸟……"三毛的流浪是为了一种理想，为了寻找归宿。我不是，我只是为了流浪而流浪。我流浪的过程就是目的。

　　因此我在十八岁的时候，就对母亲说，我要去当兵。在我眼里，当兵就是流浪的一种方式。母亲有些吃惊，我们家算是书香门第，而我是独生子，另外本质上我也更应属于文人，如今我几乎每天都要握起笔来写作就是证明。因此我说我要去当兵让母亲吃惊，惊诧过后母亲就笑，说，你想去就去呗。她不相信我真会去当兵，她更不相信我能去当兵。当时我刚大病过一场，本来就羸弱的体质，这会更显得弱不禁风了。可是我转身去报名竟然也被选上了。出发那天，还得到武装部长的表彰（后来我才知道，我能侥幸当兵纯属碰巧，应和了某种政治需要。但是从另一方面说，这岂不就是冥冥中的天意吗？）列车开动那会儿，迎面的风吹得我心旌摇动。许多人哭了，包括我的母亲，只有我渴望着远方，神采飞扬，意气风发。那个清晨满天美丽的彩霞，就像我美好的心境。流浪是什么？流浪就是去向未知挑战，向生命的极限挑战。

我不知道什么是平庸，如果安定是一种平庸，我无法接受这种平庸。因此在我四年的军旅生涯之后，在安定地做军官与继续去漂泊流浪供我选择时，我依然选择了倍加让我迷惑的流浪。我从广西到广东参军，当大批大批的淘金者涌向中国第一块特区，我却毅然走了出来。这次我的旅程从中国最新的特区通向了中国最古老秀丽的地方：江南。这是曹雪芹的江南，也是所有文人的江南。当我走过苏州的石巷，当小雨沥沥地淋湿了我的发梢，透过晶莹的雨滴，抚着自己湿漉漉的脸庞，浸进我的眼眸和嘴唇的都是古典的诗意。我一次次擎着伞坐在流水的小桥上，给远方的亲人写江南的多愁善感。当我吟着余光中先生在台北写的关于江南的诗，后来又听到一首名叫"梦里水乡"的歌，我竟然像江南缠绵的雨丝一样，一再泪湿衣襟了。我曾写过一首诗说，"学会哭泣的女人，懂得什么是爱"，那么学会哭泣的男人呢？我很忌讳哭泣，当我应和着江南的小雨，泪水滂沱不止时，我才品味到流浪会让人的感情变得多么深厚，多么真挚。我忽然觉得三毛的流浪并不是"为了天空飞翔的小鸟"，她在许多次流浪中的品味和自剖，其实都是寻找心灵和心灵贴近的道路。

因此即便思乡情重，我也不鼓励自己回家。当费翔从万里之外的异域来到一半属于他的中国，激昂甚至有点悲怆地用歌声呼唤"归来吧，归来哟，浪迹天涯的游子"时，静静聆听的我被深深感动了。但我绝不会因此立即响应他的召唤，步他的后尘急忙回家。对我来说，流浪不仅仅是一种人生，不仅仅是一种人生的境界，它还是我理解生命的真实的过程，蕴含着我对生命的态度。

（《南国早报》，2001 年 6 月 25 日第 26 版，笔名：弦歌，编辑：文萍）

# 书的散失

买了书，却总留不住。

才上小学三年级，我已经有了几百册书。那时父母被下放在山区的一个小山村，村里的孩子，数我书最多。那时候同学来借书，不管他借什么书，不管他有多长时间未还，我都能清楚地记住，看他实在没有还书的意思了，我会给他提个醒儿。

上中学后，父母调进城里，我拥有的书的规模趁机扩大，父亲专门腾了个高两米宽两米，多层的大书柜给我。这时我已经有了大约两千册的藏书。在城里，事也多，人也忙，学习又紧张，同学们再来借书，很多时候我就记不住了。曾经想过做一本借书登记册，可是，又搁不下情面，终日不敢做。书也就一天一天开始散失了。望着书常感到心疼，特别是一架排列整齐的书籍，中间空了一道缝，那是一本（或几本）书被借走了，也不知命运最后如何。心更是十分空落。好在中学毕业后我就离家在外，书便封存起来了，心不再每天为书悬着：我不在，再不会有同学来借书了。没过多久，父母由广西调到外省工作，我探家时，大吃一惊，在为我布置的小房间里，除了桌椅床褥，再没有其他东西。我问父亲，我的书呢？父亲很歉然但还是说了，因为几千里路的长途奔波，父母无力照管，临走前把我的书全分送人了，听了，我虽克制了自己，不说什么，但还是掩饰不了神情的黯淡，我不能说出这时我是怎样一种创痛，但我决心再不买书了。

走上工作岗位，在几年里，果然不再买书，有时到书店，见了一本心爱的书，握在手上，就灼烧得心慌，既想买又怕买。如果不买，大约只是一次的痛。

买回来，也许就会倍加尝受着许多次的痛了，每让人借一次都会是对心灵的一回折磨。我终于未买。前年开始喜欢上写作，虽然未有什么作家梦，只是喜欢，只是觉得写作是一种愉快的倾诉方式。这使我不仅要像以往一样地不断地读书，还很有必要买书了。工具书、参考书，还有报纸杂志，这些都是必不可少的。买一本书，读一篇文章，往往由此就能获得启示和灵感，写出一两篇习作。我对买书就开放禁令，不再犹豫。报纸杂志订了几份，书则见到喜欢的便买，而且很多都是大部头，像四书五经，散文年鉴，以及丛书之类。买了书必定有人来借。有一些读书人，特别是舞文弄墨的，常在书架旁写下"概不外借"之类让欲借书者免开尊口的话，不管写的是直来直去的也好，是婉转回圜也罢，总之目的只有一个：怕书弄坏了，特别是担心散失了。我总是不好意思这样把书藏在冷脸的后面，因此书就不断地被人借走。有一次一位友人借了我一本书，几乎长达半年，还给我时污迹点点，惨不忍睹。他一迭声道歉，并解释这本书起码有二十个读者了。我已经为书的回还而兴高采烈不再计较什么，听他如此一说，联想到我的其他散失的书，也许仍一直不断流传在许多熟悉和不熟悉的人手里。如此想来书的散失，似乎也不算坏事了呢，我不禁得了安慰。

（《藏书报》，2010 年 2 月 8 日第 5 版）

# ☁ 畲山谣

　　我一直以为人类环保意识的先驱，是那位叫亨利·梭罗的美国人。连我们中国的许多专家学者都这么认为，更别说西方人了。他在一百多年前，曾经独自隐居到当时还未开发的瓦尔登湖畔，在那里白天耕田种地，夜晚读书写作，静静感悟天地自然，默默思考人生未来，写下了一本当时默默无闻，日后震惊世界，使他声名远扬的《瓦尔登湖》！他在书里自始至终，不管描写自然景观，还是直抒胸臆，都真切深情地表达着对自然的挚爱，和对环境日渐遭受破坏的忧患。

　　近来读到漓江出版社出版的一本《禅诗三百首》，里面录有一首生于唐朝的五代僧玄泰禅师的《畲山谣》："畲山儿，畲山儿，无所知。年年斫断青山嵋。就中最好衡岳色，杉松利斧摧贞枝。灵禽野雀因无依，白云回避青烟飞。猿猱路绝岩岸出，芝兰失根茆草肥。年年斫罢仍再锄，千秋终是难复初。又道今年种不多，来年更斫当阳坡。国家寿岳尚如此，不知此理如之何。"读罢，使我很吃惊，也很惊喜。一千多年前，这位叫玄泰的中国禅师，竟就已经明确地提出了对环境的保护，而且，他写这首诗，不像梭罗写《瓦尔登湖》，要一百年以后才震动社会，幸运得多，当时的唐皇朝，因了他这首诗，立即就发布了法令，禁止山民再斩伐烧畲。

　　说到环保，我伯父时常和我提到过农村村庄的后山林和村庄里特别是村头的百年甚至千年的大树。他说你不管到哪座村庄去走走，如果很多山的树都被砍光了，后山林和村里的大树一定都在茂密地生长着。他告诉我，我们老家的村里，就是在 1958 年那个大炼钢铁的"革命"年代，所有能烧的都烧了，可村头的两棵千年古榕却没有一个人敢动敢卜手砍伐。为什么呢？我不知道为什么，伯父也一直在思考。后来他得出了结论：我们的祖先，那些少数的先知，已认识到了环保的重要，但是他无法在那个还十分愚昧的时代，让老百姓明白这些超验的道理，只好利用当时盛行的神仙鬼怪，杜撰传奇，让百姓只管盲目去敬畏崇拜。结果目的达到了，千年过去，树保存了，只是有关迷信也流布下来，深入人心，直至今日。

迷信的流传千年，不能怪祖先，他们很聪明。怪我们后人，不求甚解，千百年来，既不能去破译先哲隐语在这些迷信包裹着的真知灼见，更不能领会先哲们的良苦用心！

中国文化人的传统是守旧，一本古书能够做到可以做注释，就认为自己很聪慧了，知足了，可以炫耀于人了。没有创新精神，没有勇于钻研、穷究真知的理念。结果不仅未曾发扬光大我们先人的思想，反而把它们闪耀的光芒，用越来越厚的废纸堆埋没了。每想到这些，我就无限叹惋。读历史，读到我们中国人几千年走着循环往复，几乎毫无进步的路，心情十分沉重，心情十分沉痛！

我们对人类的贡献，本应该更多更大。完全应该更多更大！

就拿环保来说，早有了《畲山谣》这样呼吁环保的诗词，并且还得到了当时政府的关注，可惜我们没有在后来使之发展成熟，让它顺势成为一个科学的理论体系。反倒让离我们仅仅一百多年前，才出现的梭罗，最后成了世界环保意识的启蒙者。

（《广西日报》，2000年9月26日第7版，编辑：黄祖松、杨映川）

# 蒙汗药

《水浒传》里梁山好汉们，望着被下了蒙汗药的那些官人，喊一声，倒也倒也，那些官人，或者正准备赶往某地，或者正前来捉拿"匪贼"，便在这喊声中，顿时头重脚轻，身不由己，跌下脚来，纷纷倒地。令好汉们见着了，欢天喜地，拍着手，抚着掌，哈哈大笑。

小时候，每读到这些个场景，我就羡慕不已。暗想，啥时咱也能弄几包蒙汗药来，倒也倒也他几次，岂不有趣。我就抬头问做医生的母亲，为什么我们医院什么药都有，就没有蒙汗药？母亲答傻孩子，《水浒传》是本小说，瞎编的，哪有什么蒙汗药！母亲说什么我都信，可是讲到这个蒙汗药，她说没有，我就不信了。很多次我偷偷溜进药房，翻箱倒柜，试图找出蒙汗药来。可是不管怎么找，总之找不到。我的结论是，我们医院太小了，并不是样样药都有的啊，像这种能让人倒也倒也的蒙汗药，如此珍贵，岂能轻易就有。也就释然了。

二十世纪八十年代，百废兴起，孔子所疑惑而弄不明白的什么怪力乱神也统统出笼，纷纷现世，捞世界来了。那天中午在县城广场上就现身了一位高人，只见他身长八尺，虬须圆眼，扎一根漆黑布腰带，绑一副灰色长绑腿，穿一双牛耳黄草鞋，在一显眼处铺下一方牛皮纸，摆开了有枝有叶的一些物事。然后也不说话，抿着嘴，抱着胸，一副姜太公钓鱼的样子。凡是不爱吆喝的人，都是有真本事的人。我见了他那样，就心有灵犀思想里发生了感应，走过去叫一声，好汉！他瞄瞄我，点下头。就让我更肯定了。我小声道有蒙汗药卖吗？他四处看了一眼，颔首道，在我住的旅社里。不远，立新旅社。真心想要，跟我走！我有点犯难，眼看要到上课时间了，他看我犹豫，眼睛一抬，有点不屑。这促使我立即下定了决心，一咬牙，牺牲一节课要什么紧，机会难得呀！于是他收拾了东西，我们就走了。这时跟我们走的，还有三四个汉子，有学生模样的，有农民模样的，大概是听了我们的对答，都产生了同我一样的想法。大汉到了旅社进了屋，也不急着卖药给我们，而是坐下来，打了两只生鸡蛋，倒一只碗里，用自来水一冲，咕噜咕噜就喝了个干净。让我们看得目瞪口呆，对这汉子更是佩服了。

回来后我把这事记到了日记里，父亲读到了，哈哈大笑。那时对少年人的隐私没什么讲究更没什么尊重保护说法。父亲看我日记是正常事情。父亲也是医生，他哈哈大笑完了就说，小子，拿你的蒙汗药来，看看我会不会倒也。我正犯愁不知拿谁来做试验，我知道这可不是小事，开不得玩笑。老实说，没有蒙汗药时，觉得它大有用处，真有了这些蒙汗药，我一时还真不知该怎么办了。老爸愿意亲身一试，哼，可怪不得俺小子啦！我顿时笑嘻嘻端了碗水来，将蒙汗药倒入了，搅了搅。父亲抢过了，张了口来，一把喝干了。过了几分钟，我看看时辰要到药性将发，便望着父亲大声喊道：倒也倒也！老爸果真慢悠悠倒下了。让我喜不自禁。正在我沾沾自喜的时候，他又悠悠转醒来啦，然后在我疑惑的眼神中一下站起来，精神一抖，哈哈大笑。原来老爸在戏我呢。蒙汗药哇！

前几年，王朔出了本书，名叫"美人赠我蒙汗药"。凭了"蒙汗药"这几个字，我毫不犹豫掏出我宝贵的一百几十大毛，将它买下来了。看完了，明白了，原来时代变啦，蒙汗药不再是我们手里拿着的药粉啦。

（《苍梧晚报》，2009 年 8 月 9 日）

# 一杯哲学的茶

## （一）

喜欢清朝官场的一种规矩：主人把一杯茶端手上，站起来，客人立即便诚惶诚恐，连忙把双手放空也跟着站起来，接着，拱着脑袋端起双手一揖过顶，告辞了。

这一揖，还一准是一长揖，得一直从门里揖到门外。

这规矩，是谓端茶送客。

清朝以远的朝代是否已盛行这种规矩，我读书少，没看到过。在这里，就把它只当作清朝官场的规矩。

这种规矩写得最妙的，简直是无处不写着的，是在一本《官场现形记》的古典白话小说里。

头一次，刚开始读到，一位上级对着前来拜访他的下属，听了不到两句话，就微微笑着，端着茶，站起来。我还看得莫明其妙，而客人却已经心领神会，早走人了！再看，明白了：送客的意思。拍案叫绝，欣赏不已。

有时，更绝的，茶刚端上来，根本还未过客人的手，就又撤下去了。来客连一句话也赶不上说，只好回头走人。

看这部书，我就爱看这里，就等着看这里，等着主人如何微笑着，客气地把茶杯一端：客人，你请便吧！

中国人善聊，爱吹。一屁股坐下来，就像粘着了502（万能胶），起不来了。

我常常遇到这样的客人。每逢这时候，就苦恼万分痛苦万分。有时候这些客人你就是想尽并且说出了脑袋里装着的存着的你一辈子学来的所有暗示对方该告辞走人的词汇，对方还是没能听明白，无法领会，仍在手舞之足蹈之，兴致勃勃，喋喋不休，夸夸其谈。让你没撤。总不能绷着脸，赶人家走吧?! 就是好言好语，把话讲明白了，也不行。除非你是打算从此同对方绝交了！

我们中国是礼仪之邦，不说五千年的文明史，就从大圣人孔老夫子修春秋，倡礼仪至今也有两千来年了，我们先祖的脑瓜又是如此的聪明，有人考证过，说是在清朝初年，我们的文明、科学，各方各面，还在领先世界一百年到两百年呢，怎么就没想出和适用一种既不伤和气又明白易懂的，让到你家来访的客人，适时地别再说话赶紧告辞走人的方式方法？

看了《官场现形记》，才知道，老祖宗的确聪明，是有种以一种哲学的漂亮方式送客的规矩的。只不知为什么，在今天失传了！太可惜了。

真怀念清朝时代的那一杯茶啊！

## （二）

人走茶凉，是茶的另一种哲学。

中国人讲话，喜欢用隐语。

人走茶凉，这句话就有点隐晦。

当然，隐晦的东西，你若整明白了，豁然开朗，竟觉得特别的形象。

我不喝茶，生在中国，不喝茶，说来的确惭愧。

因此，我领会这句话不太容易，但是，下面发生的这件事让我有了深刻体会：

我从小生活在上海，在上海生活的那些年，和我的七姑八姨，表兄表妹们处得亲密无间，都成了知己之交。后来命运把我安排到了广西一处既不通公路也没有自来水电灯的闭塞山村。有一次我进城里，突然萌生异想，想到如果我就进城这个难有的机会，打个电话到上海给我的亲人们，他们接到电话，听着我的声音，该会是怎样惊喜万分呢?!

这么想着使我激动万分，我仿佛已经见到他们也像我一样激动万分的模样了。这使我又高兴又暗自得意！

我急忙进到邮电局，交过押金，迫不及待拿起电话听筒拨起了虽然从来没有机会打过，却早已烂熟在心了的上海亲人们的电话。

　　我最先拨的是兰兰表妹的电话。在上海时，我们是比亲密还要亲密，比知己还要知己的表兄妹，整天玩在一块不肯分离。我想着如果她突然听到从电话一头传来的我的声音，还不是要惊喜喜欢得一蹦跳起来？

　　可是，我错了，事实并不这样。

　　事实是，当兰兰表妹终于明白是她一位名叫罗海的表哥，从遥远闭塞的广西乡下无比兴奋地给她打来了电话，她竟冷冷地问道：你为什么要给我打电话？

　　只这一句冷冰冰的话，如一盆冷水迎面朝我盖头泼来。但把我浇泼清醒了，忽然知道了什么叫"人走茶凉"：过去那曾有的亲热，随着我的离开，早已冰凉，就算你们是亲戚，又怎样？推而论之，就知道更别遑论你和其他人的关系了，更别遑论你和其他人在其他环境比如学校工厂这些学习工作环境建立起来的关系了。因此，你若离开原有的环境后，这些人再不搭理你，请不要生气。如果你不愿遭遇人走茶凉，也有种种方法，最简单的方法就是，你可以设法每走到一处都做人家求你的那种人物。你真做那样的人物了，不管你放在哪张桌子上的茶，我相信，大概总会是热的。

　　兰兰把电话挂断后，我没再给谁打电话。

《江城日报》，2009年3月9日第5版）

# 因为美好而回忆

那天晚上没有月色，火车悄然地进站时，天边是黑黝黝的，雾气在空气中流动着，把月台的灯光营造得使整个站台气息氤氲、缥缈而神秘，该是深夜的凌晨一两点了。火车停下来的时候，我们就都醒了，抬眼望着窗外。其实有谁又真能睡得踏实呢，对许多人来说这不仅是第一次出远门，而且这次的出远门意义非同寻常，我们都身着绿军装，正向着军营的大门迈进。能实现这一天，是我们所有人打小的理想和梦想，自从踏上火车的一刻，我想，到这时谁的兴奋和激动的心情也还未曾平息下来，胸膛里藏着的那颗年轻的心还为此怦怦激越地跳动着。

火车悄然暂停下来的站台上写着"桂林"。看清了这两个字，就使我更加没有一点睡意了。桂林，桂林可是我梦寐一游的地方啊，如今不意之中竟和她迎面邂逅啦？我的心又加了几分别样的激动，忍不住要多看几眼、要仔细看看。"我想来桂林，我想来桂林……"那时虽然还没有这首歌，但这样的心情在我是早就像要去当兵一样同样强烈地存在着。通过灯光的映照和雾气溟蒙的遮掩，我可以隐隐约约看到站台外城市的高楼和与高楼相伴的秀美的石山，看到五彩的街灯将城市顶上的天空照耀得像天上升腾着一块彩霞一朵让人温暖和安宁的祥云。

看清楚桂林的时候，车厢里的沉静就再也未能保持了，大家纷纷叽叽喳喳谈论着桂林，有的为我们竟到桂林了而惊奇，有的为到了桂林却未能下来一游而惋惜……

桂林的站台由于夜深和没有客车进站是静谧的，只有几位值夜班的服务员在空旷的月台上忙着些什么。我突然感到有点儿饿了，当我说出来的时候，我对坐的小马也和我有同样的感觉。但这时谁也没有填饥解饿的东西，月台上虽有几位在忙着的服务员，她们又没有东西可卖给我们。我们只好咽着口水，互相说些打趣的话解饿。

这时车窗下走过几位服务员，当她们看清我们的时候，就停下来和我们说话："你们是新兵？"我们听着了，却一时谁也没有应话，脸都先红了。十七八岁的我们，还没有同陌生女孩儿说话的经验呢。她们见了，不出声地互相望着笑。有一位扎一把马尾巴的，仰了仰头又问："你们是哪里来的？""我们是空军。"小马说。几位女孩儿听到小马这样答非所问的话，觉得有趣，拉着手忍不住都笑出了声。她们这样一笑，反把我们的紧张情绪笑得没有了。大家七嘴八舌地和这几位女服务员聊了起来。

这几位女孩儿笼罩在月台暖黄色灯光的围裹中，光洁照人的脸上洋溢着的那种单纯信任，使我突然感到她们真像我们家中的姐妹。这样想着一时忘却了的饥饿又开始在肚子里叽叽咕咕使劲叫唤着让我难受了，因此我突然下意识地对其中一位女孩儿说："你们有没有吃的？"话刚说出来就被小马暗里狠狠踢了我一脚，我也立即感到后悔了，怎么能这样问素不相识的人呢，特别我们已经是一位军人！可是，这些女孩儿听了，互相悄悄议论了几句，说一声"你们等着"，就一溜烟儿跑走了。

这几位女孩儿走了后，小马和战友们就都嘲笑起我来，说我癞蛤蟆吃天鹅肉有这样的好事！

可是不一会儿，这几位女孩儿真的拿着几袋油条回来了，有点歉意地说只有这些她们的当班宵夜，边说着边把它们递上车来。弄得我和战友们都不好意思又格外感动。

由于被小马他们刚刚一顿教育，我一时不敢接。小马伸出手来接下了，分给我和其他战友，当着几位女孩儿面大口吃起来，让这几位女孩儿看了，又掩着嘴笑。我们边吃着，也都边笑着，心里暖融融的。

如今，这件事过去已有多年了，我常常情不自禁地要记忆起，无数次咀嚼着那晚上的桂林和那晚上桂林火车站的几位女孩儿。这件事虽小，却总是在回忆中，一次又一次温暖着我的心。

（《广西日报》，2003 年 3 月 5 日第 7 版，编辑：蒋锦璐）

## 残荷可看

清人张潮在其文选《幽梦影》中说："花不可见其落，月不可见其沉。"美的残败和没落，总是令人伤戚和悲痛的。所以才有了黛玉的洒泪葬花，所以才有了张继的"月落乌啼霜满天，江枫渔火对愁眠"吧。落拓的时景总是令人愁中添愁，悲中更悲。

我以为荷也是如此，初夏之时，新荷田田，莲花朵朵，茂密葳蕤，遍池连绵。绿的宛若碧天，白的粉红的宛若彩霞。它们或如一群窈窕淑女撑开的柄柄翠伞，将自己的袅娜藏起来了；或如曼舞的仙姑，亭亭玉立，卓尔不群，清纯高洁，别有韵致。那是一种绝尘脱俗的美，来自天上仙境，只可远观不可亵玩。在夏日里，远远凝视，令人不禁心旷神怡，心醉神迷，默默敬畏无言，不肯离去，又不敢随便走近。这时，若蓦然念到入秋之后，眼前的美丽最终竟会剩了一池憔悴的残荷，在寒风中瘦瘦黑黑，枯枯萎萎地或伏或立，不免就要心悸怵栗，一阵窒息，不能再想。

因此，秋风起后，我是没有勇气敢于再去走过荷塘的，有时不得不贴近荷池，也绝不敢抬起头来，正眼看一看原先满池碧绿的荷，该被这岁月的风尘摧残成怎般千疮百孔，满目疮痍。就像不忍注视一位曾经风姿绰约，如今风烛残年皱纹如雕的落寞老妪。

前不久，观看一个摄影展，进了展厅，眼前却忽然一亮，醒目抢眼地跳出一组残荷的照片。黑白的影调，得心应手于天然。白的是水是天，是空是灵，水天合一，空灵自现；黑的是荷是莲，是光是影。或深沉凝重，宛在沉思默想的智者；或纤细修长，曲茎虬枝，如天鹅舞蹈的妙曼。水光潋滟，残荷自存。就是已倒伏于水的，也含蓄着一种让人为之一震的力，仿佛这一枝残荷随时都要拔地而起，再度挺立于水天一色之间。它们倒伏的模样，横陈排列的姿势，给人的并不是一种戚一种悲，而是经历风霜后的静谧，是经历繁茂后的洗练素净；是对灿烂生命最终回归的默默沉淀，是悟透生命后深刻的宁静。没有喧嚣，没有浮躁。只是简单的黑色和白色，只是浅淡和凝聚，显示了旷古的蕴含。这是一种怎样撼人的美！

张潮还说"花不可见其落"呢，原来张潮是错了，我也错了。这残落的荷，又有什么不可以见呢？它让人想到生命原来便是如此：有辉煌就要有凋零，是自然的规律，只要我们顺应生命顺应自然，坦然地接受生命的不可逆，每一个阶段都自有它的美，让人欣赏和感悟，都存在美的风骨。如果我们把握了，连死亡都会是美丽的。

（《中国旅游报》，2001 年 10 月 10 日 A6 版，编辑：武葳）

# ☁ 读墙

　　墙蕴含着社会历史的沧桑，它的每一次变迁，既是宣告一段历史的结束，也是预言一个未来的开始。墙虽无声，却实在明白无误地在向每一位有心领悟者，昭示着社会的环境……

　　我喜欢读墙。每到一地，最先映入眼帘的总是有关墙的风景。我曾在乡下见到一堵用石灰水涂抹过多次的墙，仿佛每次都很匆忙而来不及仔细涂抹。细辨之下，还可以读出每一回涂抹都未能很好掩盖的或大或小的某些字迹。最里层的红字是"……万寿无疆！"，然后是"农业学……"再后来是黑色的"打倒"最外层的是一种秀气的仿宋体："科教兴国。"

　　很多墙就这样，像是被定格的运用着蒙太奇手法的电影，又像是一部叠印的卡通画，寥寥几笔，淡入淡出，却让读者刻骨铭心。有了经历的人，会仅仅从某一个字，就勾绘出许多风起云涌的历史画面，品味到很多悲欢离合的感人故事。即使缺少阅历的人，面对墙上斑驳的字迹，也会发出人生沧桑的感慨，感觉到历史沉淀的重量。所以曾经有一些有识之士很强烈地呼吁：要有意识有选择地保护这些墙的典型，特别是"文革"时期的遗迹。它们不仅是我们社会变迁和发展的人文景观，更是历史见证的活的资料！可是遗憾的是尽管呼吁者语重心长，回应者却寥寥无几。后来有一位历史责任感很强烈的记者，跑遍大江南北，用手中的相机，将这些墙拍摄下来。这种单枪匹马，虽属无奈，多少给人以一点欣慰。实物未曾有意识保存，照片总还能看到，将来遗示子孙，可以让他们少一点对历史模糊不清的困惑甚至误解。我们那么重视考古，那么重视保护古迹，却对这些墙视而不见，真是短视。

20世纪80年代后期我在广州读到的墙开始不那么沉重和严峻，墙由悲剧演变到喜剧甚至是滑稽剧了，有时看了，让人忍俊不禁。但起初还真莫名其妙，摸不着头脑。某一堵墙小小的显眼或不显眼的地方，写着："祖传秘方，专治疑难杂症。"透着一种神秘，半遮半掩。当时猜不透，也不愿猜。后来听多识广了，才知道这"传秘方""专治"的含义，不觉想啐一口唾沫，恨恨地发声冷笑。我从广州乘火车回桂中山区小城探家的时候，一夜醒来，不免又吃一惊，沿途不论是多么小的车站，它的墙上必定都铺天盖地涂满颜色并不怎么美丽的粗陋的广告。当时可真让我惊奇震撼不已，这才深深体悟到了，一个商品经济的时代尽管粗糙，却实实在在到来了。

如今在广州以及全国很多地方，墙上更多的是些美丽的墙画壁画了，映衬着处处生长着的绿草红花，让人爽心悦目，心旷神怡。

墙上的历史正在脱离功利性，开始走向更高品味的，更有文化蕴意和民族精神的境界。

（《广西文艺报》，1998年6月28日，笔名：弦歌；

《漓江日报》，1998年5月22日，笔名：弦歌）

# ☁ 谁赠我芦苇

在《诗经》里也能读到芦苇，有一首《河广》的诗就说到了："谁谓河广，一苇杭之。"中国人对什么东西，差不多都是从实用主义出发，看来古来就是如此啊，在这句诗里也体现了这个意思，说到芦苇就讲它能够编织起来做成载人驮货的渡筏：哪个讲黄河的水又宽又广，一张芦苇编织起来的筏子就可以渡过去了。《诗经》里另外还有许多美丽的诗篇，就并不那么实用主义，让人因为美好而生遐想，像开篇的《关雎》："关关雎鸠，在河之洲。窈窕淑女，君子好逑。"像《静女》："静女其姝，俟我于城隅。爱而不见，搔首踟蹰。静女其娈，贻我彤管。彤管有炜，说怿女美。"都是形而上的，都是感情至上，极其美好。"静女"这样的词，尤其生动而美丽。至于"彤管"，我原来以为在我们家乡，就是叫作"芦苇"的那种东西呢。便幻想有一天，也会有一位女孩子像这位静女那样，在黄昏的彤云下赠我一枝芦苇。但是，后来知道"彤管"和"芦苇"根本不是一回事儿，心里就有点失落。我真愿意它就是芦苇啊。

在我的家乡，好像入了秋，芦苇就遍地生长了。现在我想芦苇当然不是一夜间在秋天里长起来的，只是到了秋天，它美丽的芦花一片一片开出来了，人们才看见它。人只有在最美丽的时候容易被别人发现，自然界的东西也不例外。

芦花开起来后，面对芦苇，我们也像古人一样，从实用主义出发，傍晚的时候，进了芦苇丛中，将它的花蕊采下来，用手掰开了，将里头的丝丝当零食，一口一口地啖而食之，其味甘甜其质柔嫩，真是美不胜收。

芦苇秆把它折了，可以做成各种各样的玩具，男孩子做得最多的自然是各类枪支，像德国二十响，日本王八橹子等；女孩子做的无疑是各种小动物了，比如蚂蚱呀，螳螂啊。不管男孩儿女孩儿，做了来的东西，都活灵活现，跟真的那样。现在我手中若再拿着一枝芦苇，我只能靠想象来完成过去的工作了，我再也不能够做到使它们在我手中龙飞凤舞地变幻，我得承认在不知什么时候，我已经完全丧失了这门手艺！而在过去芦苇曾经在我的手里，像玩魔术一般变幻出多多少少，能够成全我少年梦想的东西啊。有一位作家写过一篇散文，叫《手工时代》，怀念失去的手工工艺。是的我们少年时代，仍经历着手工时代，但也许那是人类最后的手工时代了。在那个时代，我们的手多么灵巧，我们的想象力，多么丰富！随着时间的流逝，手工时代渐行渐远，终于在很多地方几乎完全离开了人类，失传了。

词典对"芦苇"一词的解释也完全是实用主义的，它这么说："芦苇：多年生草本植物，多生在水边，叶子披针形，茎中空，光滑，花紫色，花的上面有很多丝状的毛。茎可以编席，也可以造纸。"可以编席，也可以造纸，这就是中国对芦苇最权威的认知。我小时候翻词典，经常感觉词典是远离我的另一个世界，比如像"芦苇"我们对它的认识就和词典里讲的不一样，我多么希望词典上还能添加上另一些东西，比如面对芦苇，可以这么解释，它还是一种观赏植物等。

说到观赏植物，芦苇实在很称职的，我在各种时期见过不同的摄影家拍摄过的关于芦苇的作品，都是很美的画面。有黄昏拍的，有中午拍的，有晴天拍的，有雨天拍的，有雷电交加时拍的。拍摄出来的作品有的是如此的静谧，有的是如此的狂暴。摄影家们用芦苇来表达着各自彼时彼刻的感知和感情，表达着对自然的领悟以及对自己内心世界的探询与宣泄。看了真是令人心旷神怡，心生同感啊。

（《广西政协报》，2007 年 12 月 27 日第 4 版，编辑：何文毅）

# 报答

我以为外婆自然会很长寿很长寿很长寿，长寿到我能报答她的那一天。

但是，这天，舅舅忽然从上海打电话来，对我说，外婆走了！

已近九十高龄的外婆，走了。

舅舅说外婆走得很安详，面容平和。

我想着我的外婆，瘦瘦的，小小的，总是平和而安详的模样。生前是这样，死后，还是这样！我就悄悄地把泪流出来了。

我十一个月就被父母由广西送到上海外婆家，外婆一直把我抚养到我读书的年龄。

在这些年里我留下了许多后来常被长辈们传讲的"经典"，讲得最盛的是这样一个经典：我曾对我的外婆说，外婆你买一个鸡蛋给我，以后我长大挣钱了，天天买一个鸡蛋给你！

外婆是最疼我的了，她听完我的话，不止买了一个鸡蛋给我。

这样的经典，外婆却从来不曾对我说过。

长大了，我先是到部队当兵，后是到地方工作，每隔几年回上海一次。每次回上海见了外婆，就想着我的承诺。

这样想的时候，好多次就把手掏向了荷包。

可是，当我把手指揣捏着几张可怜的人民币时，就又放开了，我实在不好意思，拿这么少的钱来孝敬老人家。就想下次吧下次吧，下次等我有钱了，有很多的钱了，我将让我的外婆从此过上幸福安康的晚年生活！

一次一次我都这样在嘴上对自己重复着我的孝心。

直到外婆……离开了我们！

我这么想着孝敬的人还有很多，比如我的小姨娘。我寄养上海外婆家的时候，小姨娘还未有出阁，在对我具体的照顾上，都是由我这位未出阁的小姨娘，一把屎一把尿来完成的，因此她应该是我的第二个娘。

我在部队当兵四年，小姨娘担心我在部队生活太艰苦，每个月都按期给我汇钱，嘱我想吃东西了就买，千万不要难为自己。她总把我们的部队想象成长征或者抗日那会儿了。

母亲是从来不给我寄钱的，她也反对小姨娘给我寄钱，对小姨娘说现在是什么年代，部队上好着呢，会缺食少穿？又说你这样汇款，让罗海领导看见了，要影响罗海进步的。小姨娘听了，钱一样汇，但就改为偷偷在信里夹寄了。我支持母亲请小姨娘别再寄钱了，说我在部队确实什么也不缺少。小姨娘说把钱寄给你了，我才觉得你没有受冻挨饿。我的小姨娘啊！

很久很久以来，我就经常在心里排着一个名单，这些名单，都是我要报答的人。我对自己说，将来，我一定一定要好好地报答你们！

我在努力着，我在等待着，我在迎接着自己发迹的那一天。

可是那一天没有到来，也许永远也不会到来……

而我的报答就总这么无限期给延长了，以致可能永远也没有给予我该报答的人任何报答了，就像我对我敬爱的外婆！

曾经流行过一首歌说老人要孩子的回报无非就是让帮洗洗脚捶捶背，每次听着这首歌我都很感动，许多次我都无声地流下了泪。

如果老人们真的就是这么容易满足了，而作为小辈的我们又怎么会以此为满足呢？！谁不设想自己有很大的本事，给曾经恩泽自己的人们更多更大的回报？！

为了等待这一天，许多人最后，会不会像我对我的外婆那样，错失了报答，终于什么也没来得及回报了呢？

（《中国妇女报》，2005 年 4 月 2 日，编辑：王文）

## 🌀 青蛙进屋

这种喜悦是否是因为与自然有一种契合？

我没有去看那只青蛙，我假装对它漠不关心，它在花盆间时而纵横跳跃，时而停下来，明目张胆地完全显出真身，赤裸裸地鼓着一只大眼，一动不动，直瞪着我，让我想象到一位才出浴的婴儿：天然、浑朴、纯粹、率真，无遮无掩。我的心油然地升起了爱怜，充满了爱怜。我很想转过身去，然后伸出温柔的手抚摸它，抚摸一只进屋的青蛙。但是我不敢放纵自己这么做。面对自然的真诚，任何分外的渴望，一旦表现于行动，都可能是亵渎，造成不可宥恕的伤害，而无法得到天地以及自己的原谅。我唯有不动声色，仿佛我不曾存在，仿佛我不曾进入这个家，它是属于青蛙的，属于此刻这位盯视着我的青蛙，我倒应该为自己贸然的侵入向这只先我而来的青蛙道歉，虽然似乎它没有把我当作敌人而感到受了惊吓，反而对我的冒失打扰，抱着一副宽容大度的神态，用一双好奇的明眼，亮晶晶友爱地注视着我的举动。我却不敢用眼睛迎接和对视这双真挚无邪、来自自然的双眸。我怕自己一双在世俗染濡浸淫了几十年，习惯于钩心斗角、尔虞我诈的混浊眼睛，已经无力率真地表达出内心的善良和爱意。尽管此时此刻，我的心间弥漫着无限柔情。我看不到自己的眼睛，我不敢放心地肯定它会像此刻我的心一样：坦然透明、充满关爱！我曾经那么善于掩饰，面对一只青蛙，我也无法彻底放弃一分做作呵。但，只要不是出于恶意，少许做作应该可以容忍和原谅吧。

我不知道青蛙是怎样莅临这早已远离了自然的钢筋铁屋的。除了几盆花草代表着对自然的可怜巴巴的怀念，这屋里早就无法保存下一点自然的清新气息了。

打开窗向外望，群楼夹道，光亮亮新铺成的水泥街道，甚至连一棵草都需要细心寻觅，才可能发现。一只青蛙，此刻却奇迹般仿佛从天而降的精灵，既高高在上，又平易近人，既如仙如幻，又真实存在，怎不令我一阵激动，一阵欣喜！

这是自然的一种怎样的宣示！充满了神秘和稚朴，让我在顷刻，重新回归童真。

我记起十多年前，那时我住在广州白云山下。有一个月亮圆圆的夜晚，独自信步白云山小径，猛然间，我惊讶地发现，不远处，路的中央，迎着月亮挺立着一只既像鹿又不是鹿的动物，在月光的怀抱中，轮廓皎洁美丽，像雕塑一样神圣、庄重，既亲切可亲，又不容冒犯。我顿时立住了脚，呆呆地看，不敢向前挪动半步，在这喧嚣的城市骚扰下，竟然存在神灵般的这样一只静谧的动物。以后连续几个月，每到月圆的时刻，我都能如期地与这只谜一般神奇动物邂逅，彼此默默致意。有一回，忍不住，悄悄向伙伴们闪烁其词地询问："在夜晚，你们在白云山，见到过什么怪事吗？"他们大都迷惑地瞪了瞪我，否定地摇摇头。我不敢吭声了，后来我才知道，那是一只麋鹿。如今这只麋鹿它还在白云山里，迎着月光出入吗？

人类越来越龟缩进钢筋铁壳，而远离自然了。许多睿智的人在担忧：有一天，我们的后代，也许最终只能从标本、图片和电影上，才可能目睹到诸如飞鸟和青蛙这样一些与我们相伴的可爱动物了。这是否是人类文明注定要做出的牺牲，注定在演绎的悲剧？

此刻，一只进屋的青蛙让我充满了神圣的喜悦。尽管人类在有意无意间疏远了大自然，大自然却不会忘记和抛弃它亿万年来，养育和恩泽着的子孙啊。

这只青蛙不正带来了大自然温馨亲切的问候吗？

（《公安时报》，1998 年 12 月 22 日）

## 鸟

这只鸟来临的时候，是否注定了一些什么？

我多次寻觅过鸟，或者可以说我一生都在寻觅鸟。

鸟，是一种象征，一个诱惑。

抬头看看天，是谁吸引住你的视线，是谁给你带来幻想？

也许是一只蜻蜓，也许是一片白云。但最主要的，还是鸟。

很少有人说白云是一只精灵，而大都愿意相信鸟是精灵，翅膀划过的地方会留下谶语或预言。

数千年前，我们的先人就曾一再努力，解读鸟的飞翔，所带给我们的隐秘的启示，他们学着鸟，在两臂安装上翅膀，尝试着像鸟一样飞翔。尽管幼稚，尽管注定失败，却虔诚得令我只生崇敬。在他们笨拙的行为里，我读到已经悄悄延续下来的一颗慧心，我找到了我们如今能够借以飞翔的缘由。

我渴望鸟，渴望鸟飞翔在我头顶的苍穹，渴望鸟得到我手心的呵护，然后在我心灵的天空，以另一种方式飞翔。鸟得以自由飞翔的天空，来自自然，更来自心灵，来自鸟的心灵，特别是人的心灵。

我仰望着空旷的天空，在烈日当空的夏日，它使我焦灼和烦躁。只有当鸟婉转的啼鸣，由远渐近；只有当我看清了鸟飞翔的身影，美丽的翅膀划出优雅的曲线，鸟仿佛顿时带来了清凉的和风，给我安慰，才使我心宁气静。

说到鸟，总要记起梭罗的《瓦尔登湖》。他在这部书上，曾经用怎样欢愉的心情，迫不及待写出大段关于鸟的文字呵。读到这些文字，你会深信，人应该学会欣赏鸟，应该设法学做鸟的知音，应该是鸟的知音，并且因此而满心喜悦充满自豪。

没有鸟的世界，才是真的寂寞。没有鸟的世界，就缺少了天籁赐予的灵动。

丧失了这一份生机，人和自然如何真正契合又怎能交融！

每到一个地方，不管是乡村还是城市，我竖起耳朵来谛听的，首先总是鸟的声音。鸟的存在，证明这个乡村，这座城市的魂灵还在，还有着健康的体魄和旺盛的生命。

鸟代表着一种活力，人置身在鸟的呼唤，就能够正常地创造。

漠视鸟的心灵，该是多么的混浊了。当我和一颗灵魂谈论鸟的时候，我总担心碰撞到麻木的篱墙，就像一只鸟撞在了无法飞翔的樊笼。那对双方都是一种悲哀。对方的悲哀，是他不知道已经发生的悲剧；我的悲哀，是因为在这个时代，还无法避免仍能不时碰到这样的悲剧。

（《广西日报》，2000 年 12 月 9 日第 7 版，编辑：蓝阳春）

# ☁ 关于花草的记忆

一直到我小学毕业，我们家都从来未种过花草。那时还是在乡下，虽然有偌大的院子，却只种着几畦菜。我很渴望父亲能在围院中，种上一些花草，哪怕只是最普通的，比如指甲花。隔壁邻舍的院子里，没有一家不点缀着一些红红绿绿的花草的。我站在自家了无生机的围院里，向左向右眺望时，眼睛总是望不尽丽花美草，心里充满倾慕和羡望。我甚至差不多觉得父亲是一个不会欣赏和创造生活的人了。可是有一天，我在翻阅父亲的藏书时，忽然发现了几本画论和写生，上面都签着父亲的姓名，无疑书是父亲买的，写生是父亲画的。那里的世界，居然正居住着许多花鸟草虫，栩栩如生。令我更是大惑难解：原来父亲的心里，也曾装着一个如此绚丽的世界呀，可是，现实里为什么却没有表现出一点儿呢？

读中学时，"四人帮"集团被粉碎了，改革开放的春风吹拂大地，我们家也由乡下回到了城里。但在城里住的是一处逼窄的小套间，套间外仅有一个只几平方米的小得简直不能再小的院子。可这回父亲却兴致勃勃，热情万分，亲自设计和动手，人兴土木，搭起了多层架子，把一个院子改造成花圃，种了许多我叫得出和叫不出名的花草，像玫瑰、月季、君子兰、含羞草什么的。围院的正面，父亲特意种了几株牵牛花。不久，牵牛花便牵满了一垛墙。开着蓝白色、粉白色的状似喇叭的花，将我们的宿舍装点得生机蓬勃，如锦如缎。行人走过，没有不回头留恋地张望的。我看在眼里，就挺得意，每天喜欢在放了学后，扒在围院的篱笆上，看过往行人痴痴打量我们院子的目光。

置身这些花草中，是多么美好。不过，父亲从来也不享受它们，他只管种植、呵护，很少停下来，坐在花草的身边，静静地欣赏，默默地感悟。操弄完了，便拍拍身上的灰土，洗干净手，不动声色地进房看书了。这些花草仿佛不正是由他一点一点精心养育出来的。去上班的时候，也是匆匆地走过它们欢迎的夹道，简直是熟视无睹了，真不可思议。他营造着一个世界，但似乎不是给自己的，他既投身对花草的热情中，又完全超越了对花草的迷恋。这种方式的爱，也许是经越了坎坷的人生，才可以达至的吧。那种多情善感的表达，以至装腔作势的作态，在他面前会显得多么轻浮、苍白和贫乏，而无地自容呵。

父亲时常还会坐在书桌旁，摊开了新买的写生本，又开始画画了。我曾见过父亲年轻时画的一些水粉画，他喜欢用粉红和翠绿的颜料，将整幅画渲染得迷离而幻丽，调子明快，充满幻想。可是现在他完全摒弃了所有色彩，一律地仅有黑和白，仅仅是黑和白，简洁而苍虬。这些画虽说应是写生一类，可他从来也不在画画时望向一眼屋外的花草，他是在画他心中的花，心中的草吧。他笔下的花草，就都有了脱俗的意趣，寥寥几笔，似神似仙，拓落不羁，仿佛要挣脱出这方寸的束缚，翩翩飞升上天了。我看了，又惊又诧。传闻古时候一位叫八大山人的画家，他的画，都显出怪异，比如画树，树根都只管朝天长，让人哭笑不得。父亲的画也有八大山人的风格，只是并不肆意张狂，虽体现了神迹仙踪，却又内聚收敛，便充满了特别的张力。

围院的花草在父亲的护理下，一年一年茂长和盛开，没有春秋，不分寒暑，似乎永远充盈着生命力，似乎永远美丽如初，花朵儿时时艳妍。我已经看惯了，现在想起来虽然已经是在记忆之中的了，却宛如正在眼前，伸出手来就可以触摸到它们柔软的枝瓣。而当我写这篇文章时才忽然醒悟：它们是代替父亲发表着对这个世界的心愿和看法吧。而父亲还又是一位十分理性的人，并不满足于花草艳丽的赞颂，大概希望世界更简洁质朴，更清明灵透，所以又要用笔画下别一种花草的世界吧。

（《南国早报》，2000 年 11 月 1 日第 26 版，笔名：素心，编辑：潘茨宣、曾曙红）

# 满街净是陌生人

那时小城只有两三万人，那时我十六岁，或者十七岁，那时我最喜欢做的事，就是赶快吃了晚饭，吃完晚饭好一个人，在城里散步。我喜欢散步，是因为，我几乎每走一步，都要和迎面相逢的人，点头、打招呼。"呵呵，散步！"有人见了我，会亲切地这么笑脸问候；更多的时候，更多的人会以这种方式问候："吃过啦？"我就微笑着，朝他们点头，答应他们的问候，并回致问候："吃过了。你也吃啦？"接着继续散步，以非常好的心情等待下一个人几乎相同的问候。现在回想起这种问候，感到既好笑却亲切，总之是亲切，念念难忘。有人嘲笑国人，见了面就说吃过了。我虽然感到这么致问候语蛮好笑的，但我不觉得有什么可以嘲笑，只感到亲切：人家不把我当外人哪！对老外人家就不这么问候，对老外人家只扬一扬手，说一声哈喽，就走了。哈喽翻译成中国话只是冷冰冰的一个字：喂，那是很隔膜很不礼貌的。对老外我们无所谓，反正他是老外嘛。更不会特意地停下散步，把我的手拉着，还要温暖地话几句家常。

小城既然人口不多，小城也便不大，要是绕着城不紧不慢走，就一个来小时。因此从我们医院的大院出来散步，我总是绕着小城走一圈。其实不光光是我如此，几乎小城的所有人，人人都这样：吃过晚饭，慢慢地悠然地围着小城走一圈。每个人都心情愉快，面目友善地等待着别人的问候，或者问候别人。

那时我们家刚搬来这座小城不久。说刚搬来，其实不太切合实际。因为很多年以前，十年前，我们家就曾住在这座小城，也是安家在医院。那时这所医院由一座庙宇刚刚改建，周围有着参天的树木。那会儿我虽然年幼却能记忆犹新，也许是因为我实在喜欢参天的古木。记得我与同院的小朋友差不多天天围着这些古树捉迷藏，不捉迷藏的时候，也围着这些古树读书写字。我们读一些唐诗宋词，看一些唐诗宋词里的古画。古画里常画着参天的树木，很符合我们读它们的环境。后来，有一天，医院里的人，还有小城里的人，许多人，就给我的父母和几个叔叔阿姨伯伯，胸口上戴上红花，敲锣打鼓把我们欢送下了农村。这一去就是十年。

我们家重新来到这座小城，重新住进由庙宇改建的医院时，小城的面貌没有多少改变，医院也没有多少改变，在我眼里，唯一的变化是参天的古树都没有了，医院原来遮蔽在浓荫的安静里，现在，医院新起的楼房光秃秃矗现在小城的眼中，像一只兀鹰。我们家住在这兀鹰的心脏里，在五层楼的三楼。古树没有了，医院还在，当时我只是有一点遗憾并没有感到悲哀，不像现在写着它们心情格外沉重，面对这些逝去了的古木，怎样悲叹也不为过呵！

又回到了城里，又回到了记忆中的小城，我相当的高兴相当的兴奋，当我第一次走在大街上，我惊喜地发现大街上，人们竟然都认得我，他们互相说，这是某某医生的儿子。握着我的手，拍着我的肩，寒暄，问候。这些温暖使我想到我们家在农村时，由于父母婉言拒绝村人的帮助，村上人如何在深夜，待我们一家休息了，悄悄地往我们家里扔菜蔬和粮食！

去年的八月仲秋，我在离开了这座小城又一个十年后，再一次回到了小城。当我走在大街上，这座如今几乎有二十万人口的新兴城市，好像再也没有一个人认得我了。每一个从我身旁走过的人，留给我的不再是温存温暖的目光，甚至连一瞥都如此吝啬。留给我的只是低着头一串匆匆的脚步声，不停顿地从我身前从我身后沓沓远去……

（《宁夏日报》，2009 年 4 月 28 日第 12 版）

## ☁ 你还不放下

喜欢这样一个故事，说的是一位老和尚与一位小和尚来到一条河边，遇到为过不了河发愁的一名村姑，老和尚就把村姑背过了河。

事后小和尚责问老和尚：师父，你不是说色不可近吗？

我喜欢这个故事就在老和尚下面的答话上。

他是这样回答小和尚的，他说，我都放下了，你还放不下？

妙绝。

听罢老和尚这么回答，我对老和尚简直要佩服到五体投地，愿意穿越时空的隧道，去朝拜他。

在我眼里，老和尚已经不是老和尚，是一位大智大慧者呀。

中国有一句成语叫"大智若愚"，我认为这只说对了一部分，并且是一小部分，更多的智者，像这位老和尚一样，时时显露出机趣智慧，在历史的长河上闪耀着光芒。

按照孔老先生的教诲"朝闻道，夕死可矣"，这时，我真应该即刻一头撞向南墙，可以死矣。好比牛皋终于如了愿，抓获了金兀术，欢喜得仰脸大笑而死。

只是，我还不好意思就这么死了。朝闻道，夕可以死，一定说的是孔老先生自己，或者还包括他的学生。

我记得，历史书上写着，孔子的弟子子路与人比剑，帽子歪了，道不正，他就放下剑来，规规矩矩地用双手把帽子修正，这时，别人趁机来砍他的头那是不要紧的，尽管砍去好了，道正了，即可以死了。他果然被人家冲上前来，一剑挥下，人头落地，如愿以偿，死矣。

事后听说，孔老先生抱着他的这名出色的道学弟子又歌又哭。死是可泣的，死而后已更是可歌的。

但是，这是圣人一路，像我这样，朝闻道，到了晚上应该设法活得更好，比如怎样在晚上克服上网多了带来的失眠症，不用服安眠药也能快快入睡，并且睡了后连梦都不做一个，一觉痛快彻底地睡到天光。做梦，就算是做好梦做美梦也是不能算睡好了的，按照弗洛伊德的说法，究竟因人对世事的不满意才睡出若干的梦境来。

能够随时放下的，都是智者高人。据说佛家鼻祖释迦牟尼原是一国王子，锦衣玉食，温香美女，他觉得这个世界是多么的美好、美丽。可是，有一天深夜醒来后，在摇曳的烛光映照下，他惊奇地发现，睡在他身边的美人儿睡着的脸相，是多么的难看、丑陋。美女尚且如此，满世界就不知藏着多少的丑恶了。这么一看一想，这位年轻的王子顿时放下了一颗属凡的心，光着一双赤脚，悄然走出了宫廷，从此一去不返。

不过，一个人，若真这么彻底地放下了，照我看来也未必好。首先他就犯了某种偏执狂，就拿这位释迦牟尼王子的遭遇来说，偶尔看到某美女睡相丑陋，从此便愤世嫉俗，否认了整个世界存在的美好，明显是太偏激了嘛。好在后来他好像改变和修正了自己对世界的态度，教导弟子们要具仁人之心，慈悲为怀。这样，在他眼里，就变成一切都是可以挽救和改造的，丑陋也可以变为美好。其实是又入世了。

老和尚也不知是释迦牟尼的第几代第几世的徒子徒孙了，他做得很漂亮，与释迦牟尼的行为比起来，我觉得他的行为更可爱。处世为人还是应该向老和尚学习，像老和尚那样拿起了，又放下；拿得起，放得下。

可惜我虽心向往之，要想找到老和尚，跟从他，却不知他的名号，找他不到了呀。

凡可爱的人，你总不容易找到。这也算应了释迦牟尼的遭遇，圣人凡人都一样，美好总是藏在难以发现不容易寻觅的地方。

（《新晚报》，2009 年 5 月 18 日）

## ☁ 怀念木屋

搬新楼新居不久，我便开始怀念起木屋来。

前两年看过一部台湾电影《白屋之恋》，那纯情和感人的故事，就发生在一座粉刷成白色的木屋里。只有木屋的品质才包容得了这种天上人间的爱情，它带着原汁的古朴的灵气。这是一部让我感动至深的影片，那时我以为是为了爱情，现在才知道其实也为了木屋。

我在江南的乡下见到过一种草屋。那时我刚从广州分到江南一座小城工作。那是一个傍晚，信步走在乡间小路，炊烟起处，抬头便蓦然看到了草屋在夕阳下金黄色的屋顶，带着一种氤氲之气，仿佛整座草屋时刻都会随了这种神秘的气体，一同飞升上天。一切都是那么静谧，生命全停止了，都让位于草屋，唯任草屋独独勃发着袅袅的生命气息，却又很轻很淡很不经意，因此也很神圣。生命是不需要喧哗，不必宣泄的，它越是自然自在地存在，越接近生命的本质。看到草屋我便如同草屋一样感到也开始升华。随着一步一步向草屋的临近，这使我想起家乡的木屋。一切取自自然承惠于自然的东西，它们都包含着一脉相承的蕴意，这在家乡的木屋和江南的草屋上彼此得到了印证。我幼时住的木屋是用杉树皮盖顶，灰黑色泽，建造在深山老林。如今想来它像一个神秘的童话。特别在雨中，整个若隐若现的朦胧，更是引人入胜的故事，让我在离别的梦里一读再读。那些木屋的日子，充满了梦幻和温情，也充满了孤独寂寞和渴望。没有经历过孤寂的人生是一种缺陷，没有亲近自然直接契合于自然的生命容易麻木。我仿佛又在倾听着发自木屋的天籁之音，它们的旋律，悠扬嘹亮，常常由蟋蟀和纺织娘组成。

在夏夜，有流萤飞过的空灵，音韵袅袅，充满了童年的好奇。木屋是很朴实的迷宫，它的纹理的美妙越经历着岁月的沧桑，越需要心灵的眼睛，去细细发掘。它与如今什么都做作地讲求表面脱离实际的光彩照人，相距很远，它的古朴和谦逊，使成长的童年更崇慕真实。染濡着木屋的流年，注定把我塑造得外表朴素心地善良。

这弥散着人与自然相亲相合，互生共容的木屋，在我离它越远的时候，心灵上与它的感应就越强烈。像别的山里娃一样，我常在木屋的厢房下，寻找一种深入泥土、在泥土表面造出美丽的涡纹的昆虫。寻找它们，需要虔诚了心，一边用一只手触摸着木屋的镶板，然后喃喃地念着山里的小孩都会的"咒语"，一边用另一只手的指尖，一圈一圈，仔细地轻轻拨弄涡纹，直至终于求得昆虫原形毕露。大人们说，这便是木屋的精灵，找到了它，就获得了木屋的灵性。这种纯粹带着神话性质的童话故事，也许就是我们的先辈为了便后辈体悟和仰慕木屋，而刻意营造的具有图腾和图谶意义的氛围，它让一旦离家远走的游子，最后总要一再回首，充满膜拜和怀念。

也许我再也无法回居木屋了，我明白，这是真的。但，随着居住的楼宇每迁徙一次，就增高若干层，心中却始终有着平凡的木屋，矗立在灵魂的隐秘之地，从来也不会稍许失落。

（《广西法制报》，1998 年 8 月 25 日）

## ☁ 文学课

有一位古人谈到如何写文章，说语不惊人死不休，我们的老师上文学课的时候，拿他来做榜样，振振有词教育我们。看他眉飞色舞，谆谆教诲的样子，好像做文章的真谛，全在于此了。

说得高兴起来，他还要另外地旁征博引，又说起一位古人。

这位古人好像更厉害，写两句诗，三年才琢磨出来，还要吟断好几根黑的白的花花绿绿的胡子。

我们听了，引来一片惊叹。

前一位古人说语不惊人死不休，表达的还只限于一种心情，说讲话不把话讲得让人惊心动魄或者写文章不把文章写得令鬼哭神泣，到死也不甘心啊。那是算不得数的，谁知道你甘心不甘心呢，如果你甘心了，口里仍说不甘心，我们也无法。

后一位古人，照我们看来，更容易打动人，因为他不纠缠道理不抒情，只讲事实，事实胜于雄辩，这就更厉害了。

有时候道理是越讲越不清，但是只要一个事实，就把一切摆平了。无产阶级的伟大导师列宁也看明白了这个问题，教育我们说一个行动胜过一打纲领，这点我们都举双手赞成。毛主席他老人家是个通俗的革命家，对列宁同志的这句话这么表述：事实胜于雄辩。他这样说连没有文化的中国农民都听懂啦，就兴奋地跟了他闹起革命来。

这位古人用讲事实来让我们佩服得一片惊叹以后，接着事情就发生了变化。

因为很快有一位同学发现，这里有一点问题，如果说这位古人先生三年才写出或者说才定稿了两句诗是事实的话，他认为三年来为这两句诗吟断了胡须，是不是事实，就值得商榷了。这位同学认定，三年里就算是不读书不吟诗的老农，大概也要断了不少的胡须，你在三年里断了些胡须，怎么能够就如此武断地把它算在吟诗的账上呢？如果说是比喻也要比喻得让人信服哇。大家听了这位同学的发言，除了教授我们文学的老师痛苦地拼命摇着头外，都觉得言之凿凿，不断地大点其头，感叹他怀疑得太有道理啦！

我们的文学老师尽管满脸痛苦仍决定继续进行他既定的文学课程。接下来他还是说前一位古人。他分析道这位文学前辈，不仅追求语言的惊奇性，让人读了，惊叹不已，还坚持语言的平实性。如何坚持语言的平实性，这次老师也许总结了前面讲课的教训，不只讲道理了，举了个例子，说这位古人每写好了文章，就兴致勃勃地拿去念给隔壁的老奶听，老奶说听不懂他就改，直到老奶听懂了，他的文章才算写成了。

我们听了，又一次惊奇不已。我们惊奇的缘故是觉得，如果一篇文章连老奶都听懂了，就算是好文章了吗？

关于这点我倒可以举出另外的例子。有位叫作洛扎诺夫的人，他写了很多东西，他的这些东西一般都写在信封、名片，甚至鞋底上。也就是说不论什么，只要能够写上字，都可能成为他作品的载体。他写的东西旁人看了，认为是呓语梦话，看不懂，莫名其妙，称他为狂人、疯子。他也讨厌读他东西的人，称读者为张着嘴等着他喂的一头驴。所幸的是洛扎诺夫这些让同时代人看不懂的作品，没有失毁，而是被结集为一本叫作《隐居及其他》的书保留下来了。现在这本书成了我们人类思想文化的一笔宝贵财富。

（《中学生学习报》，鲁高二 31—34，编辑：衣水）

# 我静止在此刻

> 你的真正的歌并不在你的歌里，它没有特别的曲调可唱，也不为自己而唱。

——惠特曼《幻象》

原来所有的沧桑都无法使我变迁。这时夜幕正在降临，我居住的瓦屋，邻居们全和我处在平等的地位，不像高楼，没有谁能高高在上，也没有谁低声下气，因此他们的声音贴着肌肤很亲密地在墙壁四周流淌，说一些饮酒作乐，男人女人的事。但不猥亵，正经端庄，像生活中平常发生的许多事物。一个女人将院子里的自来水龙头拧得哗哗响，成为非常动听的伴奏。她洗衣的身躯一定散发着一种成熟的美丽，但在逐渐来临的暗夜，美藏着，因为享受生活而被人遗忘。

书案上直接贴近着此刻的，是惠特曼孤独不羁的行吟，在中国不会出现惠特曼是因为我们没有养成尊重并宣扬自己精神的习惯。这使我们容易崇拜。读着惠特曼，他的语言像一些艰涩的章律用中国古典的琵琶弹奏得难成章法。这时我忽然发现我正悄悄静止在此刻。等待原来并不会使我苍老，就像岁月不会使惠特曼改变。

很久以来我一直爱恋着一位女孩儿，她一再使我像诗人一样地吟诵，像歌手一样地歌唱。我的心因此四处流浪。爱注定是一个流放的过程，它起于漂泊但是否也会终止于漂泊？女孩儿很久以来总以一种谜的形式，由浅入深，切入我生活的底蕴。我无法破解，就像无法说明生命。有时对于最浅显的真理，却谁也无法说得明白其中蕴含的本质，比如爱情。因此我一直以静静的等待，经历爱情，经历爱情轻轻的叩门之音。

其实门扉从来都没有关闭。在等待的过程，它总以半掩的方式，提示爱情的莅临。让静止的我，像被投入石子的湖水，以一种美丽的漪纹应和。处子一样这是爱情赋予的神秘。

也曾经大喜大悲，让我归向静谧，我参悟虽然并没悟透。就像我在生活，如此贴近这世俗的气息，就像我在这类似农家围院的瓦屋里，流俗于生存。

一再幻望就这么握着女孩儿的手，像一首歌里唱的那样：最浪漫的事，就是两人一起慢慢地变老。可是在今夜的沧桑中，我无法改变空白的内容。只有静止于一百年前惠特曼的爱情，听他悄悄诉说："你的真正的歌并不在你的歌里……"

屋外，女人拧开水龙头仍在哗哗地浣洗着生活的章节。邻居们的喧哗声很亲密地挤进我此刻的静止中，让我在怅惘里忽然品到一种不可言喻的温情。

（《生活新报》，2009 年 9 月 3 日 B35 版，编辑：包倬）

# ☁ 杯水文化

现在流行把什么都爱套上"主义"或者"文化"这些词汇，那么我的也就该称着"杯水主义"或"杯水文化"了。

我的"杯水主义"或"杯水文化"一点不玄奥，不仅不玄奥还特别地朴实。也就是别人讲什么"茶文化""酒文化"，而引出我自己所谓的"杯水文化"而已。意思是别人饮酒喝茶的时候，只要可能，我总是只喝一杯水。

中学的时候，读到古往今来那些文人雅士，都喜为自己的居室起个什么"堂"什么"斋"的名号。那时心里面暗自特别地倾慕，想将来自己长大了，有了自个儿的居室，也要给它开个什么样名号，并且当即便想好了，就开"三戒堂"或者"三无斋"吧。"三"是指这么三种东西：烟、酒、茶；"三戒"或"三无"也就是要"戒烟戒酒戒茶""无烟无酒无茶"的意思。但是自己长大了，真的有了自己的居室，却将这些名堂轻轻付之一笑了：附庸风雅，还是少来点吧。虽然不作兴搞什么"三戒堂""三无斋"，"三戒"和"三无"却是实行着的，不管在什么时候，总愿意简简单单一杯水把自己给打发了。

有位朋友，曾一心一意要培养我喝茶，每拜访他，他必有意沏了一壶好茶，还玩着什么茶道来招待我。他把我当作准文人，一是因为我差不多每天舞文弄墨，每月都要有少则几篇多则十余篇习作在报刊发表；二是我却竟不抽烟不喝茶不饮酒。因此他说前一条挺像点儿文人了，但是不沾烟酒不喝茶，又不能是文人。就给了我"准文人"的定位，并着意要通过培养我喝茶饮酒等，过渡到"真文人"上来。

我让他很失望。相熟到不拘礼节时，我就自己动手握了空杯子到饮水器去取一杯开水打发自己，对他的茶啊茶道啊什么的，统统置之不理，更别说抽烟喝酒了。我告诉他，成不成文人并不是很要紧的，如果非要喝茶饮酒吸烟才成文人，这样的文人，不成也罢。

我常常想，这个世界，特别是在我们中国，不是夸夸其谈、津津乐道于什么茶文化酒文化，而是多讲点"杯水主义""杯水文化"，世界一定会清明纯净得许多。

烟、酒、茶的盛行，总体看来弊大于利。特别是烟酒，简直能上得了"极刑"，说它们是"祸国殃民"！烟没有半点好处，只会有损于健康污染环境；酒不仅也会有损于健康，还能乱性，多少官人变成了贪官污吏都始之于一杯酒。

关于烟酒以及茶在官场中的润滑甚至起到至关重要的开路作用，早就路人皆知。把某些领导的口头禅"研究研究"谐音为"烟酒烟酒"，不能光说是老百姓的一大发明，其实，实在还是这些已经腐败的领导者丑恶嘴脸的自画像。

我很欣赏自己"杯水文化"的生活，只有这么简简单单的一杯水，和自然的本性最接近，也和人率真的品性最接近。

（《柳州晚报》，2001 年 12 月 20 日第 10 版，编辑：林雄）

# 瓦屋听雨

忽然明白这一生都在命定地回返自然，一次一次地以这种或那种方式，切入并贴近自然，不可忤逆。今夜当淅淅沥沥的雨声在瓦屋顶上，如玉珠跌落盘中叮叮咚咚轻响，如敲击扬琴发出的旋律，连片袭来时，我的思维得到了自然的滋润。

一扇微启的窗，伸出手，穿越其中的缝隙，我就与自然彻底地亲和融汇，让自然的魂灵在手纹上细腻地流泻，使思想更深入对自然的品味和领悟。这时我眉宇间闪动着光辉，脸上漾着不能言喻通灵化神的笑靥。不要说话不要说话，任何人造的声音都是亵渎。只应肃穆起心，带着喜悦默默地倾听；只应肃穆起心，带着敬畏默默地聆听。当天籁传来，人，应该沉默。并且通过静默，使心灵净化，归于虔诚、空明，走向膜拜。对自然的膜拜是人类不应该羞耻的信仰，但这种信仰已经被许多人一再漠视了。今夜我在心中确定并重构它时，心里充满了愉悦和神圣的情愫。倾听瓦屋的滴雨之声，我明白，我命定地将一再回返自然。

所以我用一种感激蜷身于瓦屋的包容，感激它在雨点的灵动中，为我读出了自然的谶语，启示我的性灵，使我通过倾听在心灵上与自然契合而一。

因此在瓦屋，我以一种盘腿向心的坐姿，双手合十的方式，闭目悉听。这不仅为着证明一种虔诚，也是心念归一的最好途径。难怪佛道都把这种方法称为打坐，以为唯此才能物我两忘，出神入化，终至于获得正果，达着圆满。我不求什么正果和圆满，当我在与自然契合的过程，我只想以完整的融入，来摒除物欲的存在和企求。面对不设防的自然，人的心机总是显得卑俗。

我命定地一再回返自然，通过瓦屋对我的包容一再证明，通过倾听瓦屋的滴雨之声一再证明。在自然和人类之间，无疑唯有瓦屋是彼此融汇的最好媒点。它既保持了自然的神性，又融入了人的灵性。比起那些生硬冷漠的钢筋铁屋来，瓦屋充满了自然的温馨和柔情。

　　我不知道是瓦屋召唤了我，还是我选择了瓦屋，也许任何契合都不应分主次，也不能分出主次，这只会显得可笑。我只是一再从高楼大厦里走出来，一再从喧闹的城市中走出来，一再走尽了冰冷的水泥道路，踩上柔软的通向瓦屋的黄泥小径，安心地在伫立于荒村边缘的瓦屋里，聆听天籁之语。自然的声音是对人的最好抚慰，也许还是最终的抚慰。人往往在受到伤害的时候，才明白这个道理，才迫切地渴望着更贴近自然的包容，接受这最后的慰藉。

　　走进瓦屋其实是走向恬淡和归隐，能够默守荒村边缘的瓦屋，静听雨声，人在接近自然的同时，才恢复了本真；人在通过自然观照心灵的时候，才找着了自己。这时浮躁和尘嚣都已退远，被淡化和消融。当人放下一切俗念，才真正享有了人生。

　　瓦屋的滴雨之声是自然叩击人类心房的一种提示和倾诉，它带着磁性的沙沙声，它带着灵动的清音，时而像情人娓娓的呢喃低语，时而像得道高僧念动的佛经箴言，以一种淡然清悦的气息，成为倾听者的魅惑，并与它合入相同的神妙，使心灵触摸和理解到一种永恒的蕴含。

（《公安时报》，1999 年 6 月 8 日）

# 窗外的风景

　　在城市里，窗外的风景容易让人感到有一点生硬，有一点冷漠。从窗口望出去，首先进入眼帘的，多是方块加线条的堆砌，像积木，也像组合柜，很少变化，就算有所变化，也似一位顽皮的儿童，违反了搭砌积木的游戏规则，随手弄出的一条在规矩的直线丛中，横穿而过的曲线，显得有些突兀，有一点不协调，猛然看见的时候，会微微不舒服，但再看时，却又有一种说不出滋味的欢喜。在上海的时候这种感受就特别深。那时在我住的马路对面，在十多栋三十层高的高楼丛中，凹着一座外形如一轮被用一根柱子托着的新月似的矮楼，只有三层，但占地极宽，很松散的模样，居于这些面孔严肃的群楼之中，显得尤为别致更引人注目了。那弯月般的造型，加上其外围浅蓝的色调，总让我在注视它的时候，产生许多美妙溟蒙的遐想和幻想。

　　窗外的风景除了方块加线条的楼群外，自然就是马路上来来往往的人群了。我在伏案读书困乏的时候，最喜欢移椅窗前，将腮托在窗叶上，看马路上人的风景。我曾经生出一个有趣的念头：若是把一台照相机支在窗子上，每隔一个预定时间，就按一次快门，最后会摄下一组怎样的照片呢？那一定像电影里使用的蒙太奇手法，让人眼花缭乱。西方的一些摄影家便拍过这样的街景，我记起其中一幅是街上卖花和买花的，很有趣味：卖花人一身冬装，面孔严肃；买花人却夏裙拖地，一脸微笑。作者的智慧不仅在发现，还在于呈现并深化了这种发现。他将照片题名为"买花人满面春风，卖花人冷若冰霜"，更使之升华为一幅含义隽永的世俗风情画，在饶有趣味的品读中，让读者对人生多了一点感悟和沉思。

我的表弟和表妹也喜欢坐着看窗外的风景。或刚放学回来，或在假日，或复习完功课，他们就会一边看一边喋喋不休地评头论足，时而还生发出一些出人意料的想法。比如有一次，他们定了一个规定：当数到第九十九位小孩儿的时候，若是男孩儿，表妹就去吻他一下；若是女孩儿，表弟便去送上一枝玫瑰。他们以期待的喜悦、紧张的心情，一个一个仔细数着。结果幸运莅临在表弟身上，第九十九个是一位身穿红衫的女孩儿。表弟雀跃着，将一枝早从花盆上采下的玫瑰举过头顶，冲出了门外……生活应该多一些色彩，多一些情趣，但作为成年人，或者自以为成年了，常常放弃鲜活的值得一生拥有和珍重的东西，这是成年人的悲哀。前不久读作家莫小米的散文《奇遇的夭折》，她就说到这种情况，最后叹喟道："我们守着一大堆夭折的奇遇，却在那里口口声声埋怨生活多么平淡乏味。"我眼看着表弟表妹兴致勃勃，打心里羡慕。

　　窗外的风景，不论是在城里还是在乡下，一定都有着许多动人的情致，只是就像一生中，我们不知忽视了多少美好的东西一样，也常常忘了领赏窗外风景的乐趣。

（《左江日报》，2008 年 4 月 2 日）

## ☁ 树欲静而风不止

读孔子的书，读到"树欲静而风不止"，还在上初中一年级，或者小学的时候。虽然读不懂，连字面的意义都不明白，但是，心已油然生了感应，心里有了感慨，我为这样一句话的每个字莫名地觉着神秘莫测，深深着迷。树、静、风，这么组合着，该是一幅怎么变幻的图画呀？我想像一棵树在荒原上立着，或者就像我们广西山里常见的，在一座土坡上立着，风，吹过；树，在风中一晃一晃，小风来的时候，轻轻地摆着头，大风来的时候，就连腰也扭起来摆起来了。那是自有它的动人处的。后来，大约是高中的时候，有一年，来到了苏州，在湖堤上看到许多青葱的柳树，在风中妩媚地招摇着自个儿的垂柳枝儿，美媚得让我惊叹，以为那才是真正的"树欲静而风不止"了，又想，这又岂止是"树欲静而风不止"呢，柳树儿简直在招媚着风，风不来或者已止早止了，却仍巴巴附会着巴结着追逐着风，自个儿兀自不肯静息呢。与我们广西的树在风中的矜持比起来，苏州湖堤上的垂柳这种脱落性情，却让我更加欢喜了。

自从少年时期读到过孔子这句"树欲静而风不止"，就难以相忘不再相忘。喜欢看画，看的画中，常有树被狂风吹得弯弯的枝条儿像箭一样直起来，而画家为了表现风的劲和疾，更借托了树，几乎是画家们凡想表现风，就一定会用上一两棵树。这时候，年纪长大了，就少了自己对文字的理解，就是说更加至少嘴上变得人云亦云了，对于"树欲静而风不止"，不再敢做少年那样只管自个儿想象，哪管孔老先生原想表达的是什么，知道如此必将贻笑大方。但是有时也还暗想，树为什么欲静呢？孩提时候我们孩子间常爱这么顶牛，比如你想让我这样我偏不这样，知道了理该这样，但是你说了要这样了，我做着的时候偏就不这样了。长大了，性情改了不少，顶牛的作风百分之八十收敛起来了，还有百分之二十管束不住，仍想跟孔子先生顶顶牛，想问问先生：树为什么欲静呢，你老人家怎么晓得人家树欲静呢？在中学的时候我最喜欢做的事就是给教我们的工农兵大学毕业的老师难堪，说句直白的话，这位老师在很多地方比不上像我这样的学生，有一次我装作很谦虚好学的样子向老师请教：老师，我们同学写有一首诗说"风吹草动见牛羊"，但是，是"风吹草动见牛羊"好呢还是"风吹草低见牛羊"好？我这么问老师，许多同学都在下面窃笑。我是赌我们十分孤陋寡闻的老师没有读过这句古诗，他果然没读过，开始一本正经郑重其事给我们磕磕绊绊讲说起来，其实他不但未读过这首诗，连诗的基本平仄大概都还弄不懂哩。过后这件事让我们几个搞鬼的同学牙齿都笑酸了，就差没酸掉。我也把"树欲静而风不止"拿来请教过老师，既然非常遗憾地不可能当面同两千年前的孔子纠缠了，那么他的多少代以后的这位门人自是绝不可放过了，我是这样问老师的，我说，老师，孔子怎么懂得树想静呢？这次，老师听完我的发问，不再和颜悦色，不知为什么，脸上忽然作色，勃然大怒，指着我说，罗海你再这么胡搅蛮缠我我我……他后面的话却说不出了，大约是想说我立即开除你！他所以说不出我猜他这么说到一半的时候，忽然发觉了他教的学生中不能没有我，你想想，没有我这样的学生，谁来帮他提高教学水平呢？

后来，我终于搞懂了，孔子说"树欲静而风不止"，不是说树，孔子搞教育和他当时代的别的先生的不同之处，我看书上说一是务实，二是好比喻。这句就是比喻了，他明里讲的好像是树，其实讲的是人啊，或者说，就是讲他自己啊。推想孔子在开展教书育人的工作过程中，一定经常地遇到重重阻力和来自社会上的各种各样多种多样的干扰，使他无法安静地教书育人，最后，只好感叹说"树欲静而风不止"啊！

这么弄明白孔子这句话，我却一点不高兴，不仅不高兴，反倒还感到挺扫兴的。这样一来，我原先对这句话的所有情趣盎然的想象，不全都成了不知哪对哪了吗？

所以我在看佛书《坛经》的时候，就很喜欢里头的一个故事，故事说的是，一群和尚讨论门上是幡动还是风动，彼此争执不休，后来有一位叫慧能的站出来说了句："风也不动，幡也不动，是人心自动。"结束了这场争论。

孔子感叹的是外部，慧能执著的是内部。

两人就有了迥然不同的结局：慧能静静地存在于佛经里，孔子却千年百代始终沉浮于历史社会和民间。

（《成都晚报》，2005 年 1 月 6 日，编辑：史幼波）

# 温暖的街道

## 五原路

走进五原路的时候，太阳正在落下，在路口，两边摆着一些卖饰品的小摊，一个高鼻子白脸膛的外国人，拿着一枚大概是景德镇瓷杯，正在与一位小摊贩老板砍价。两旁的梧桐树长得又高又密，要想往远处看，除了梧桐树叶的绿色，就不容易看得见什么了。其实，每次走入五原路，我都很少抬头看什么，也不往远处看什么，我低着头只管一头走进或者说闯进五原路，心绪有一点点儿急迫。

五原路，在上海西北面的一处地方，属于徐汇区，五十年以前挨近外国人的租界。现在，如果你走出五原路，到附近别的路段走走，你看到这个区仍然还是外国人的居住地，有许多的领事馆，当然还有更多西方的各种建筑物，像什么哥特式之类的。我的三姨父有一次兴致来了，骑着车带我在五原路附近的马路转悠，兴致勃勃地告诉我什么样的路口是法国人建的，什么样的路口是英国人建的。带我去到这些路口，让我分辨这里是三岔路口，因此几十年前属于哪个国家的租界，这里是五岔路口，因此几十年前又是属于哪个国家的租界。哈，原来无声的街道，可以读出清晰的历史，使我无比地兴奋！

在这众多雄赳赳宽大的前租界马路包围中，五原路却不是一条同样宽广气派的马路，从上海街道的规模来看，它只能算作一条小马路，十一二米宽，如果由淮海路进去，一直往里走，便会走到集贸市场，因此，无疑是一条平民的街道。我们家就在这条街道六十七弄的十二号，是一座有一个天井的四合院。每天清晨，大约是四点，外婆就起床了，走出弄堂，在五原路的市场上采买一家人这天的菜蔬。我们却要睡到六点或者七点，有的上班，有的，像我无事可做，起床后到处瞎逛。有时我也会跟外婆一同起床，走出去看五原路在这样的时辰，是别样的面貌。天亮未亮的五原路，人影幢幢，人声袅袅，好像是置身在一个不怎么现实的虚幻世界。

那时候还是二十世纪七十年代，我还不到十岁，五原路边上的淮海路、复兴路上常有规模浩大的民兵示威、工人游行，到了一九七六年初，这种游行示威就更多了，几乎每天都有。工人民兵们捎着各式各样的长枪短枪，扛着大大小小的红旗标语，耀武扬威从这些马路上一路迈着地动山摇的齐步，高喊着革命口号，让市民们看得惊心动魄目瞪口呆地走过。许多人说一定要打仗了。那一阵子，我无数次地做同一个噩梦，我总梦到一辆发出令我惊怕声音的救火车呼啸而过。很多年来直到现在每听到这种救火车的声音，我都会不由得害怕。但是，淮海路上的闹腾，一经转折到五原路，就逐渐没了声息，到了我们家，满世界的喧嚣，便变成了平静的居家生活。这时候，我格外感到五原路是一条温暖的街道，它用平静的姿势悄悄隔绝了政治的狂热对我少年生活的骚扰。

## 高州路

高州路应该也仍处在徐汇区，它使我产生温暖，并不是因为我熟悉它。相反，是因为我不熟悉它，对它感到太陌生了。我小姨父爸爸的家就在高州路上。

小姨父的爸爸好像是某大学的党委书记副书记一类的官，大人们从来没有告诉我，我只是这么感觉到。因此做书记的老爷爷一家人独居在一栋带有现代一应设施的小二层楼房里，靠着高州路。

冬天的时候，大人们逼我洗澡，但我不愿去澡堂子洗澡，如果正巧小姨娘在，问题便解决了，我就拿眼望小姨娘，盼望着小姨娘说那你就去高州路洗。小姨娘最后，也总是这么说。

然后我就高高兴兴抱着我的洗换衣服，由五原路拐了些马路一路走进高州路。

高州路像五原路那样，也是一条不大的马路，但是它和五原路很不相同的是，行人格外地稀少，有时，一条马路你可以认为都没有一个行人，只有冬天的风把梧桐树叶吹打在你脸上身上的轻声。

我虽然这么一个人在寒冬的落寞里走着，但心里头是热烈的温暖的，我想象到我将在老爷爷家的浴池里如何由身外到身里泡得暖烘烘的。这使我会一连几天都很快乐高兴。

## 四川路

说到大姨妈家住的四川路，就差不多要到外滩了，离五原路已经很远很远，乘公共汽车最快也要四十分钟。我和家在西安的表哥卡卡那时候七八岁，都寄养在五原路的外婆家。

平常我们找不到大姨妈家，或者说都不太能找到大姨妈家，只有一种情况例外，那就是，当我们都缺钱花的时候，总能找到大姨妈家。

在上海，我们有许多的亲戚，分布在上海各地，但遗憾的是，除大姨妈外，再没有谁有这样一个让我们十分激动的惯例，就是我们每次上门，离去前，都会给我们一块钱，只有大姨妈始终如此。如果他们都能像大姨妈那样该多好哇，那么我们就不必到现在还梦想着做一回财主，早就可以过一把当小财主的瘾了。

我们两个一旦缺钱花了，就不约而同地想到了大姨妈。但我们都不是很贪心的人，当我们想到去大姨妈家时，往往已是山穷水尽到身无分文了。

第一次时我们为如何去到大姨妈家发愁，后来就不发愁了，在这点上我要比卡卡表哥可聪明得多，我想到了坐车逃票。我自己逃票不算，又教会了卡卡表哥逃票。

这样他和我很顺利地来到了四川路。

走在四川路上，尽管往往要慢慢一边琢磨着一边寻访大姨妈家在四川路上的哪里哪处，可是我们不计较，要知道这个琢磨寻访的过程就是一路接近快乐和温暖的过程呵。

（《上海老年报》，2010 年 5 月 15 日）

# ☁ 北方

## 只因为一屋子的暖气，我就喜欢上了

　　隆冬的时候，我坐在火车上，向北，向北，一直向北。沿途先是看见绿水青山依然，随着渐行渐北，一觉醒来，车已过了黄河，就见着寸草难生的北方了。苍凉而荒寞。令我这南方人感到沉寂和悲凉。可是下了火车，走进人家屋里，一屋子暖气的温暖扑面而来，仿佛屋子里装着一个春天，这个盎然的春意，让我一下子就喜欢上北方了。1949 年的开国大典才过，北方便进入了冬天。据说有人就冬天取暖问题，请示毛主席。主席说，就这样吧，以长江天堑为一条线，北边的架管子供暖，南边的就算南方，不用暖气。主席这个规定，一直沿用到 1990 年我分配工作到长江以南的一座叫马鞍山的城市。马鞍山虽然被主席规定为不供暖气的地方，可是那年 11 月的天气，也已经是大雪飘飘，天寒地冻了。就觉得毛主席不公平，凭什么仅仅一江之隔，人家就可以使用暖气，俺们就没有？可是光凭一屋子的暖气，真要我生活在北方，在想象里，俺肯定又不干了。如今，走进了真正的北方，当我被冰天雪地里一屋子暖气产生的意外温暖迎接着，忽然格外地喜欢上了北方。

## 我还喜欢北方的大白菜

　　入了冬，在北方最忙的唯一事情，就是收储大白菜。在单位的人，单位会拉来一大车一大车大白菜，钱单位出，大伙儿尽论好的挑吧。没单位的人，到菜市去，多好的大白菜，也就三分一斤。买一块钱两块钱，山一样高，让你顿时有心无力，拿不动了。拿不动了，也还要拿，一个人一买甚至好几百斤。在南方，哪有家庭这么买菜的！在北方就这样买，看起来真豪爽，真潇洒。每一朵大白菜，都胖胖乎乎、白白嫩嫩，像年画上送子观音手里送来的白胖娃娃。在那些日子里，阳台上、平地上，满世界都是白花花大白菜。成为北方的风景，也成就北方未来冬天里一冬的生活。在南方生活，俺最烦的，就是天天得跑菜场买菜，那年父亲说买冰箱吧，有了冰箱，一星期就只用买一次菜了。结果是冰箱买了，每天还是得到菜场买菜。图的就是一个时鲜，人人都这么说，俺也只能随大流。如果是生活在北方，入了冬，你就一门心思在屋里琢磨着大白菜吧，不管你把一棵大白菜在家里的那口锅里，整得如何的花样翻新，层出不穷，也就一棵一月前两月前便买下了的大白菜。这样一棵生长在北方里的大白菜，真让我喜欢啊。

## 北方朋友

　　北方男人一般都是单眼皮小眼睛，肉多面白，举止沉稳。别人喜欢交什么样的朋友，那是别人的事，我喜欢交北方朋友。北方朋友少心机多豪情，不耐烦小枝小节。所以南方人交北方朋友，有利于和谐。应该多多提倡和鼓励。春秋时期的鲍叔牙和管仲，他们一块做生意，每回赚了钱，分钱的时候，管仲总要多分给自己一两成，鲍叔牙不以为意。有人却为鲍叔牙鸣不平，觉得管仲太贪了，朋友之间都不讲公平。鲍叔牙听了，心平气和，说我情愿让管仲多分点。北方人就承传了鲍叔牙的这种遗风。交北方朋友心情舒畅。我在部队时，交的都是北方朋友。一次有一个被我们喊作胖子的山东兵，在帮人做一件事的时候，磕掉了两颗门牙。当时大家见了，南方兵大惊小怪，北方兵都不动声色。胖子将掉地上的两颗门牙弯腰捡起来，哈哈一笑，把它们一下抛到了屋顶上，该做什么还做什么。这就是北方人的性子，让我很欣赏。换着了南方兵碰到这样倒霉的事，肯定要郁闷半天，觉得太不划算。只是胖子以后讲话漏风，有点滑稽，总惹人笑。他也觉得自己讲起话来口风滑稽，后来镶了牙，什么事也没有了。

## 北方的景致

北方的景致和南方的景致不同的地方，首先是天，北方的天蓝得很特别，这在拍成照片后，得到更加强烈的反映。南方的天也蓝，但蓝得不那么抢眼，显得柔和。我总想用一个词来形容和说明北方的蓝是一种什么样的蓝，后来找到了，就是：纯粹。北方的蓝是那种干干净净、纯纯粹粹、没有杂质的蓝，一尘不染。常说一方水土养一方人，在这么纯粹纯净的蓝天下，容易生长纯粹纯净的北方人，不足为怪了。北方的景致和南方的景致的另一个不同，就是粗犷。好像大自然的许多景致，都是被天工的手粗心地造制出来的，要不然也是匆匆造制出来的，有很多的地方，有太多的细部，换到南方来，一定精致得多，细腻得多。这种粗犷在我们南方人看来，倒也会给人震惊，觉得粗犷到粗鲁，也呈现一种艺术的美。南方的景致像一幅工笔，近看远看都有它的味，都一样地美；北方的景致像一幅油画，远看很美，甚至令人震撼，近看了，就要脱离画的艺术，不是对美的欣赏了，而会给人产生要对它的技艺进行某种探究的心情。

（《大众日报》，2009 年 11 月 20 日 B3 版）

# 只按照你的机智而吐诉

那时我还在上高中，暑假里隔壁叫月的女孩儿从音乐学院回来，每个黄昏无休止地拉着二胡。

我一直不怎么喜欢二胡，觉得它太古老了，有些东西越古老越珍贵，可是大多的东西，随着年华的流逝，却应该成为历史的陈迹。我差不多以为二胡也算一种。我上小学的时候，语文老师喜欢吹笛子，算术老师偏好拉二胡。每当他们同时各自摆弄开自己的爱好，笛子的清脆总会掩盖了二胡的暗哑，那种赏心悦目的声音应该让二胡羞愧得无地自容。算术老师后来果然就不再坚持摆弄二胡，改弦更张也吹起笛子了。对于笛子取得的胜利，我们暗暗都为之欣然、兴奋。

上初中的时候，父母由乡下调到城里，院里的王叔叔也是二胡爱好者，他对二胡的喜欢与我的算术老师的浅尝辄止大大不同，到了入痴入迷、废寝忘食的地步，早也拉，晚也拉，而且全无章法，有时拉了几个章节忽然停下了，反反复复重来；有时一个音符他拉得黄腔黄调，佶屈聱牙，让人听得头筋发胀、脑皮发木。自从他爱上拉二胡，我发现一个有趣的现象，到他宿舍串门的人就多起来了，特别是当他拉到艰涩困难的阶段，准保会有人匆匆登门造访。王叔叔偶尔到我们家来拉家常，便很自得，说他的二胡声是友谊的使者，缩短了邻里的距离。母亲就微笑着应他很是很是。然后总像不经意地问一句，你整天没事就拉，累不累呀？不累，他答，就是久了耳朵会有点难受。母亲听了又笑。那时的邻里既和睦又宽容，谁也不好意思对王叔叔说：别臭拉了。后来王叔叔好像终于明白：二胡声可以增加他与邻里的来往，却并非真是什么友谊的使者。此后虽也还拉，却不再入痴入迷、毫无节制了。我对二胡的印象，就坏到了极点，主张它真应该进历史博物馆和那些长袍马褂们一块陈列起来。

直到月的出现。月不愧是音乐学院学生，她拉的二胡，有时像行云流水，有时像万马奔腾，有时充满了如诉如泣的悲伤，有时又洋溢着明净的欢乐。二胡在她手里，再也不是一件讨人厌的乐器了，不仅有声而且有色，不仅像诗而且像画。在二胡吐露的声音里，仿佛可以见到蓝天、绿草、红花。每当她拉起二胡，院里就安静了下来，谁也不敢大声嚷嚷，生怕破坏由二胡营造出的这种浓郁安谧的氛围。许多人悄悄拿了小凳坐在门口，托着腮，静静聆听。此时二胡的声韵让人遐想无穷。

我读贾平凹写的一种几乎失传的古乐器埙时，他把埙写得那么古典隽永，神秘莫测，美妙无比，充满了永恒的生命活力，就想到了二胡。雪莱在一首诗里说吉他："它只按照对方的机智／而吐诉"，吉他如此，埙也如此，我想，二胡又何尝不是如此呢？

由于我们的不智，不知错过了对多少美妙事物的认识和享受呵！

（《潮州日报》，2010 年 3 月 5 日）

# 书梦

　　爱读书的人都有书梦，见了一本好书就不肯放下。

　　我的书梦大概是七八岁时做起的，那时随下放的父母在广西大苗山的深山老林，交通闭塞，生活艰苦。对于我来说，最快乐的就是收到外祖父从上海寄来的各种图书，每年几次，每次都是我神圣的节日。陶醉在书堆里，抚摸着笔挺的书脊，闻着书香，是说不出的赏心悦目，幸福无比。因为这些书，我可以整日不出门，沉迷在书的神奇世界里。书渐渐多了，父亲便腾出一个大立柜，作为我的书橱。我每天都好几次猫着腰，钻进书橱，翻翻看看，恋恋不舍。有一次回上海探亲时，我西安的舅娘也正好回沪，因为是第一次见面，她非要送我一件礼物。走在南京路上她一迭声问我，最喜欢什么。我却羞怯地不敢开口，可一经过书店就受不住诱惑了，便拉着她的手走进去，径直走向柜台，指着《古兰经》《理想国》，让她大吃一惊。那时我虽才十岁，却早已经不耐烦小人书的浅显，最喜欢捧着半懂不懂的大部头，尤其痴迷于那些经典的中外名著。有一次读到冰心的一篇文章，里面列有二十四史目录，连忙工工整整地抄了下来，梦想有一天能够买回这套书。舅娘尽管惊奇，还是毫不犹豫满足了我的渴望。终于拥有了它们，我捧在怀里，那份心情是无法言喻的兴奋，快乐中又有一种说不清楚的提心吊胆，仿佛它们会生出翅膀，一不留神就可能展翅再度离我而去。我紧紧地搂着书，一刻也不敢松懈。

　　读小学四年级那年，忽然再也没有收到外祖父寄来的书了，模模糊糊明白这和政局的动荡有关，不敢问。见了书店里有一本好书，就吵着闹着要父母买。他们总是一口回绝，让我眼巴巴地看着别人买去，又急又恼，尽生闷气。别的同学的父母多少还买一些书给他们，我是独生子，再穷再苦家境也该要好过他们呢，父母连一本书都不肯为我买！没有书，这是一件多么痛苦的事情。有一次，我的一位同学说可以自己挣钱，有了钱就能买书了，还说他父亲管着一个基建工程，有很多砖要挑，搬一块砖五厘钱。我们三五个同学听了，相约着就去为工地挑砖。几天以后，每人得了十来元钱。捂着这些钱，我兴奋得立即跑到书店买下了《红岩》《野火春风斗古城》《敌后武工队》这些爱不释手的书。那天，父亲看着我喜滋滋捧了一摞书回来，欲言又止。我可顾不得那么多了，当时看他不高兴的神色，心里倒理直气壮：这是我自己挣钱买的！现在想来，不禁有一丝酸涩，那时形势虽在好转，父亲的问题却并未落实。我又哪知父母心呀！

上中学的时候，父亲的问题解决了，一家人调回城里。我心想，这下好了，该有书读了吧。父亲竟然一以贯之，没有为我买过一本书。翻看那些仅存的儿时旧书，我不禁常常暗中伤心落泪。中学毕业后我到了广州，那几年每天坐在图书馆如饥似渴读了好多好多书。尽管如此，却始终也没能稍许地圆了自己的梦想，并且随着书价的日益攀高，这个梦离我似乎越来越远了。老师知道了，就微笑着对我讲了个外国人撕书的故事，说那位外国学者看完一页撕一页，因为全在其头脑里了。我读《明史》，在《文苑传》中也看到"挟书千卷，读十年，尽弃其书"的周玄说"在吾腹矣"，不觉会意了老师的微笑。前不久探家，发现父母因为迁居，把我所有的存书都按内容统统分送给合适的人家了。虽然不免一时唏嘘，最后却也能心平气和。近日读一篇文章，说徐迟老人生前将他的藏书一批一批分类包扎，分送给需要的人。作者转叙老人的话说如果留在不爱书的后辈手里，反成为亵渎，于心有愧。多么明晰睿智、多么心胸宽广。

真正的书梦不应是占有书的多少，而应是心间装有一个书的世界。

（《湖南工人报》，2010 年 7 月 9 日）

# 大西北

　　戈壁、骆驼和点点绿洲，这是我脑海中的大西北。而荒漠千里，更是我想象中大西北的特色。我暗想，如果能走一趟大西北，就不枉做了一回男子汉。人们说不到长城非好汉，那多是一种追逐时髦。真正要在内底里做个好汉，还是得去大西北，还是得去站在无限的荒原，仰望天、俯视地，领略"大漠孤烟直"的蕴含。这时才懂了什么叫深沉。只有站在那种氛围里，才会彻底鄙视和远离自己的浮躁和自大，让灵魂沉淀下来自历史渊薮的东西，领悟到沉默的深味。

　　我最先了解的大西北，源自在小学读的一本《戈壁绿洲》的儿童文学读物，虽然每一个故事，最后都是同一种结局：防止了阶级敌人破坏，挖掘、暴露、抓获了坏人。但就算在那个禁锢情感，只有所谓政治的年代，作家们的笔触依然不自觉地流露出戈壁的万种风情。每一篇故事，在写到戈壁的时候，尽管由于被囿于对政治僵硬的图解，戈壁依然以特有的魅力楚楚动人、熠熠生辉显示它那种顽强的、因此是美丽的艺术生命，使这些故事，不经意间都涂抹了一层在其他书里，几乎不复存在了的活泼的浪漫色彩。成为大西北对我最初的魅惑，十分令我神往。

　　我在十八岁投笔从戎，不能说不是受了大西北的染濡，尽管我还没有到过大西北，其实我已经深深浸涸在它的气息里了。

　　一位军人和一片戈壁，他们应是对等的，又是互补而契合为一的。千古以来，这样想象出来并在现实中存在的图画，是如此撼人心弦，这在唐宋的边塞诗词中，已得到了最深刻的描绘。仗剑行吟的马背诗人们，使大西北不仅在中国的政治社会史上，更在中国的文学史上，留着图腾般的形象，让千年以来中国的血性男儿不光用血肉之躯，更用灵魂崇仰和膜拜。

当戎装在身，这些产自大西北的皮靴和枪带，立即就使我感觉到了大西北的剽悍与雄性。只要伸出手，轻轻触一触这些经受大西北四季磨砺的东西，闻一闻沾满了大西北风吹日晒冲冲的气味，一股热血就会霎时在周身内沸腾，恨不能立即横刀跃马，驰骋在大西北的千里疆场。

可是尽管作为一名军人，也许我都注定也只能限于在遥远的南方仰慕大西北的神灵之性，应了诗人们说的梦中越近现实越远。那是我四年军旅生涯的唯一一次大拉练，我们部队要由南方的水泊，横贯半个中国，开拔到数千里外的大西北戈壁深处进行长途奔袭演习。我不幸由于重病在身，正躺在医院的特护病床上，最终成了留守人员。战友的握别带飞了我渴慕的神魄，那一个月的日日夜夜，我的心追随着战友们矫健地奔赴在大漠的步伐而驿动。许多次我恍惚见到了千里广漠上尘烟滚动处，铁甲密布如云、导弹横空出世，那一幅幅雄壮激越的，超越了唐宋边塞梦想、气势若虹地塑造新一代中国军魂的画面，如能契合其间，会是对自己怎样的一种重铸和锻造，会让自己一生怎样受用不尽！

当我捧着战友们带着戈壁里硝烟的图片，凝望着他们晒黑的阳刚之美，我羡慕，也使我深切地知道，我错掉和失去了一生中最重要的锻造自己的一次机会。

（《公安时报》，2000 年 3 月 17 日，编辑：马爱群）

# 日子生生不息

别吵，阿凡说，我在思考人生的终极意义。

阿凡是我们小区里的一位青年，本来活泼好动，喜欢唱歌，整天无忧无虑，嘻嘻哈哈，可是有一次他的后脑勺不知怎么被门梁敲了一下后，从此再也不活泼好动嘻嘻哈哈了，每天都是很严肃很忧郁地陷在沉思里，如果有人喊他"阿凡——"打算邀他出去比如逛街什么的，他就会用手指放在嘴上，轻轻一嘘，说："别吵，我正在思考人生的终极意义！"

阿凡的脑袋无疑是被敲出了毛病了。以后，大伙谁也不再喊他了。希望他早日能够把"人生的终极意义"思考出来，告诉大家，让人人都知道人生的意义。这是人的福音。

我活了几十年了，思考过很多东西，就是没有思考过人生的终极意义，这点阿凡在脑袋被敲出毛病后，显得比我高明。

我不仅不思考，还主动避开着这种思想，我觉得有些东西，是不能想的，想了，想到底，就只有绝望，比如"人生"这个"东西"便是如此。我也隐隐约约地思考过：人活着为了什么？人为什么活着？越想只有越空虚，干脆不想，如果想了，也不寻求答案。

在《钢铁是怎样炼成的》里，保尔·柯察金打了多年的仗，满身伤痕，为了实现自己人生的追求而奋斗着，后来，由于伤病他不得不暂时停止了奋斗，在医院养病。医院的生活是闲适的更是孤寂的，这种闲适特别是孤寂会引导人走进内心，与平日忽视了的内心里的灵魂交会，就会思考一些终极之类的问题。在这里保尔就思考着了人应该怎样活着，他终于思考出来的答案，后来成为无数中国青年对人生认知的标准答案，许多人把保尔的这些话珍藏在日记里，作为一生的准则。我在少年的时候，也为这些话激动，后来也就不了了之。保尔那会儿解决了人应该怎样活着，可是并没有完全解决阿凡如今一直在思考着的"人生的终极意义"这个东西。如果保尔那会儿再深入思考一下，把这个问题一股脑儿一块解决了，就好了，我把答案告诉阿凡，也许阿凡的病就会豁然而愈，不用每天都陷入痛苦的沉思，可以重新嘻嘻哈哈又唱又闹了。

关于人生的目的、意义，人类的命运、走向，我虽然努力不让自己关心，这倒证明了我其实是最关心的。

以前我是通过阅读历史来关心和关注，希望穷尽上下五千年，或者几百千万年，知道点人类的东西以及有关生命的事实。培根有句名言，说，读史使人明智。我发现他这句话如果不放在终极的目标上理解，应该是对的，但是，如果想得深远了，就不对，读史这时会让人糊涂。

在读史上没有开启我的智慧，最近我转身向天文科学上寻求答案。每看到天文学家们在沉静地向我们这些地球上的芸芸众生描绘天体、宇宙、星星和时空，我都无比地神往。但是随着了解的深入，我就很佩服所有的天文学家，当他们面对无比广远的宇宙，越往前探索越感到越看到人或者人类的无比渺小、无用时，竟然没有陷入绝望，他们仍然沉着地、不动声色地向人类报告和叙述着他们每天的发现。他们怎么可能做到，换了我来，我可能会面对这浩渺而窒息。

我的姑父从外国留学回来，有一次他不知为什么忽然悄悄地然而愤懑地对我说："你看看，你看看他们！"我看了看他们，这些"他们"是我的另一些长辈，当时他们正在热火朝天兴趣盎然地围着八仙桌大呼小叫地打着麻将，这样的日子每天都在进行，"小市民！"他说。他这么说，他那个神态，给我留下了极其深刻的印象。如果他不是也属于我的家人，也属于"他们"一伙，我可能为他这些话，要感到与这些只热衷于打麻将的"小市民"为伍而羞愧死了。想到我姑父也是他们一伙，不管姑父与他们怎样的格格不入，毕竟不可能撇清仍是一伙，我就心安理得起来。姑父常常拉了我去看山看水，山是清秀的，水是柔美的，我沉浸在了山水的秀美里。这样看山赏水的日子，我和姑父一块过了好长时间，直到姑父离开我们。如果现在姑父面对一帮热衷于打麻将的亲人，还对我说："你看看，你看看他们！"我大概不会惶恐和感到羞愧了，我会非常平静、淡然，现在我有了点自己的主张，我会认为每个人都有权利选择自己过怎样的生活，我可能不会那么过，可能选择另样的生活，但我不应该看不起他们的生活。人应该怎样生活，谁有能力说得清，谁又说清了吗？

　　日昌是我的好友，一名精神病院的医生，他的医院在我们这座城市郊外很远的地方，有一次日昌邀我到他的医院里参观，参观完后问我感观，我说我感到这是一个无比神奇的地方，因为居住着一帮无比神奇的人们：这些人都有着许多奇思妙想，其中一些人还对人生有着非常清楚的看法。日昌微微地笑着。我希望还有机会再来参观访问。

　　阿凡每天都在思考着人生的终极意义。我知道，做这种思考的人，除了阿凡这样的人，另外的就是一些思想家。我们常人得静静等待，等着他们思考出来的答案。接受或者不接受。

　　而日子就这样进行着，生生不息。

（《桂林晚报》，2008 年 8 月 13 日，编辑：唐森）

# ⌇ 养狗记

　　我家养着两只狗，一只叫笨狗，一只叫猪头。笨狗是一只黄毛土狗，猪头是一只黑毛狼杂。猪头样子凶猛，人见畏三分。但是老大还是笨狗，这是我们制造的。当初两只狗狗还小的时候，经常打架争当老大，每当猪头眼看要胜出时，我们就帮笨狗一把。帮的方法就是使小绊儿，用报纸卷起成棍子，握紧在手上，胜负关头，不是迎头给猪头当面猛来一棒，打得它蒙了，就是从背后使劲乱打它屁屁，让它负痛不能耐。笨狗虽然个小，但性格顽强，轻易不认输，值得我们帮。猪头智商显然有点问题，不知道我们在帮笨狗，只是感到奇怪不解：怎么每到对方要认输罢斗了，自己就会格外受到打击而负痛败下阵来？如此几次，猪头终于认输服小，成了笨狗的属下。两只狗从此和谐，天下无事。

　　但是也有一点小小的负作用，在我们心头产生点遗憾，就是猪头长大以后总不十分地亲近我们，如果在外面猪头看见我们也会很高兴，猛跑过来，但跑近了，还有一米这样，就不再靠近了，虽然围着我们摇头摆尾，可就是不让我们碰它，不像笨狗会跑过来极其亲热地整个儿团身在我们脚下撒娇，主动要求我们抚摸它的狗头。

　　不过这种情况在猪头遭遇一次不幸的灾难后也彻底改变了，一天傍晚，我们照例带了笨狗和猪头在我们所住的这座小镇街道散步，刚出门，忽然全镇停电了，黑灯瞎火下，猪头在门口被一辆汽车猛撞了一下，当时倒地不起。我赶忙跑去把猪头抱回了屋里，发现猪头左后腿被撞伤，大腿骨看来是被撞断了或者撞裂了，不能动弹，赶紧敷药包扎。

我们睡在阁楼上，两只狗狗睡在楼下。这晚我们像平常一样上楼休息的时候，猪头见我们上了楼就在楼下不停地呻吟叫唤，我便下楼来照看，待它不呻吟叫唤了，我才上楼。刚一上楼，它就又呻吟叫唤，如此数次。静子说猪头是要你陪它呢。我想了想就下楼来，那时天气还热，铺了床凉席在猪头窝边的地上睡，不再上楼了。发现猪头疼痛得厉害的时候，就伸出手来抚摸它狗头。一摸它它就安静了。一连几夜都是这样。白天猪头要拉屎撒尿，我们就抱了它出去，几十斤重的狗狗，还得留心别动着它伤口，也蛮不容易。一个月后猪头显然地好起来了，能一拐一拐地走动了。我们惊喜地发现，这次受伤使它完全地亲近了我们，不仅是亲近而是从心底里生出来的对我们的亲信。我随便怎么样动它，它都不会对我生出一点点疑心和戒心了，在外面再见了我们，那个对我们的撒欢儿样一点不输笨狗，我们都有点感动。

当初我们养狗主要的是忍受不了屋里老鼠的猖獗，希望养狗来捉鼠。古话说狗拿耗子多管闲事，那意思第一是说一般狗是不会拿耗子的，第二这也说明还是有拿耗子的狗。我们就要养只拿耗子的狗。可是笨狗和猪头养在家里，开始有老鼠在它们面前跑来跑去，它们竟只趴在地上，好奇地看着老鼠跑过来跑过去，无动于衷，我和静子十分地失望，看来狗拿耗子是例外中的例外，你想随便养一只狗就拿耗子呀，没门儿。可是我们还是不死心，有一次我们装的鼠夹捉到了一只老鼠，静子说别动别动，然后大喊一声："笨狗！"笨狗和猪头听到呼叫一齐跑来，在静子的示意下，笨狗很快明白了，猛地向被夹的老鼠扑去，猪头也不甘落后。从此两只狗狗见老鼠就像见仇敌捕捉不止，经常是笨狗在前头堵，猪头在后尾追，大有所获。俺家老鼠绝迹。

有一天门外来了一只流浪小猫，认了我们的家，进了我们的屋。我生性十分讨厌猫，坚决要把猫送出屋，可是每次送走，这只小猫总跑回来。静子不忍说养了吧。我们就养了。可是又碰到一个问题，人们说狗猫天生是冤家，如此冤家怎么能同在一个屋檐下？我们每次带狗狗出门散步，两只狗狗每见了猫总穷追不止，有一回这只猫被我们的狗狗追得无处逃，急中生智爬上了绿化树才躲过一劫，我们的狗狗还不放过，在树下狂吠。静子好像也没有办法，这是天性，你能有什么办法。只说：看着办吧。

正式收养了这只小猫，静子就把小猫拿到笨狗面前，对笨狗说，这是我们家的猫咪，不许咬！笨狗拱着屁股、摇着尾巴，狗头一晃一晃地低近了地，假装扑过来终于是后退。以后几天，只要有时间，静子就把小猫拿了去，命令笨狗和猪头趴下，让小猫睡在它们的肚子上。慢慢互相不仅亲近起来了，发展到现在猫咪竟然可以去笨狗嘴里抢鱼头。猫咪每抢笨狗嘴里的鱼头，笨狗不仅不恼不怒甚至还让它。邻居大可来见了，惊奇不已，说，有家教的狗，就是与众不同啊。

（《桂林晚报》，2008 年 10 月 13 日）

# 外祖父

　　高尔基的外祖父是个暴戾的老头儿，动不动就会把少年时候的高尔基揍得个半死。不过这位外祖父偶尔也有充满情趣和可爱的表现，在高尔基的回忆录里，记录过这样一件事：在一个阳光明媚的日子，高尔基的外祖父准备了网兜、竹竿，牵上高尔基的小手，到野外的树林里捕鸟。高尔基在这里进行了非常明快的描写，在温暖的阳光下，在这安静和美好得像童话一样的树林里，一老一少相守着飞翔在树丛中的鸟儿，当一只无知而丧失警觉的小鸟飞入他们布好的网兜被捕捉时，高尔基的外祖父老小孩儿的童心立即展现了出来，并被高尔基描写得活灵活现。这时老头儿不仅是慈祥的，甚至是慈爱的，一改以往凶神恶煞模样。不过，这样一个美好的外祖父，可惜只在这时候灵光一现，离开了此时此地、此景此事，还是一个暴戾老头儿。

　　高尔基的外祖父为什么总是显出暴戾，而难得露出慈祥和慈爱？我小时候，读完高尔基的回忆录，掩卷想：如果这位外祖父总是表现得像带高尔基去捕鸟时那样，对高尔基来说童年的世界会是多么美好！那时我想不明白，高尔基外祖父为什么几乎总是显得暴戾，现在好像有点想明白了，那是因为两个原因，一个原因是高尔基外祖父性格粗暴，另一个也是最主要的原因高尔基外祖父太入世了，对这个世界太计较了。过分的计较加上失意，就只有暴戾。

　　和高尔基的外祖父比起来，我的外祖父像点世外高人，他对这个世界好像根本不计较，生活得平和、超然。

　　外祖父一辈子生活在上海，好像从来没有远离过这座城市。解放前他有不少的地产和厂房，上海迎来解放时，许多有产者仍守着财产不放，或者继续经营或者做着寓公，我的外祖父却洒脱，一下子就把所有的地产和厂房全部捐献给政府了，只留下自住的一栋四合院，更让人不可思议处在，他拍拍身上掉落的这些铜臭，就走进了工人队伍，甘心到上海市邮电局当了一名自食其力的邮电工人，一当就是大半辈子，直到从这个岗位上退休。极其潇洒脱落，非常人可比。

大事洒脱，小事也洒脱。外祖父膝下十个儿女，孙辈更多，而且这些孙辈小时基本全寄养在我外祖父家，我小时候也是寄养在外祖父家，一个大家庭，平常总有十多二十人，开两桌饭，大人小孩，一天到晚吵嚷不止。可是，几乎听不到外祖父的声息。他既不干预这种纷嚷，也不加入在这纷嚷之中。外祖父是上班下班，吃饭睡觉，再吵再闹，他仍吃得下睡得着，逢休息日喜欢带上一两个孙儿或逛公园，或郊游，郊游可以游到苏州扬州，坐上火车，早去晚回。家里的事全由外祖母主持，基本是甩手掌柜。

外祖父带得最多的孙辈是我，这个原因我认为主要是我最调皮捣蛋，爱打架斗殴。我外祖父的这座四合院到了"文革"时期也没有全保住，最后只剩了一栋小二楼给我们，其他三栋都让造反派瓜分了，我愤恨不已，这些造反派家里的小孩儿，不管是大我一些的还是小我一些的，常被我追逐来痛打，有时一个人可以斗他们几个人，特别是有一个小女孩儿经常被我追打得满巷子跑。我的小舅大不了我们几岁，那时大概十五六岁，看在眼里偷笑，他是不会动手的，他不敢，我敢，我无法无天，他就暗中给予我精神支持和技术支持，技术支持便是教我如何打翻别人。我和外祖父性格完全不一样，外祖父就喜欢我。

每去公园，外祖父都要买上一只面包，然后也给我一半，牵了我手去湖边拿面包喂鱼。我常不耐烦，没这份静气，忍不住就捞手捞脚下湖里打算抓几条鱼回家打牙祭。这些鱼都是公园里人工饲养的，游得慢悠悠，看上去真笨，我每次都坚信，下到湖里我就能手到擒来，结果每次都是空手而归，这让我很想不通：我怎么会比鱼还笨呢？祖父见我下湖捉鱼，也不阻拦，不动声色，任由我。直到我沮丧放弃，然后牵了我小手优哉游哉回家开晚饭。

外祖父喜欢我还有一个原因我也知道，那还因为我爱读书。我们出生在"文革"时代，读书不仅无用，而且读书越多越反动，别人的家庭对书躲避唯恐不及，而外祖父发现我喜欢读书后，不仅不阻拦，还常把各种各样的书买回来，作为送我的礼物。他支持我读书也是没任何功利性的，天文地理，古今中外，什么书都买来任我随意而读，他也不指导更不干涉，爱读不读全由我自己。后来我回到了在广西工作的父母身边生活，外祖父每年都要定期寄几次书给我。父亲是持反对态度的，每写信去请外祖父别再寄书我，但外祖父依旧是我行我素，让父亲也无可奈何。让我得意暗笑。

我的外祖父这么过了一辈子，大风大浪在他的四周旋转、**翻滚**，肯定有过不少的恶浪滔天，险象环生，但他没有被打翻被吞食，他的儿孙在他的羽翼下也都平平安安，想来应全得自外祖父对世事的超然、淡静、不争。面对我的外祖父，我要比高尔基幸福很多。

近年来，我和我的父亲总有隔阂，不能化解，这也许就因为我们都对这世界、对别人、对对方太计较了。

（《汕尾日报》，2008 年 12 月 11 日第 4 版，编辑：陆端华）

## 🌀 静听石语

　　说是面对山岚，不如说是面对石壁；说是面对石壁，不如说是面对石语。夕阳下，这种语言深邃而凝重，饱含沧桑，像吉普赛人每到一地都要庄重地留下的谶语。我和它对视着，久久地，默默地。面对沉默，唯有用静默倾听。

　　我不知道我是在解读，还是在用心灵去融入。我的坐姿在晚风中像一尊雕像。人如果能够变成思想者，他一定是在这样一种境况里，像此时的我，面对着一堵石壁，它那如天机般约略而现的隐语，足够我在昏黄的夕阳下忧郁地一想再想。我伸出手去，却够不到这石壁的宽阔。这种徒然的试图，不禁让我微笑自己的稚气。它的蔓延似乎是沿着时间和空间的无穷深入无极的。我忽然发现自己的渺小，渺小成石语中的一个逗点，说不定还会被晚风随意吹到某个刚巧契合的缝隙。我坐在那里，被石头用缄默所蔑视。我不敢叹息，虽然我极想叹息，虽然我极想轻轻叹息：我终究是要回到石头里去的，不是此时便是彼时，亿万年以后我会成为真正的石头，我不是在和石头对峙。人，作为生灵之长，足以自豪，也足以自卑。就算如今有了自以为是天大的本事，有些东西，他还是不能逾越，而且永远也无法逾越，比如石头。我想，曹雪芹为什么会让可爱的贾宝玉由石头里生出来？我又想，吴承恩怎么偏要将无所不能的孙悟空由石头里幻化？人在不知不觉中，在潜意识里，都要找到或幻想出与石头亲和的方式，这是一种本能啊。

　　在天籁的微漾中，是否传播石头的窃语？这使我想到一句常被人们用反了的成语："空穴来风"。这也是石头的一种语言，谁能听懂其中的蕴含？我们的心中是否也留有石头的空隙，容纳下自然的声音？在这拥挤而喧闹的世事中，也许心灵的路早已由里到外被彻头彻尾壅塞了。我们既无意倾听自己，也无意倾听别人，大自然仅仅是成为供肉体享受的一种物质。我们就这样很现实地把一切彻底物化的同时，却实在已经沉沦到了丢失了自己的灵性的危险边缘。我们藐视着大自然的和谐的昭示，也就是藐视着自己精神家园的最可珍惜的瑰宝。难怪"空穴来风"被很多人当作捕风捉影的同义词来频繁误用了，难怪石头经常总是如此沉默，而它博大胸怀的表面却总是掩饰不住地布满愁纹。但这种忧郁也许只能成为一种历史的见证，留待后人解悟了。如今不会有人乐意把读它，他们手里拿着屋里陈列的，最多是一种铮亮光鲜或者所谓有模有样的石子。而石头真正的内涵，人们是懒于用灵性去细细领悟的。

我也从来不是石头的知音，在芸芸众生中，我比别人比那些玩石者，一直更多地远离石头。可是此刻，我却被石头包容在黄昏之中。我坐着不动，使我的聆听像石头一样意味深长。

（《中国化工报》，2003 年 3 月 4 日 B3 版，笔名：海螺，编辑：李明月）

## ☁ 今夜小语

　　张芳一直向我推崇《罗兰小语》，说了很多次。"罗兰"又是一个那么美丽的名字，所有这么美丽名字的人，在静静的夜里呢喃小语，想象中就已格外美丽引人着迷了。那时南京人民广播电台的《金陵夜语》板块，每到周末子夜，就要播放一段《罗兰小语》。第二天张芳见我总要问：听了昨夜的《罗兰小语》没有？然后便眉飞色舞地说出一段来。无奈那阵我一直都在上零点班，无缘倾听罗兰的小语，让我既无言以对，又十分羡慕。许多年后我才有缘读到罗兰的一本散文集，不知其中是否有那些"小语"。每篇文章都是那么隽永清丽，充满了色彩的斑斓和音乐的旋律，如诗如画，空灵活泼。我更遐想着罗兰的那些小语如何美不胜收了。"小语"作为一个语境，由此忽然就多了一重格外细腻魅人的蕴意，神秘地蕴藏在我的心里，当它今夜浮现在我的脑海中，并流露在笔端时，使我有一种宁静中的温馨，在孤寂中暗暗得着抚慰。

　　书常常带给人的是希望，从某种意义上说读书就是读希望。而黑夜之中，或点上一盏青灯、或柄一支红烛、或住允满文明气息的电灯下，更需要读书，读书架上任意一本什么书，它使容易带给人绝望的黑夜笼罩上真正意义上的光明，那绝不是仅限于眼睛上的，更是直达心灵的幽冥，照亮魂灵，使读者幡然有所领悟。因此许多个夜晚让书陪着，成了给人的慰藉。书是孤独的，没有谁比书更孤独了，自始至终，书都保持独立静默的孤独。它从不融入谁也不言语，但它的话却都写在自己心里了。谁一旦找到它解悟它，它仍是它的孤独，却以这种孤独神奇地解除了破译它的人的孤独，解除了你的孤独。尤其发生在夜里发生在越来越深的夜里，这时你两手握着书本，抬眼望望窗外满眼的星空，感觉人的生命像书本一样，既浅显又深藏不露，像满天的繁星，既无比美丽让人眷恋又神秘莫测让人困惑。罗兰是不是就在这样的许多个夜里，阅读一段书后，写下她情意缠绵的小语，以此理解生命，以此肯定自己的存在?!难怪它会使张芳，也使许多人甘心守候到子夜，只为了聆听一段短短数分钟的深夜小语！

许久没有在深夜听收音机了，前年我在桂林病危住院，昏迷了两天两夜，醒过来已是除夕。偌大的病房除我外空无一人，窗外是灯红酒绿美丽的世界，而我却被一重一重空洞的白色，由墙壁到床单到贴身的睡衣紧紧包裹着，唯一代表了生气的医务人员走来走去也都是一团白，在这样一种日子，这份纯净便成了苍凉和虚空，让我一阵凄伤，泪不觉默默地顺着眼角流了下来。我没有动手擦拭，我不想也不愿擦去，感觉泪水温凉地滑下我的脸庞，真实存在，我的心反而好受一些。这时值班护士悄悄走来，意外地送给我一个粉红色方匣，又悄悄离去了。我发现原来竟是一台收音机，打开来聆听到里面的声音，心里蓦然添了许多温情。以后这种情绪就一直伴随我在病床的静夜里。有时，在孤寂中，只要有那么一点点的给予，就会让受惠者得着了多大的满足和抚慰呵。每当夜里，凝视着收音机暖暖的色调，摩挲着它光滑的塑料面，不管它当时有声无声，都安定了我的心，使我得着平静。

人生的旅途最困顿脆弱，孤苦寂寞的时候，若能在静夜听到谁亲切的低声微语，不管是来自书本还是来自收音机，都会是一种怎样的慰藉。而如果竟是亲密的爱人近在身边的小语，在今夜，对镜孑然，我都不敢想象将会是一种怎样的幸福了。

（《广西政法报》，2001 年 4 月 7 日第 4 版，编辑：邓筱诗）

## ☁ 陋室

那位写《陋室铭》的古人，很得意，写着写着得意就从笔端流溢出来了："斯是陋室，惟吾德馨。"这是一份得意；"谈笑有鸿儒，往来无白丁。"这是二分得意；"调素琴，阅金经。"这是三分得意。到最后竟然借孔子的话反诘，"何陋之有？"已是十分得意了。我羡慕古人，最后的归属至少总有间"陋室"来安顿灵魂：像陶渊明弃官回乡，便可以在早晨起来推开门，闲散地在东篱下采菊，悠悠看看南山；就如困顿像杜甫者，尽管茅屋被秋风刮破，他总还是有一间陋室可住呀！

因此当我分配到市里一家郊区企业工作，走在报到的路上，就有一种强烈的渴望，幻想在城市的边缘能有一间陋室，安顿最初的理想。我并不敢像刘禹锡，因为"谈笑有鸿儒"，因为"往来无白丁"，才自豪于"身居陋室"，才敢于发一声问："何陋之有？"我仅仅期望能拥有一间家徒四壁，真正意义上的陋室，就满足了。什么都没有又有什么要紧呢，宁静地安放灵魂才是最重要的。可我住进的宿舍，仍然像我一直以来居住的宿舍一样，拥塞着八个人，这让我　下了就无比沮丧。

自幼就幻想拥有一个人的房间，有个夏天，我还采取了行动：找来许多大大小小的纸箱，将它们搬到一处隐蔽的茅草丛中，用树枝和绳子就着撕开的纸箱，"建"起一座"房子"，还在地上铺了纸板做地板，脱了鞋子在上面随意地坐卧。惬意、舒坦、温馨，真是妙不可言。很多次，我就这么秘密地进入我的"房子"，在那里获得并享受宁静，独与灵魂相伴。

在这家企业熟悉工作生活的环境后，我发现宿舍楼道的拐角，有一个小小的约三四平方米的亭子间。也许原来打算用作公共卫生间，最后又废弃了，就一直被空旷地荒凉在那里。发现它的时候我怦然心动，我曾一再悄然地走到里面，丈量整个房间，它竟刚巧可以安放一床一桌，顿时让我惊喜不已，激动了半天，一个仄窄的空间正好安置渴望自在的灵魂。

每每在这个简陋仄窄的空间里，静谧地坐着，在清晨，在黄昏，更多的是在深夜，就着一盏青灯，那是对生命的一种怎样的享受啊。没有喧哗，没有尘器，没有浮躁，几乎也没有任何功名利益的欲望。至于那种"谈笑有鸿儒，往来无白丁"的标榜，"何陋之有"的诘问，在淡泊的心境里已消失无踪。纯净大约就是生命的本质。这样的境况让我体味。难怪在我们中国，有一种数千年遗脉不绝的隐士精神，一直被一代一代有意无意地提倡和颂扬。陶渊明成为千古以来备受推崇的高人逸士，成为文人的偶像，正是因为他那种不为浮华所动，而是清明自为、返璞归真、纯净无欲的禀性啊。

身居陋室，我更加确信生命最初的指引不管冥冥之中的，还是显然明朗的，都是人生中应该遵循追寻的，它正是深化了生命的道路。只是这种昭示这种来自心灵最先的声音，常常被以后人生阅历的尘垢湮没了，结果我们终于再也找不到它。每回从喧闹的尘世中归来，走进这座小小的亭子间，人的心胸都感到无比的宽广，清明。我在这里通过静思，一点一点抖掉尘世的灰垢，调整自己，再度回到并保持与世俗的距离。这不是为了清高，清高算什么呢？我明白，这是为了尊重苍天赋予的生命。

杜甫在自己的茅屋被秋风吹破后，想到天下人无屋居住的疾苦，感慨地叹息："安得广厦千万间，大庇天下寒士俱欢颜。"这句千古咏叹，代表了诗人杜甫对民众苦痛的深切同情和无比忧患，感动了古今以来千千万万的读者。可是这位诗圣显然只注重了肉体舒适的安置，因此苛求广厦千万间（这就注定只能成为诗人浪漫的空想了），而忽视了灵魂对物质的需要远远低过对肉体的渴望。满足这种需要不仅现实得多，并且是一个知识分子更迫切的历史使命。当我居于亭子间，捧读杜甫的诗时，在崇敬杜甫的同时，也为他感到了遗憾。

许多事情是不必宣扬声张的。当一个人终于拥有一间陋室的时候，陋室首先是一座自己精神的家园，它使精神得以芳菲地生长，受着庇护，不容易遭受践踏的厄运，就够了。

（《南国今报》，2010 年 7 月 29 日第 37 版，编辑：韦巍）

# 仰脸看天

我们有谁会保持仰天看天的习惯？除了幼时，我们很少会兴趣盎然地仰脸看天。

那天下了好大的雨，豆大的雨点将窗玻璃敲得叮当响，仿佛是谁用指尖急迫地请求开启你紧闭的窗扉，发出的那种催促声。忽然雨停了，太阳从云层里透射出一束光芒，一道彩虹便悬挂在了窗棂上，如此美轮美奂：散发着迷离的水汽，却又静谧空灵，带着一种飘幻若仙的韵味。这时你才会情不自禁，急切地推开窗棂，怀着一种莫名的欣喜，一种难抑的激动，仰脸看天。

真希望这种境况能经常出现。

天是人心灵里所有最神秘的谶语，它写满了预言和对未来的揭示。容易让人想起耶稣、释迦牟尼，以及一切具有最纯净品格的人，包括先知，包括儿童。

我小时候常坐着看天，在院子里，在草地上，最多的还是在水边。水和天有着共同的品质。水是天的化身也是天的镜子。将自己溶在水湄和天庭之间，任它们包裹，就更容易与天息息相通。通过看天，我曾接近于一个小小的预言家。比如在某个傍晚，看着鱼鳞般的满天彩霞，我会很自信地对小伙伴们宣告：明天一准是个大晴天。翌日必定是这样，绝不会错。比如天上到处撒满了云做的钩钩，我说，大雨就要到了。待会儿果然就是一阵倾盆大雨。

我不仅努力读出天的自然语言，满足于做一个气象发布员，更渴望能读出天的哲学。这使我喜欢屈原的《天问》，也喜欢研究我们中华文化中几千年演绎延续下来的有关的"天道"。仰脸看天，我以为天当然是"天道"的最直接的诠释者，只是能读懂多少，全看每个人各自的造化了。

天给人以灵性，天是人类最初的混沌也是最后的归宿。只要还保持着一点童真和对人类命运的好奇，就无法拒绝天的诱惑。我常会在某个时刻，特别是在夜里，静静一个人的时候，坐下来，托着腮，凝望繁星闪烁的苍穹。此刻，苍天无语，它所有的语言就是无言。只要稍微看懂了天，你就会知道为什么应该沉默！

我非常羡慕天文学家，他们的灵魂整个儿是属于苍天的。因此充满着睿智和博大、充满着深沉的使命感和对终极的认知。听着他们满怀自信，既不自卑又不妄自尊大，总是把握得非常理性，极有分寸的话；听着他们谈论宇宙、天体、地球和人类，我深深为我们之中有一群专门以读天为己任的出类拔萃的人而感动，也为能够接近他们而荣耀和幸福。

人生不满百，常怀千岁忧。杞人忧天。我十分惊诧和钦佩在数千年前，就出现了个能够忧天的杞人。智者常忧，所以他们活得极负责任，活得兢兢业业、勤勤恳恳。对天的忧郁，早已从一个笑话成为一种现实。我们远比杞人拥有更多知识，就更不应连杞人都不如，对这还算高旷明净的天庭，采取一种麻木的冷漠和漫不经心的忽视态度。连井底之蛙都坐井观天呢，何况我们这些赋有智慧的人类？

如果你乘坐过飞机，或者你还没有乘坐过，但只须想一想在天上翱翔俯瞰的感觉就会明白：仰脸看天有多美妙。

（《东方新报》，2001 年 1 月 2 日 B5 版，编辑：尹柯）

## 雅舍

　　庸人趋俗，文人爱雅。梁实秋先生晚年移居台北，老骥伏枥，仍然笔耕不辍，侃侃而谈，说尽风花雪月，高山流水。后来，他更将自己读书写作的寓居索性称为"雅舍"，并且连出版的书，都不止一次地用雅舍来冠名了，可见"雅"是多么令文人痴迷。

　　给自己的书屋取上一个名号，是文人的一件源远流长、既雅又趣的事，是文人们志向和情趣的表白。最闻名于世的，当数唐人刘禹锡了，他因此成就的《陋室铭》，虽仅八十余字，却字字珠玑，至今仍为脍炙人口的千古绝唱。你看，"斯是陋室，惟吾德馨"，多么自信，多么清高！那绝不是俗人所能附庸风雅的。而在他之前的孔子，有一次评论到自己的学生颜回时，击掌赞赏说："贤哉，回也！一箪食，一瓢饮，在陋巷，人不堪其忧，回也不改其乐。贤哉，回也！"那时在《论语》中读到这里，我不禁写下几字："居陋巷，以书为饭，乐而忘忧。古人精神！"物质上的简陋，精神上的富足，这是中国文人千古崇尚、至今追求不渝的品德。当代散文诗家李耕先生称自己的书房为"瓢斋"，不知是否便出自孔子赞回此语。李耕还写了不少以"瓢斋"为总题的散文诗，读起来给人一种寄情山水、古色古香的隽永，非常清雅，耐人寻味。前几天看新到的《散文》杂志，一位老作家将自己除了书，什么都仅仅维持在最低生活需要的居室津津乐道，充满乐观自豪地戏称为"三无斋"，亦与古人神通意合，一脉相承，颇得先人遗风和精髓，看后不觉点头，颔首微笑。文人喜在陋中寻雅，物质上的简陋的确更容易衬托出精神上的高雅。但认真细较起来，未免带来一些误导，似乎将物质和精神对立了起来，似乎它们是一对彼此无法相处相容的冤家对头：物质的富有必然是精神的匮乏，精神的充实一定要以对物质的牺牲做代价，那句"饱暖思淫欲"就是最好的注脚。这种观念，延续了数千年，直至今日还有着深远影响。真正有些学问的人，在有意无意间，绝不会在物质上夸富，至少在口头上大都避之唯恐不及，不是一口否定，就是三缄其口，因此他们的书屋便下意识地常以"陋""无"或者不离这样一层意思的词来冠名，就不奇怪了。

其实书屋绝对不是"陋"和"无"的地方，它既包容着巨大的精神财富，首先又是一笔物质财富，没有一定的物质基础，是谈不上能够拥有什么书屋的，尤其在如今书价居高不下的境况下。因此我非常喜欢梁实秋先生的"雅舍"，既名副其实又美丽动听，真正道出了文人与书屋的关系，也道出了文人实质上的一种别致的品格。与莎士比亚说的"我的书房，就是我称心的花园"异曲同工，让人怡悦欢愉，光是听这一个名字就使人得到了美好的享受。

（《广西教育报》，1998 年 11 月 13 日）

## ⌒⌒ 相册里没有小学毕业集体照

在我的相册里没有小学毕业时的集体照。

我读小学的时候是在闭塞的深山老林里的农村学校，还是少数民族地区，别说照相，照相机是个什么样的怪物，连想象也想象不出来。前些年，读三毛游记，有一篇写到她在撒哈拉沙漠要帮那里的阿拉伯小孩留影，刚照了没几张，让他们的大人发现了，顿时被凶恶地抢去了照相机，把胶卷全扯了，吓得她逃都未得那么快。我表侄也读了，他就问我：阿拉伯大人怎么那么可恶呀？我微微地笑了，我无法用三言两语向他解释，也不准备费神解释。我在他这个年纪也就是读小学四年级时，若是哪个也拿一个这种"可怖"的黑匣子对着我咔嚓，我不是害怕得灵魂出窍，木得一动也不会动了；便是肯定会突然变得像一只咆哮的猛虎朝他凶恶地扑去。我们那里也像撒哈拉的阿拉伯人流传着诸如神怪、灵魂之类的传说。我小学毕业的时候，我们的校长也是唯一的老师就一个个跟我们的家长商量，快毕业了，不管怎么说（也即不管怎么穷）都该照张毕业照，毕业本本上面没有照片怎么成。左做工作右做工作，好歹总算是得到了家长们的同意。村里当然没有照相馆，连公社也没有，要照相，别的有些学校是去县城里请了照相馆的摄影师来学校照，我们这个毕业班二十来个孩子，一些家里穷到青黄不接有上顿没了下顿，哪里请得起。校长是个既有坚韧个性又聪明的人，他起了两个主意，一个是他决定带领我们翻山越岭将徒步走到县城照相，一个是到时候我们每人打一担柴，挑县城里卖，照相的钱可就解决了。

那天清早，天还蒙蒙亮，我们就被叫起来了，身上背起由父母准备下的竹筒饭，挂了柴刀，便惺忪着双眼，向县城出发。这一天，我们一直走到天已黑定了，才终于疲惫不堪，蒙眬着始终瞌睡的眼睛蹭进城里。我还记得那时城里给我的印象：窄窄的街道，昏黄的路灯，散发着幽幽的微光。整座小县城有气无力，像患着重疾的病人。老师是个有见地做事稳妥的人，他早已事先联系好了，我们挑来的柴火，径直堆到了一座院子里，由这座院子的单位食堂给买下来了。当夜校长和我们二十多个学生就挤在这个单位的会堂里，睡了一夜，好在那时天并不冷，地上铺了稻草，睡得也香。

　　第二天一早起来了，就由老师带了我们去照相馆照相。进了照相馆，就见到里面布满了架子，中间立着个有四个轮辘轳用厚厚的黑布蒙着了，只露着一只黑不溜秋贼眼睛的怪家伙。见了，我们就都十分害怕，任凭照相师傅怎么叫唤，没有人敢到那只贼眼睛注视着的凳子上坐下。照相师倒是一个很和善还挺有耐心的人，不生气，只是由于说不动我们，无可奈何在一旁干叹气。校长看不是办法，就打开花名册来，按上头的序号先后安排照相。第一名是个女同学，校长刚把名字叫了出来，她就"哇"大哭了，弄得我们都跟着伤心流泪。但她是个十分听话的学生，边流着泪还是边往凳子上靠，边小声要求说：老师，我的魂给照走了，你要把它找到带回家呀！说完，又痛哭。我们二十几个学生想到要回不去了更是哭成了一团。就在一片哭哭啼啼声中，我们终于把相都照了。可是，我们的钱只勉强能照一张一寸头像，集体照不可能照了。

　　今天回忆这些，心里感到有点儿忧伤。

（《广西民族报》，2002年2月6日第7版，编辑：罗红梅）

# 如果你是我的仇人

新年的第一天，我决定要给见到的每一个人祝福！

这些人是家人、朋友、同事，还有随便在路上碰到的任何人：陌生人，包括仇人。

恩格斯说马克思一生没有任何个人的仇人，我很佩服，想伟人就是伟人哪。

我不是伟人，有的只是一些纯粹私人的仇人。

这样的仇人有的曾经诬告过我，有的曾经整过我挤对过我，有的曾经无端地捉弄过我。

对于这些人，我曾发誓总有一天我要以牙还牙，血债要用血来还。

但是新年了我改变了主意，我一边在脑海里读着海子的诗（海子的诗实在好，比如我读着的这首《面朝大海，春暖花开》：从明天起，做一个幸福的人／喂马，劈柴，周游世界／从明天起，关心粮食和蔬菜／我有一所房子，／面朝大海，春暖花开／／从明天起，和每一个亲人通信／告诉他们我的幸福／那幸福的闪电告诉我的／我将告诉每一个人／给每一条河每一座山取一个温暖的名字／／陌生人，我也为你祝福／愿你有一个灿烂的前程／愿你有情人终成眷属／愿你在尘世获得幸福／我只愿面朝大海，春暖花开），一边决定不再同任何人计较，包括我的仇人。我要学习海子，为你祝福，尽管你也许是我曾经的仇人。

鲁迅临终前留下遗言，嘱咐夫人许广平和儿子海婴：对仇人，一个都不宽恕！鲁迅死了几十年，这句话不仅不死，更成了至理名言，许多人特别是那些自诩高尚的人，似乎比海婴还更牢记了鲁迅的嘱咐，将这句话不仅常常地挂在嘴边，更身体力行，贯彻得不遗余力。看到这些人这些事，我总想叹息，但是我不敢真的叹息，因为我也有一些不十分情愿宽恕的人。现在，现在我也不谈宽恕，我没有资格谈什么宽恕，只是我可以不计较了，我决定不计较了。在新年里，如果我见到了你，如果你正巧是我的仇人，我会像海子一样纯净，说祝福你！

鲁迅除了说"一个都不宽恕"，我还学习过他另一句话，这句话虽然被正人君子们引用得不多，我却更喜欢，就是"相逢一笑泯恩仇"！如此多快意，不必肌肉紧张，咬牙切齿；不必怒目相向，血红眼睛；更不必剑拔弩张，动起手来。只在双方无意地，或许更是有意地见着了面，然后相对淡淡一笑。这一笑，只一笑，便什么都笑散了，烟消云散了，多好！

我在读小学的时候，老师教我们对阶级敌人，要像秋风扫落叶般无情。那时候我时刻都很警惕，我用我的眼睛审视着任何人，包括我的父母，许多人都被我怀疑为虎视眈眈妄想颠覆我们社会的阶级敌人，我决心将这些敌人，也就是我们阶级的仇人，给予秋风扫落般的无情打击。

想想很久以前的这些可叹可笑的过去，仇人，我真的不打算计较你了，我真的不打算以牙还牙了。

拿破仑给他的将军们上课，说，没有永远的朋友，也没有永远的敌人。

在政治上是这样。

在生活上呢？在我们的生活中其实根本就没有敌人。

还是我阿婆说得好：当初你以为谁谁是敌人是仇人，你最恨谁谁了，几十年过后，回头一看，不觉哑言想笑，你发现：原来谁又真会是谁的敌人仇人了呢？！

因此，在新年里，我要给所有人，包括我的仇人祝福！

（《成都晚报》，2005 年 3 月 6 日，编辑：史幼波）

# 🌥 南国之春

隔着窗，向外望，南方的春天很像北方的秋天，落叶满地。但又绝不像北方的秋天，南国的春天就是春天，当落叶满地的时候，树上是春意盎然，绿枝繁茂。

每年的二月南方的春天到来，天气一回暖，春风温暖地吹拂过城市，街道上就会有大量的黄色落叶，地毯一般铺满了地面，成为一道别致的风景。

读《国际摄影》杂志，经常看到外国摄影家拍摄的树林里宽广的地面上铺满金黄色落叶，而树只剩了枝干的美图。那种照片给人一种热烈的凄美，落叶如花，已逝去的事物，是如此的静美艳丽，让人想伸出手去轻轻抚摸，让人在心里情不自禁呼唤着挽留。我读这些照片，常流连不舍，不愿让目光离开。

在南方这个季节的落叶同样像花一样美丽，但一点也不是外国摄影家拍摄到的那种凄美冷艳，当这些落叶纷纷飘落下来，好看地铺满地面时，你抬头望那些飘着落叶的树，却是无数的新绿正在长出和已经长出，逝去和新生如此紧密地衔接着，甚至没有交替的过程，一边是飘逝一边早已在新生、成长。这就是南国的春，是南方地域特有的春。那些本来应该在冬天凋零的事物，比如像我说到的这些树叶，它一定要坚持到春的来临，一定要坚守到新的生命接班，才在春暖花开的季节，飘然而逝。

我很喜欢这种飘零，它不带给人落寞或者哀怨，它让人有从容的心境去看待这些自然的交替，它使残酷的死亡变得温和，甚至充满着一种温情。因此，当落叶飘零的时候，我喜欢仁窗站立，看窗外叶起叶落，我也喜欢走在这些树下，让飘零的落叶轻抚着我，当它们擦过我的面时，我尤其喜欢闻这些落叶散发出来的成熟的味道，它们带着一点郁香，带着生命未曾逝去的温暖气息。

在南方的乡下，春天是另有一番景致。我记得我在安陆农村的时候，就喜欢看这种景致。那是一种满山遍野的红，它一般总是由水边而起，然后一直红艳艳地烂漫到山顶，烂漫到天边，甚至一望无际，看得人心情激动，心跳加快，面色潮红，恨不及投身到这热烈里，融入这热烈里，完全成为它的一分子。这些漫山遍野的红叫映山红，在二月三月间开放在南方乡下许多的地方。当漫山红遍的春天，没人会不投身入这映山红的掩映中，人在花海中游，荡漾在这红艳艳花的世界，漫步在茂盛着炽热的生命的世界，心情也是喜开颜，再郁闷的人，到了这无比热烈如火之地，也将心情温暖起来，笑逐颜开。我有位学心理学的朋友，他说什么样的心理疗法，都不如在春天去感受大自然。他说的一定就是南方春天乡下这种如此热烈炽热的大自然。

看万山红遍，最好的还不是完全地融入，还不是全身心地投入。我喜欢在这春红里，走近河水，跳上一只船，沿河悠悠地荡起一叶小舟，缓缓地划着桨，听桨起桨落舀动的水声，在静静的山中哗啦哗啦轻响。船沿着岸边行，让映山红招摇在你的眼前、招摇在你的身边、招摇在你伸手可触的地方，或者近得就让它们自己投怀送抱，拂动你的胸襟。你一手划着桨，一手在行走中伸出船外，轻抚着这些花儿，不胜爱怜，不胜怜惜。你陪伴在它们身边，它们也陪伴在你身边，而彼此却是各自独立着，由于河水而界限分明。你心情明媚，你明媚的心境又有着几分清醒和冷静。这是我无比喜欢的一种境界。

由于这些美好的景色，南国的春天让人的心格外阳光。

（《合肥晚报》，2010 年 3 月 11 日）

## ❁ 说有意味的话

话是不敢乱说的，要说，就说点有意味的话。

人，没有想自己浅薄的。

那么就让我学习高深。

鲁迅说，不是在沉默中爆发，就是在沉默中死亡。

老师说，多有意味呀。

为鲁迅这句话，老师整整讲了四十五分钟各种深含意味的话。其中，有隐喻、暗喻、借用，有发挥、想象和设喻。

我们说，老师，你比鲁迅还鲁迅哪。

说有意味的话，并且，把有意味的话说得滔滔不绝，这种本领，让我佩服得要死。

我们家乡有一句俗话说，饭可以乱吃，话不可以乱讲。

小时候听了，整不明白：饭怎么可以乱吃呢？就算是好饭好菜，美味佳肴，都不可以乱吃，乱吃起来也会吃坏肚子。我亲见的，我们村的李二不管哪家红事白事，每请必至，不请也至，到来唯一的事体就是开怀痛饮，而每乱吃一回，第二天必拉稀不止。可见，饭是不可以乱吃的。

话可不可以乱讲呢？这点我能明白：不可以乱讲！不说史书上随便翻来就可以让人毛骨悚然地见到，乱讲话者怎样人头落地；就是在我们村里，若是话讲得随便了，一语不合，也会发生拳头相向这类不好的事情。

因此，家乡这句俗话大概应该改为：饭不可以乱吃，话不可以乱讲。

但是，这么一改，意味就不隽永了。

看来，俗语说"饭可以乱吃，话不可以乱讲"，是另有意味的，如果仅仅以字面上去理解，会失之浅显哪。

我在部队时的老班长喜欢说一句"火车不是推的，牛皮不是吹的"。这位班长我头一次见着的时候是在新兵连里，一副吊儿郎当的样子，就像电影里的那种痞子兵。暗忖这样的人怎么也能来带兵呢？能当上兵就有走后门之嫌呢！可是我们的排长就不这么看，不仅不这么看，还努力要打消我们的疑惑，说你莫看平常他这样，到关键时刻，就不一样了。

此话果然。八一建军节司令部阅兵，他竟然是旗手！并且照片还上了《羊城晚报》以及多家报纸的报眼呢。看他一变平日流气，飒爽英姿，手执一面火红军旗，雄赳赳一派正气，标准军人模样，我们真是开了眼。

难怪他爱说"火车不是推的，牛皮不是吹的"。真本事的人，讲话就有真意味！

很多时候，我都在琢磨，怎么样讲话讲得或者不动声色，或者意味深长。

人们说林彪打仗厉害，俺生来也晚，未亲见亲历，都是一些书面认识，不敢瞎掺和。但如果哪个说林彪讲话厉害，那我是举双手赞同的。我生于林彪最后的年代，耳濡目染嘛。他的话，不知道汉语学家们是否研究，我发觉林彪曾经把我们汉语言运用到了一个境界。林彪打仗是天才，语言也是天才。有一种天才就了不得了，何况两种天才！可惜的是，有这样两样天才的林彪心术不正，最后落得个摔死温都尔汗的下场。因而他留下的语言也许要过一百年后，才会有语言学家能够平心静气，愿意认真研讨了。

河南老乡说"馒头蒸不熟我不见人"，我们在新兵连里听着这位老乡这么说，不禁乐了，都道，说得好，说得好啊！

网友碣石山读了俺这篇主张说有意味的话的文章后回答俺："假如老这么说也蛮累的！"

呵呵，我偷偷告诉她：说了就傻笑，便不累了。

（《成都晚报》，2004年10月8日，编辑：史幼波）

## ☁ 老实的村庄

老实的村庄，是真正老实的村庄，在这座村庄里，只有老实一家人住着。

在广西少数民族居住地，主要是那些高寒地带，这种一家人的村庄随处可见。过去如此，如今仍然如此。

最初，我对这种村庄感到神秘和恐惧，后来，依旧感到神秘，但是不恐怖了。

我不明白，人，为什么要独个儿住着，人怎么能独个儿住着，就算是一家人，其实还是像一个人。这使我对像老实这样的村庄，始终充满了好奇。

因此我去过很多次老实的村庄。

老实当然不会觉得应该有什么好奇，当我对他表达我的好奇的时候，他对我的提问，憨憨地笑，不回答。大约他觉得没有必要回答。

老实的日常生活是播种和打猎。

在老实的村庄依然是刀耕火种，每年的开春，种地看起来是一件很潇洒的事情：找一片坡地用火点了，把茅草烧尽，然后在某一天，带上种子，到这块坡地上，天女撒花 样 撒，便完成了。从此再也不用经营，等着收获吧。

我在读小学的时候，我们学校的老师也带我们干过这样的营生。同学们觉得好玩极了，纷纷地这里点上一把火，那里点上一把火，老师都来不及禁止，最后，要不是一帮勇敢的男同学奋勇扑救，差点把整座山烧起来。

在我们看起来潇洒好玩的事情，在老实看来，当然会是另外一个样。

老实这么种地，靠天吃饭，平常一亩地只能收成一两百斤的粮食，碰上天灾，绝收的情况也会发生。

打猎的境遇就没有那么糟糕了，每次当老实扛上猎枪带着他的猎狗去打猎回来，从没有空手而归的。

有一次我带了一帮朋友突然到老实的家里做客，时近黄昏，老实一家第一次看见有这么多汉族客人到来，高兴得脸上生花，红通通的光彩照人，我头一次发现人高兴起来会变得格外美丽。这种美丽带着温度把我们也照亮了。

但随后老实一家又为难起来：家里除了有些粮食，屋边种有几棵菜外，再也没有什么东西可以待客。

最后，老实有了办法，他扛着猎枪唤着猎狗，出了门。

只一会儿，老实带着猎物回来了，是一些飞禽，如斑鸠、野鸡等。

还有什么待客的东西比这些更好的呢？

但是最后，客人们并没有尝到美味。

斑鸠野鸡只是被老实简单地在火里面烧掉毛后，破开来切块，撒点盐巴放在大锅里，炖熟了，就算一道菜了。

当这一道带着羽毛糊焦味的菜端上桌时，我猜，你也一定会和我一样明白了：美味是要靠生活质量来保证的。

饭后有客人提议老实为什么不拿这些野物到城里换钱呢，那可是可以换回大把钞票的呀。

老实憨憨笑着，低了头，不说话。

我代老实回答：苗族人认为所有的东西都是上天的恩赐。因此，你只能取你所需，再多要，滥捕乱杀，是要受上天惩罚的。

哦！

朋友们听了忽然发现在落后的生态社会，先进的理念竟然会以某种方式蓦然出现。有的人陷入了沉思，就都不言语了。

老实的生活，除了播种和打猎，对于他们一家来说，每年最重大的就是过苗年了。

如何走村串寨吹芦笙踩堂跳舞唱山歌热热闹闹过苗年，很多人都写过了，在这里我就不饶舌了，再说，对于这种热闹，也不是我的兴趣所在。

我所感兴趣的是，通过这些风俗，我看到这样一种现象：凡是贫穷的地方，凡是贫困的人们，凡是落后的民族，虽然生活是很艰难的是很难苦的，但是他们的天性差不多无一例外地乐观活泼，都偏要在苦中作乐，如是，就流行开来许多作乐的方式。像苗族的过苗年踩堂跳舞吹芦笙，像傣族的过泼水节等。所有这些节日，无一例外是简朴的，绝不追求奢侈豪华，但都是欢乐的，人人兴高采烈。

我每次融入苗族苗年的欢快气氛里，我都想感叹：说一个民族伟大，首先是因为这个民族乐观哪！

苗族人的智慧就在这种乐观欢快的节日里承传着。

老实的村庄不单吸引了我，现在也吸引了许多外地人，不久前连一位美国朋友都慕名到来了。

听说这位美国朋友是一位人类学家。想来他一定能够为我们提供更多，更有趣特别是更值得人类回味的东西。

（《茂名晚报》，2004 年 8 月 5 日，编辑：吴小英）

# 屁颠屁颠跟着的狗

如果我能够对自己的生活做主，我要为自己实现的第一个愿望是，养一只狗！

我写这句话的时候，心里在哼着邓丽君的歌：如果要我谈爱的时候，我有四个希望……

对于我来说，养一只狗和哼一首喜欢的歌一样美妙；倘若自己的愿望和自己喜欢的这首歌融合在一块，就更美妙了。

我忽然明白，人在高兴的时候，为什么情不自禁会唱起一些自己喜欢的歌了。这些高兴得旁若无人唱歌的人在你的生活里随处都可以碰见和捕捉得到，我没有猜错的话，你自己大概不也正是这样的人吗？

每个人这个时候，这么情不自禁，手舞之足蹈之开心唱着，是很有点可笑的，可是，又是很可爱又是最可爱的。

人一生最可爱的时刻是什么时刻呢，你沉静下来思想，回味一下，除了恋爱，你可能会同意，就是在这个时候！

但是，我要养一只狗的愿望，三十年都未能实现。不过，也正巧应了中国那句古话，人生真是"三十年河东，三十年河西"呀。

三十年被长辈束缚的生活以后，三十岁上，我终于独立可以对我自己的生活完全自己做主了。就像许多当上官的人那样，我急忙地兴奋地一朝权在手即把令来行，喂养起了一只狗。

看来，不管你当不当官，手中只要有那么一点点权力，这种权力，哪怕仅仅是针对自己的，人哪，都要赶快紧紧地攥着，绝不放过。将心比心，我们真不能太指责某些官吏，谁让我们给他难以约束的权力呢。

我养的这只狗，不是一只什么金贵的狗，只是一只最普通的那种毛色黄黄的本地土狗。

对于很多人来说喜欢一种事物，对于这种事物就放弃了选择的权利，凡是这种事物在他眼里就再没有高低贵贱之分，统统喜欢。现在，我对狗就抱着这种态度。

想来，我们对于人大约就更是这样了，假若我们喜欢上一个人，这个人的优点我们当然喜欢，同时这个人的缺点我们甚至也会喜欢上了，至少差不多满不在乎不太留意它的存在。有些居心不良的人，因此钻了这个空子。

但是狗不钻这个空子，狗不会钻这样的空子。所以，我可以放心地喜欢并且宠爱一只狗。

我为这只我喜欢的狗开的名字并不美丽更不华丽，狗就是狗，你可以喜欢它，但不必太抬举它，我认为它承受不起这样的抬举。我只叫它"笨狗"。笨狗听见我这么叫它，每次总是很高兴地对我摇头摆尾表示高兴，这证明狗并不想要人抬举。

笨狗养在我们家里，它最大的特点，就是总是屁颠屁颠跟着它的主人我走，紧紧相随，须臾不离。因此，我就十分的高兴十分的喜欢了。

现在，能令我十分高兴十分喜欢的，也就是这只屁颠屁颠跟着我走的狗。

（《成都晚报》，2004 年 8 月 15 日，编辑：史幼波）

## ☁ 戏

　　幼时最爱的是看戏。可是在我们乡下，一年到头却难得演上一次。逢着文艺队下乡来，我会兴奋得不得了，那一整天，准定课是无心上的了。自习的时候，还要从山上的学校偷偷跑到山下来，不眨眼地看文艺队的人们搬这弄那。那五花八门的东西，那色彩斑斓的道具，直把我看得眼花缭乱，神魂颠倒，不敢想象这样一些东西赶到夜里的戏台上，会变出怎样一个世界呢。

　　终于好不容易，磨到了下课放学，和同学们呼啦地蜂拥下山来。丢下书包，第一件大事就是忙捧了方凳，去抢占晚上看戏的好位置。戏台是用木板搭在一片平整的晒谷坪上。离开演还差着老鼻子呢，台下却早已挤满了高的矮的长的短的凳子。那时没有电，天黑下来，先是点起了用大楠竹筒里面倒满油塞一团拖把大小的碎布做成的火把，围在戏台的两侧。临开演时，再在正中吊两盏雪亮的汽灯，戏台霎时便晃晃地亮若白昼了。

　　我最爱看的是杨子荣打虎上山，然后见了座山雕那一节。这时候汽灯便忽然全黑了，几点火把照出幽幽暗暗的场景，杨子荣雄赳赳从台侧大跨步走近前台，而座山雕却鬼鬼祟祟坐在暗处，小眼一眨一眨地骨碌着绿光，窥视着杨子荣。只见杨子荣一个虎瞪瞪地亮相，头一扭，便和座山雕的绿眼撞在一处了。他们便一问一答，对着黑话，说脸怎么红了脸怎么白了。这段台词，以后成了我们同学之间的经典问答，放之四海都可以冒出一句：脸怎么白啦？旁的人愣怔得莫明其妙，我们彼此却心领神会，乐得哈哈大笑。为了看戏，我会追逐着巡回演出的文艺队的脚跟，与同学结伴，走上十里二十里地，一个村子一个村子撵着悠转，乘兴而去，尽兴而归。回来的路上大伙儿还要叽叽喳喳兴奋得谈个不休。一群八九岁的孩子，一夜里走那么多山路，还不知疲倦，也真不疲倦，第二天照样活蹦乱跳上学。现在回忆起来，都不明白得直想咋舌，暗问自己那时哪来的劲头呢！

以后我来到了县城，因为爱看戏，结识了文工团一位叫梅的女孩儿。梅话不多，喜欢温情地望着人微笑，大大的眼睛，仿佛会讲话。

有一天她兴冲冲送票给我，说今天是她第一回演主角，一定要我光临的。接过票，我便激动了半天，不知是为戏呢还是为梅。

票是一排边的位子。我坐下来心扑扑乱跳。灯光暗下来四周变朦胧了，我才稍微安定。

这时已是改革开放的年代，演的不免是才子佳人。"佳人"自然是梅了。有段爱情的表白，我发觉梅站的位置便不太对，直往我这儿靠。说着台词时，就用眼瞅我，使我不禁脸红心跳，紧张得憋不过气来。落幕的时候，居然赢来许多掌声。我无力地痴痴坐着，像陷在一个梦。后来听说梅竟受到了团里表扬，说她肯动脑子，敢于临场发挥呢。

梅就站稳了主角的脚跟。演的戏多了，我跟着看的戏也多了。才发现，梅真是个好演员，演戏的时候，她的感情就像可以控制调节的闸门，随着戏的情节而任意地或哭或笑，或悲或喜。

梅太会演戏了，反而引起了我的忧虑，使我终于和梅因此疏远了。

我离开梅，梅始终也不清楚其中的缘故。

如今我想到和梅因戏而结识，却又因戏而分手，就为自己当初单纯又无知而感到疼痛。

（《南国今报》，2012 年 4 月 28 日第 60 版，编辑：韦巍）

# 雨

　　我常奇怪,古人写雨竟多含愁绪。如秦观的"自在飞花轻似梦,天边丝雨细如愁";如韦庄的"清瑟怨遥夜,绕弦风雨哀";又如周紫芝的"梧桐叶上三更雨,叶叶声声是别离";更有杜牧的"清明时节雨纷纷,路上行人欲断魂"和李清照的"梧桐更兼细雨,到黄昏点点滴滴,这次第,怎一个愁字了得"……

　　遍看唐诗宋词,能够欣慰这雨、喜悦这雨的,几未有。"夜来风雨声,花落知多少",孟浩然惜时的吟诵,带着无奈。柳永的"望处雨收云断,凭阑悄悄,目送秋光"总算不曾太多愁郁,却写尽了空茫惆怅。而朱淑真的"连理枝头花正开,妒花风雨便相摧"的诗词,简直把雨当了妒火中烧的小人了。也难怪李清照要"萧条庭院,有斜风细雨,重门须闭"了。

　　其实,雨实在是极可爱的尤物,不必对她"重门须闭"的。且不说隔窗聆听的清趣。光是一柄花伞撑出的雨中世界,就给人多少目不暇接,流连忘返的旖旎呢。

　　幼时在上海,每当下雨我们都要又蹦又跳,欢喜地群起而唱:"天阴啦,下雨啦,小赤佬子出来啦!"如果是冬天,碍着大人的管束,虽然只好凭窗望天,心却早已置身在雨里,望眼欲穿将手伸出去,巴巴地盛满了对雨的渴望。偶尔风吹雨飘,斜进几朵晶莹的雨滴,或润在脸上,或巧巧地竟倏忽滚入期待着的手心,就仿佛已经与雨有了不可告人的默契,幸福得忽然从叽叽喳喳的喧闹中沉寂下来,独自体味着一份冰心,一份飕凉。美滋滋的脸上,挂满了不让人懂的神秘的笑靥。若在夏天,我们一边高唱,一边就急切地举起小手,争先恐后冲进雨幕。那抢先的往往也就成了最有资格表示得意的人了。弄堂是很窄的，骤雨一来，石板上就积满雨水，在我们拥挤成一片匆促的脚踏声中，飞溅起更稠更密的雨幕，天上地下，交织起湿透着新鲜刺激的欢声笑语。这时，若是天边猛然露出太阳，一道彩虹劈空迎来，我们便会不约地停下所有的活动，一同仰望这绚丽而静谧的魔幻，高声齐唱"天阴啦，下雨啦……"雨，真是奇妙无穷呵。

读书时，是在广西边远的山区。尽管愁苦多于欢乐，对雨的神趣却始终不减。最可怀念的，莫过在雨中泳身河里，将洗衣的锑盆反扣，罩在露于水面的头颅上，屏息悉听雨点在盆顶叮叮咚咚的作响了。这时，就像摒绝了身外世界，置身奇幻的天地。雨稀稀疏疏的时候，是一阕悠扬悦耳的清唱；或缓或急的时候，是一段如泣如诉的叙说；骤起骤停的时候，是一个迷离了双眼又忽然清晰成海市蜃楼的美丽童话。此刻，读雨是读不尽的趣味，听雨是听不完的痴迷。是的，若赤裸了身子，唯有在这雨中的水里，才感到温暖，才不需要人为的心机小心谨慎地裹护。雨是心灵的篱墙，它可以使你有机会安全地逃出他人以及你自身的窒息，在雨围的空旷中自由地呼吸。

雨，你是怎样的神袛呀！面对你，又何愁之有，何郁而来？

（《公安时报》，1999 年 1 月 19 日）

## 送礼

    中国是礼仪之邦，人生在世，自要牵扯到许多礼仪往来。朋友生日，同事结婚，情侣相恋，送怎样的一份礼，总是让人左想右思，难煞人急煞人，无法能断。中国人被礼所缠为礼所累。

    曾遇一位七年未谋面的中学同学，忽然相见，自是喜不自禁，又适逢同学佳日结婚。请柬翩临，当然前往全贺。因为久已疏隔，不敢猜度同学性情喜好，索性化繁为简，打一红包，随喜封上"老人头"，以为万全。不想，日后同学私执我手说：你就不能送点更代表你意思的东西？

    我友生日，我这位朋友那时是我在这座陌生城市，唯一的朋友。吸取了教训，很早几天我便一直思量该送什么，终于决定尽力投其所好！便跑遍了这座城市的角角落落，流连在各种正规的非正规的大小市场。也许是精诚所至，运气也会随着来吧，竟果然买到了她一直念叨的一枚某年发行的生肖邮票。那天，看着她惊喜地捧着这枚邮票，欢乐不已的模样，我的心情是有苦有甜：要想真正送出一份让人满意的礼，可不容易呀。

    送礼太难。

    三年前，我的三姨父从上海来柳州看望我们，这是他第一次到柳州，进屋以后，大包小包地忙着拆包裹：这是送父亲的，这是送母亲的，这是送我的，还有送左邻右舍的……忙得大冷的冬天里也一头汗水。可以想见，三姨父来广西之前，不知为送礼费了多少脑汁，在南京路上跑了多少个来回，流了多少汗。我们都过意不去，连忙表示不必如此，不必如此费心的！可是，去年三姨父趁退休了，再来广西，依然如故——他不这样，心里不安呀，结果弄得累病了。这送礼有点害人哪。

看过一部外国电影，故事里男朋友去看望女朋友，送给女朋友的只是路途采来的一束草，既别出心裁又幽默风趣。女朋友快乐地握在手中，十分珍爱，小心地凑在鼻子下闻着，很领情。看着我就非常感动：什么时候我们中国人送礼也能送得如此轻松如此自如如此洒脱呀？

古书《荆州记》里记有一则逸事：陆凯与范晔一在南方一居北方，两人却是好朋友。有一个早春仍风寒多雪的日子，江南的梅花却在风雪中傲然妍开，陆凯雪中赏梅，猛然见驿车驶来，想到了北方朋友范晔，连忙采了一枝梅，请驿车夫带给范晔，并附赠诗一首："折梅逢驿使，寄与陇头人。江南无所有，聊赠一枝春。"这数百年前的一份礼就送得高雅送得有品位，比之上面电影中的故事，不仅同样不俗，而且更有诗意更具文化品格。我们的先人送礼，其实也是很随心所欲的。

只可惜，在今天，人们都把礼给送俗了。送得没了性情，没了品味。就算同样也是送花吧，多也变异味了。

（《青年参考》，2010 年 12 月 17 日）

# 账客

据说"账客"一词是由"博客"一词引申来的，在网上写日记叫"博客"，那么在网上记账当然就叫"账客"了。

这是静子告诉我的，她说"博客"是英语的音译，意译应该是"书、日记"，中国人喜好类比类推，在网上写日记既然叫"博客"，那么在网上记账自然就应该叫"账客"喽。

我听了不禁莞尔：这哪对哪呀！

可你别说，还真是那么回事，你上网去搜搜，随随便便就能搜到好些"账客网"。

最有名的是那个叫"中国账客网"，在上面，许许多多家庭主妇主男们在那里进进出出，每日必记，记录的账目五花八门，记录的钱少到一毛两毛，多到成千数万。有的还把账客公开，让账客网上的网友们奇文共欣赏，奇账大家看。如此，记的人不亦乐乎，看的人也不亦乐乎。既有趣好玩，也能帮助和提醒人如何理财。

静子最近也成了账客网上的一分子，她说现在世界性金融危机了，都在应对金融危机，咱家也应居安思危。静子的居安思危就是从做账客开始。她在中国账客网上申请开通账客，每一日记，笔笔清楚。

原来我们从不记账的，我是一见数字就两眼茫茫不知东西，对数字缺乏理解力基本属于弱智一类；静子却是觉得制表多难啊，数字多琐碎啊。现在有人帮你制好表了，不仅连详细的收入和支出的目录都有了，还帮你有理有条地分好类，你只要填填数字就可以了，多省事。如果你已记录了一段时间，它还能帮你分析你的财务状况，告诉你哪些钱你是不该花的，哪些钱虽然应该花却是可以设法更节省的。如此做账客，好处多多，也不累人，何乐不为，静子就认真地做起账客了。

这账客做不长，静子果然提出了家庭支出的建设性意见，她说别的还没想好，就先从改革咱家早餐宵夜开始吧。我们原来早餐宵夜都主要是到粉店买粉，一碗四元，两碗八元，一天四碗共是十六元。静子说这太浪费了，今后改为自煮吧。她算了一笔账，自煮的话每天六元就够了。这样一来，每月就能节省下三百块钱呢。我听了既有点吃惊更是不禁乐滋滋的，像是凭空得了三百块钱。这账客看来还是应该记呀。

昨天静子告诉我记账客的一件趣事，她说有一位何先生，他有一位表弟过去每到周末必到他这里混饭。何先生人是很好客的，表弟每来必好酒好肉热情招待，总要一醉方休。可是后来表弟忽然就不再登门蹭食了，一个礼拜两个礼拜三个礼拜，正当他无比疑惑打算去电话问问时，表弟突然又露面了。但是这次与以往大不相同，这次表弟不仅像往常那样人来了带着一张嘴来，竟还拎着大包小包许许多多的食物。何先生十分好奇：怎么买了那么多东西呀？表弟也不答，开了包来，鸡鸭鱼肉应有尽有全是熟食，又倒了酒，只管叫喝酒喝酒！酒到半酣表弟才终于吐露原委，原来某天表弟偶尔逛到了账客网，见上面竟有表哥的账客，账客上竟还写有他的大名，记录下请他吃饭花了多少多少钱。每个礼拜都记得清清楚楚。表弟说我不想我的名字在你的账客这样出现哦！

我听了给逗乐了，哈哈大笑。

（《新华日报》，2009 年 7 月 14 日 B6 版）

# 老歌，只和个人有关

## 一

"是否这次我将真的离开你？是否泪水已干不再流？"当我第一次听到这首《是否》的时候，感到灵魂随着歌声响起一下被重重地击中，心灵受到无比的震撼。这是 1985 年夏天的一个夜晚，我正在广州当作新兵蛋子，坐在一张三十厘米高三十厘米见方的马扎上仰脸看着电视。但是歌声只唱到一半，指导员就站起来，说：新兵都回去睡觉。我只好依依不舍走回宿舍。但歌声一直尾追着我，勾引着我的魂灵，让我难休："……是否应验了我说过的那句话，情到深处人孤独……"

当时，也许我还不知道情为何物，可是我却被这首歌深深地感染，欲罢不能，直至今日。

有时，对你人生，对你心灵起着决定性影响的东西，在别人甚至在自己看来都是极不起眼的，不经意的。可是就是这么不起眼，这么轻微，这么不经意，却轻轻一击就注定把你击中了，从此深深地镌刻进你的灵魂，能影响你一生。

## 二

那是 1991 年的一个夏夜，我走在马路上，我感觉自己有点失魂落魄，但是我不知道自己为什么感觉到失魂落魄，之前我和小夏约好，我们将在雨山湖的一片小树林相见，可是，我终于没有等到她来。

我肯定等了她很久很久，到底等了多久，我不清楚，但我知道我等了她很久。

天色由黄昏，进入黑夜，现在，也许已近午夜了吧，我得走了，我应该走了。

雨山湖在城市的中心，我走出雨山湖就走进了街巷。

突然，在远处别人屋里悠悠飘来的一首歌打进了我落魄的灵魂："……让青春娇艳的花朵绽开了深藏的红颜，飞去飞来的满天的飞絮是幻想你的笑颜，秋来春去红尘中谁在宿命里安排，冰雪不语寒夜的你那难隐藏的光彩……"

这首歌它一进入我耳鼓立即就槌击着我深深吸引着我，我感到它无比美妙，可是，又感到心里被它唱得堵堵的，塞得慌。这时，就在这时，就在这歌声中，我突然发现，我爱上了小夏！

伴着这歌声这种发现让我忧郁又悲伤。因为今夜小夏没来。歌声一直跟随着我深一脚浅一脚的脚步飘来飘去，始终不散。我知道这是一首电视剧的插曲，那时我什么电视剧都不喜欢看，我认为看那些东西是白痴或者轻点讲是浪费时间，因此这到底是哪部电视剧我就不知道了，我也不想知道，令我没料到的是这首歌今夜在我听来竟会是如此曼妙，也许它因为迎合了我此刻此际的心境，我才感觉到它的曼妙吧。

后来我和小夏终于恋爱了。每当再听到这首歌，我就感到既欢喜又忧伤。

## 三

"长亭外，古道边，芳草碧连天。晚风拂柳笛声残，夕阳山外山。"这首歌最先能够吸住我的灵魂，是因为它的苍凉，是因为它的荒漫，还因为它有着连绵和广袤的意象，有着那些无可穷尽的走入时间隧道的途路。这首歌响起的时候，这样的路途就在旋音里展开，让你跟随着音乐和歌声走进历史的深邃和未来的苍茫。这首歌是可以唱给知音的，也是可以单单唱给自己的。

我认识的一位老黄埔军人，他经常同我攀谈，当我是他的忘年交。有一回谈到他们这期黄埔生离校参加北伐时，他突然昂起头唱起了这首歌，耄耋之年的人仿佛一下子年轻了几十岁，让我吃惊。有一位名人曾说过这样一句名言：你回忆说明你的心老了。但是，现在，我看到这位老人，我发觉这位名人的这句名言原来是不正确的。这位老人因为回忆，佝偻的腰也直了，溟蒙混沌的双眼一瞬间明亮如年轻人的眸子，全身都焕发出当年青春的风采，真是神采奕奕。看着他，受着他带来的气氛的渲染，我一下仿佛感受到了当初那个年代青年的黄埔军人意气风发的情怀和一去不还的豪情。而让我感受最深的是黄埔军人的豪情里通过渲唱这样一首送别歌，透露出来的分外的柔情。这是我没料到没想到的。我没料到没想到他们竟是唱着这样的柔婉的歌披上战袍出征的。我一直以为，充满豪情应该唱铿锵的歌，带着金属的声音。比如像古人荆轲那样："风萧萧兮易水寒，壮士一去兮不复返。"这时才知道，那是不一定的。

## 四

现在我要说到的是对我青年以来，每个时刻都有可能产生影响的一些歌。这些歌只是一个人唱的，或者说我听到的，都是一个人唱的。唱它们的人名叫邓丽君。

有人说我们这一代，是听着邓丽君的歌长大的，至少对我来说是这样。

我从高一开始听邓丽君的歌，一直听到今天，听完了所有能听到的邓丽君的歌，而且一遍又一遍，百听不厌。

最先我一边听歌，一边还用笔努力地写出歌词来，因为最初听的歌不单是盗版的，而且是盗版的盗版，不知经过几多次翻录了，既没有歌名更没有歌词。我喜欢歌不仅是因为它旋律优美，更因为它歌词也不同凡响。而那些喜欢的歌词，我一定是要把它留住的，邓丽君的歌正是这样。比如《爱的箴言》《千言万语》《看今天你怎么说》等等等等太多了，真是如数家珍啊。那些歌旋律是如此的美妙，歌词是如此的美好，宛若天上人间。

歌词在手宛如玫瑰，那是一定要赠人的。开始是在给同学友人的许多的信里，动不动就写上那么几句，后来学写文章，在习作里也时不时引用。有些东西虽然是外在的外来的，最后却融入了生命成了自己生命的一部分，这是很奇妙的。也许邓丽君的歌在我的生命里就是这样。

这实在很美好。

## 结语

　　歌是人生命里的旋律，而那些在生命里演唱着的老歌，却是生命里的雨露，它滋润着生命使生命得以滋润，成长。

　　　　　　　　　　（《南国今报》，2012 年 6 月 26 日第 43 版，编辑：韦巍）

## 你是谁的狗肉

每个地方，都有自己独特的语言，比如我们柳州的"搭你都困""讲点别的"。

桂林人跟人家套近乎喜欢喊"狗肉"。

重庆作家左岸到桂林旅游，第一次被桂林人喊了声"狗肉"，曾气愤得不行，想桂林人怎么那么不友好那么不懂礼貌呀，开口便骂人，竟敢把俺一堂堂男子汉喊成一堆狗肉，哼！

那是他在桂林的商业街打算买些桂林特有的纪念品带回去时，一位接待他的桂林商人朝他这么喊的："狗肉，想买点什么？"

逢了别人骂街，依了左岸兄弟的性子，一定发作，一定要还以颜色。假若对方这时还不赶快收敛，赔个小心，道个歉，说声自己的不对，更进一步惹毛了左岸兄弟的话，此仁兄一定将捋起双袖，挥动坛子大的拳头，赠送给对方老拳一顿的。

当时左岸听了桂林商人这么喊他，顿然怒目圆睁，头发倒竖，急待发作。

说时迟，那时快，只见桂林商人已然笑呵呵转身走了，身后飘来句："狗肉，你等我下啊，前面来了一群又高又大的外国狗肉，我招呼完他们给你打折……"

左岸不愧玩文字的里手儿，这句话听完，明白了，不特自己是狗肉，人家老外也是狗肉，凡是打算给桂林商人送钱的主儿，都是狗肉，都要被桂林商人尊称一声"狗肉"。看来"狗肉"一定不是骂人话了，想不定还是奉承人的讨好话儿呢。

左岸真有慧心，真是聪明啊，果然没有猜错。桂林人说"狗肉"，直译起来便是"朋友"。

我在桂林的时候，遇到一些自己不方便解决的事，俺桂林表弟总会挺身而出，把胸脯拍得叭叭响，说，表哥莫烦心，交给我那帮狗肉吧！

这一声"狗肉"道出来，就颇有点儿江湖义气在里头了。可惜我的事都不是江湖事，用不着凭江湖义气来解决啊。

一直想不透桂林人为什么要把朋友喊作"狗肉"。走在桂林的街上，满街都是狗肉的招牌，什么狗肉火锅狗肉干锅；什么黄焖炒狗肉红烧狗肉。忽然生出异想：桂林最好的饮食，狗肉要算一种了。人们总是把最好的东西拿来招待朋友，这要在桂林你所受到的待遇，无疑便是一餐狗肉了。若是在桂林做客，桂林人不用狗肉招待你，桂林人就根本没把你当朋友！

那么，桂林人把"狗肉"当作"朋友"的代名词，喊朋友不喊作朋友，而是喊作"狗肉"，不但不奇怪，更是理所当然理所应当的了。

要说把"朋友"称为"狗肉"，其实也不是桂林人的伟大发明，一千八百年前，刘邦还未发迹的时候，结识了卖狗肉为生的樊哙老兄，刘邦别的事不能做，就善于把樊哙兄弟的狗肉吃得喷喷香，就差未把狗肉连骨头也吞下了。奇怪的是只要刘邦这样白食狗肉，樊哙的生意就蒸蒸日上，格外兴隆，刘邦一天不吃樊哙的狗肉，樊哙这天的生意就准保不中。后来弄得樊哙只好像供神明一般，用一堆狗肉把百事不干的未来汉帝刘邦恭恭敬敬地供养起来，以至流传下了"狗肉朋友"这样的词汇。尽管刘邦大帝的千秋大业早已灰飞烟灭了，"狗肉朋友"这个词汇，竟然不单未曾消失，至今仍生生不息流播于书本民间，也许还会被后人发扬光大呢。这样说来，桂林人把"朋友"喊作"狗肉"，简洁直接，大约就要算发扬光大之一种了。

（《桂林晚报》，2006 年 8 月 28 日第 23 版，编辑：唐森）

# 搬家

我们为什么选择临近暗夜搬家，开始的时候我不明白，但是，很快就明白了。这明白不是谁把我们必须选择在暗夜搬家的道理给我讲明白了，始终也没有谁向我讲明什么，而是我忽然看明白了。

其实这天的一整个白天，从上午只捡了些零零碎碎的东西后，我们就无事可干了，家里的东西，该打包的都打好包了，该捆扎的都捆扎好了，正当我有些兴奋，以为接下来就会开始最后的，也是最吸引我的工作，把行李家具搬上运载我们的汽车上。就在这时，父亲忽然停下来不动了，一改这些天来紧张的操劳忙碌，静静在一张不准备带走的靠椅上坐下来歇息，并示意我和母亲也在凳子上歇下来。

这样这一天的许多时候，我们基本上是坐着休息，直到夜幕临近了，父亲才忽地跃起来，精神振奋了，说把东西搬上车吧。我和母亲急忙地用行动应和父亲的话声，开始把东西往已经等待着的汽车上拿。

刚工作不久，我看见生产队里的阿养叔走过，露着一脸的吃惊和诧异，他很快不是走而是跑着了，飞快来到我们面前，对我父亲说，罗医师，不是说还要几天才搬家的吗？父亲笑一笑回答说现在搬现在搬。

阿养叔未听完转身便跑了，一会儿又回来了。接下来，我看到了奇迹，生产队的壮劳力好像一支军队一样地来了，二十几个青壮大汉围满了汽车和屋子，在暗夜的灯光下，有点人影幢幢的，屋里不再现出冷清，热腾腾地散发着人体温暖的气息。他们都说罗医师我们早听说你们要搬家回城了，约好了一定要来帮搬家的，真搬家了，怎么不事先说一声？父亲讷讷地不答话，母亲也不说话。阿养叔吆喝道干活干活！大伙便不再说什么，埋下头起劲干起活来。不多的家什，一会儿也就干完了。甫一歇下，这些队里的兄弟像变戏法一样，不知什么时候，每个人的手里都多了一些东西，有的手里拿着几根腊肉，有的手里捧着一篮鸡蛋，有的手里提着几尾鱼。他们说罗医师山里人穷，没有什么好送，这些给你们带到城里去，让你们城里的邻居尝尝山里的新鲜。父亲拒收，他们又推给母亲，母亲也拒收，他们又塞给了我，后来不由分说，统统打好了包，放进车里。汽车慢慢启动了，开走了，他们一路跟着汽车跑着招着手，直到汽车渐渐绝尘而去。

出了村，父亲和母亲刚刚松了口气，忽然在前方的公路上，有一个人扶着一根又大又粗的木头，在路边向我们频频摇手，车在近前停下了，我才看清原来是队里阿泡的父亲，他脸上有点羞羞地笑着，说罗医师，我，我实在……我，我只能送你们这个了……就是这时，我看见母亲的眼里，泪水突然哗地流了出来。

那是 1980 年冬天的一个夜晚，对很多人来说，这肯定是一个普通的夜晚，可是对我们一家，对我，它却是一个非同寻常的不眠之夜。

后来，我们还搬过许多回家，从这座城市搬到那座城市，但是再没遇到如此温暖人心的场面，我们搬家的东西越来越多，主动来帮助我们搬家的人却越来越少。我知道是因为世道变了人变了，我的父亲母亲以及我大概也变得要让过去的乡亲不敢认了吧。偶然我在城里碰到过去的玩伴同学，他们若说罗海你还是老样子，没变！我觉得这真是对我最大的奖赏了。

（《桂林晚报》，2006 年 4 月 27 日第 31 版，编辑：唐淼）

# 对视三分钟

如果你怀疑对方在骗你，你想过你第一反应是什么吗？

也许你没有想过，那么，现在想想。

你是不是发觉，越是你把对方看成朋友的人，越是你亲爱敬爱的人，你越会在第一反应里，瞪大着双眼，看住对方？！

你那双眼睛大瞪着看对方的意味是：我可重新认识你了。但是这仅是其一。其二，你真的希望已经发生和正在发生的一切不是真的，你希望在你大瞪眼睛看着对方时，对方立即能抬起头来，响应你，应和你，与你的眼睛坦荡地对视，你急切地热切地希望从对方的眼睛里，寻找到相反的结论。就算事实一切都无疑了，即使这样，你还是会大瞪着双眼盯住对方，并且说：你望着我！你望着我！

我的语文老师不止一次说，眼睛是心灵的窗户。这意思引申开来好像就是，只要看清一个人的眼睛，就能看清这个人的灵魂。我刚进工厂上班时，接受厂长召见，我们这位厂长似乎便深谙其道，他不动声色的脸上，挂着一副眼镜，眼睛从他不动声色的脸上爬出他镜框的上沿，但两只圆圆的大瞪着的眼睛底部有一点点仍藏在镜框下，看起来这两只大眼睛就像站在镜框沿上走来走去，逡巡着我；并且仿佛随时能从镜框里蹦跶出来，亲自驾临我的脸上视察一番。在他的眼睛逼视下，我万分的拘束，左右不是，终于按捺不住，抬了头来回望他一眼。这下应该是他总算能和我对视了，把我的眼睛看清了，才把不动声色的脸换成满意的微笑，点了点头，算是对我的考量结束了。让我顿时长出了一口气。眼睛虽说是心灵的窗户，这样子来打量一扇窗户，也许你真能看清一切，也许其实你什么都看不到。我这么想着，但我不告诉厂长。

刚进工厂打工，虽说地生人疏，却也不到完全陌生的地步，我很快在厂里结识了一位同村老乡。这位老乡对我呵护有加，生活上关心，人事上照顾，特别教导我辨人识物，在这复杂的环境里，生怕我上当受骗。他对我传授的人生经验是：对视三分钟，能不脸红的人，就是要交的朋友！我听了，却先自脸红了，诚惶诚恐。因为，不要说让我先望着人家，主动同人家对视了。与陌生人接触，我从来都是先自低了眼帘，不敢正视对方的。这可不是我心里有鬼。我原先不知道为什么我这么不敢与人对视，后来明白了，并没有什么缘故，只因为自己天性害羞啊。当对方望着我的时候，我总是不好意思，便低了头。老乡这么教导我，让我对未来的处世，很担心，我不是担心我分辨不出这世上，谁是真正可交的朋友，我担心的是，如果别人都用这样的人生经验对视我检验我，恐怕这辈子我都不会被人家列入能交的朋友了。

现实却出乎意料，事实是一个低着眼帘十分腼腆的人，原来很受欢迎呢，特别是受女孩子欢迎。在我们集体宿舍，第一个被女孩子找上门来约会的男孩儿，竟然是我！那天傍晚，当女孩儿站在门外约会我的时候，宿舍里顿时就像炸了窝。再就是受老师傅们的喜爱，为什么会受老师傅们的喜爱呢，我想起来了，中国不是有一句叫"低眉顺眼"的老话嘛，大概就是这样吧！

老乡见我不声不响，就成了受人欢迎的人，很惊奇，为我高兴。我也为自己高兴，这使我领悟到，不管你面对怎样的世界面对怎样的环境，只要显出自己的真性情，保持自己的本真，尽量不装腔作势，你就不愁交不到真正的朋友。

（《潮州日报》，2007 年 5 月 19 日 B3 版，编辑：赵之）

# 哥仨当官

我有一家远房亲戚，兄弟仨，理想惊人一致，就一个：当官。

你别说，结果，还真都当上了。

老大二十世纪七十年代末初中毕业后，迫于家计辍学了，进了县服务公司。先是拉板车，后来做大饼油条。拉板车与做大饼油条，现在的人们可能不会敏感于这其中有什么不同，而在那个年代，这样的变化已算不错了，都想象得到需要怎样的打拼才能够换来这些微的变迁。这意味地位已经发生了改变，也即是往上升了一级了，人生的路又迈上了一个新台阶。他原来拉板车，除了他心中不甘外，我们小城的人大概都觉得算是人尽其才，因为他人长得五大三粗，文化又不高，正应该是拉板车的料。如今忽然发现他改了行做起卖大饼油条的轻松活儿来了，一下倒让人觉得无法接受，都逗他，有善意的，有恶意的。和他开什么玩笑的都有，就是不正经跟他说话。那会儿老大的年纪也就十六七岁顶多十八岁，还算小孩儿，别人拿他不当回事，不奇怪。他心里怎么想，未听他向人说过，不好瞎猜。反正不管别人说三道四，他脸上总露着乐呵呵的表情，好像挺快乐地卖着他的大饼油条。过了一年光景，情况又有了变化，有一天早上买惯了他大饼油条的人们突然在早餐店里找不着他了。一打听，才知道他竟已去坐了办公室，到公司里当财会去了，按现在的说法就是由蓝领转眼间变成了白领，这种变化是惊人的了。人们这才吐了吐舌，感觉他不可小觑，从此对他的升迁只敢背底里小声议论，再不敢像过去那样随便人五人六地在他面前指手画脚说三道四了。再不久他当了副经理、经理。

　　人们常说一人得道鸡犬升天，但对老二来说并不是老大得道老二升天。也可能得道还要分大小，老二长大了，高中毕业考不上大学该出来做事的时候，老大那会儿还没有当什么经理什么局长，得的是小道是一点点道，只可以使自己仅仅有一个好一点的境遇，不足以有能力让别人一同升天。既然倚仗老大得道升天不知要等到猴年马月，老二觉得要使自己出人头地，唯有一个捷径，就是当兵。他去当兵那会儿是二十世纪八十年代，多少还讲一点根红苗正什么的，他家祖宗三代都是贫民出身，政治上有优势，再加上他人长得也五大三粗是一块好坯，接兵的首长一眼就把他内定了。他到了部队，是空军地勤。先是开牵引车，在这期间入团入党然后保送军校读书提干，官至团政委转业回地方，如今在某局当局长。

　　老三在他两个哥哥都春风得意的时候还读大学。1999 年大学本科毕业，学的是经济动物专业。这种专业在国内不多，或者应该说很少，一毕业，就可以算作是个专家级的人才了。我以为我们这家远房亲戚这下出了个搞技术的了，离当官远了吧。哪晓得他一头还是扎进了官场，钻营到很遥远的一个省份，作为引进的人才。虽然是引进的人才却并不干他的专业，而是到这个省上的某镇当了一个主管工业的副镇长！很多人都为之可惜，觉得国家培养出这么一个专业人才不容易呀。大哥二哥知道了，有不同的看法，都竖着拇指头说老三厉害，不像大哥二哥要从最底层打拼，一来就当了个不大不小的官！听话听音，看来很得意。

　　算起来哥仨成长在二十世纪七十、八十、九十三个年代，年代虽然不同，走的路虽然不同，却是意外地最终会合到了一块。殊途而同归啊。

（《广西电力报》，2004 年 8 月 13 日）

# 明朝散发弄扁舟

　　在古人中，我比较欣赏这样一些人：老子、李白、陶渊明。老子的恬淡散漫，李白的狂妄不羁，陶渊明的洁身自好，令我十分倾慕。他们还有一个共同点，就是都那么的超凡脱俗，更是令我仰止。

　　说到老子，除想到他的五千言外，更多的更吸引我的是这么一幅图画：老子倒骑着毛驴，面挂着平和的微笑，眼看着尘世俗物渐行渐远，慢慢隐入了青山的迷障雾霭中，从此凡人再也找不到他的踪迹了。每次这么想象着，总是令我无比的神往。真是虽不能至心向往之呀。有人写文章说要想当真正的隐士，就该一隐到底，彻底地不留痕迹，那才是真隐士，除此，不能算隐士的。他是说，老子是不能算隐士的。我不太清楚，老子是否自诩是隐士过。如果老子并没把自己当作隐士，而后人硬要把他归为隐士；那是后人的事；如果老子把自己当作隐士，而今有人因他既要当隐士，却又要留世五千言而愤愤不平，我看这人是把什么算是隐士没有弄明白。自己太世俗的人，那是怎么也不会明白清高脱俗之人的行为的。我喜欢老子既是一位隐士，又偏不遂有些人的心愿，在归隐之前留下五千字醒世恒言。高人和俗人，隐士和凡夫，差不多总是针锋相对的，也就有点你想让我这么做我偏不这么做的味道。

　　说到与世人作对，当然要数李白。李白不能算隐士，他不是隐士，这没有什么争议。李白不仅不是隐士，我们读历史的记载以及李白自己的诗文可以发现，李白不仅没有一点隐士的隐忍反而张狂得很要强得很，他竟敢于当着皇帝的面让皇帝最宠幸的宦臣高力士为其脱靴就是例证。每次读史读到这个典故，我总要忍不住脸上漾出笑容：李白你也太刻薄了！但是对小人刻薄，就该如此！对小人不能讲仁义道德，不能讲温良恭谦让，不能宽容。历史已经无数次证明，有了机会不充分地利用机会立马置小人于死地，抱着仁人之心，让其苟延残喘，一旦小人喘息过气来，翻过身来，得势了，就为害无穷，不单宽容他的人要遭殃，老百姓更要遭殃。李白对他那个时代的小人宦臣，还没有置其于死地的权力，那么他就尽其所能吧，尽其嘲笑作弄小人宦臣的能事，给予小人宦臣无情的讽刺羞辱，虽说这样当然不会就根除他们，但能结结实实地替老百姓和替自己出了一口恶气也好呀。而虽不能置小人宦臣于死地却敢于与其针锋相对地斗争，利用某些事件又最刻薄地羞辱了皇帝最宠幸的小人宦官，这份大勇，这份智慧，也只有李白才有，后人是只可以望其项背的。这点上我十分佩服李白，挺服气于李白。十多年前我还是一名军人的时候，探家时特意去到安徽当涂的李白墓冢参拜凭吊，在那里面对着李白的遗迹，我不禁想起了辛弃疾凭吊古战场赤壁时写的诗："遥想公瑾当年，英姿勃发……"英雄人物让人油然而生的感怀其实都一样啊。而李白与周瑜更不同的是，虽说李白只不过是一介文人，胸怀却更广阔，每读到他"千金散去还复来"这样的诗句，就不得不为他的洒脱而折服。李白还曾写道："生者为过客，死者为归人。"像李白这样的人，什么不能放下呢！

　　和老子、李白比起来，陶渊明要算另一类人物，他正儿八经地当过官掌过权，虽然是一个县官，县官虽然常被古人今人嘲笑看不起说"七品芝麻官"，其实不管古时今时，你一般人敢小瞧这七品芝麻官看看。县官不大也不小，掌的却是实权，因此陶渊明不像老子一生布衣，不像李白只做过应卯的虚官，手中没有人权物权财权，他可以像我们现在的一些县长县委书记们那样威风一方称霸一地。可是陶渊明并不这样，不但不这样，他根本看不起贪官污吏，根本不与他们同流合污，根本上耻于与他们为伍，面对恶俗腐败的官场，只当了几十天的官，就丢下官印，"归去来兮！田园将芜，胡不归！"吟着自己写的诗歌，潇洒走人。陶渊明是所有中国知识分子的良知。当然光有良知还不够，光像陶渊明这样敢做甩手掌柜，当不能为民做主就回家去种红薯种花草还不够。当今的中国知识分子既要敢做甩手掌柜，更应该必须做主事的掌柜。但至少我们期望我们的知识分子，在不能左右自己面临的恶俗腐败的局势的时候，能够像陶渊明那样做到洁身自好，那我们中国的政治一定越来越清明，社会一定越来越公正。现今中国的腐败，很多就是当了官的知识分子们的腐败！

一个人的一生，能够做到像古诗说的"明朝散发弄扁舟"这样的境界，该不惭愧了。

（《潮州日报》，2004 年 8 月 6 日，编辑：赵之）

# 做一个幸福的人

　　海子的诗《面朝大海，春暖花开》，起句就是"从明天起，做一个幸福的人"，并且整首诗就是讲要从此做一个幸福的人。"从明天起，做一个幸福的人／喂马，劈柴，周游世界／从明天起，关心粮食和蔬菜／我有一所房子，面朝大海，春暖花开。"仅仅这么几句，而且语句平实，普通，朴素，我读着，一边读着，一边心情却莫名地悸动起来。这样的诗句，每一个字都是平淡的，平常的，连缀在一起，就神奇地立即便像是被施与了魔法，攫住了我的心，让我痴迷。做一个幸福的人在诗人的眼里如此简单，简直就是招之即来，"从明天起，做一个幸福的人"，不容置疑。这让我震撼，又深受感动，它豁然给我揭开了一个真理：做一个幸福的人，就在于你自己，就在于你怎样决定！一切就那么单纯，那么简单。

　　我还读过一位一百多年前生于美国叫亨利·戴维·梭罗的人写的书，书名叫"瓦尔登湖"。如果说海子是用心灵来径直得到幸福的话，梭罗就是用最简单的生活，证明人人都可以通过这样的简单生活找到快乐和幸福。幸福不是什么奢侈的东西，她只要我们付出一点点努力，就可以得到了。为了证实自己的观点，1845年的春天，梭罗向人借来了一把斧子，带着几本书，只身来到了人烟稀少的瓦尔登湖畔，开始了他用简单就可以创造的幸福生活。依借这把斧头，他搭起了居住的木屋，垦荒了林地，种上了庄稼，并用收获的庄稼，换来了一些最基本的生活必需品。就这样生活了两年。这两年里，他的瓦尔登湖畔的木屋引来了不少的仰慕者的拜访。后来他写成了这本《瓦尔登湖》，贡献给我们，成为人类文学史上的一部伟大经典。

在最纯粹最纯真的人眼里，比如海子和梭罗，幸福是一种很容易得到的东西，靠一个愿望，靠一些并不难于实践的行动，就可以拥有了。在凡人的眼里，要想拥有幸福，就总不是那么简单，要复杂得多，要纷繁得多。但虽不能至，心向往之。所以海子和梭罗，都成为人类理想的实践者的楷模，让凡人敬仰膜拜。

（《平安时报》，第 133 期）

# 怀念没有电视的日子

我越来怀念那些没有电视的日子了。它们充满静谧与祥和，弥漫安然与温情，那是一些朴素却洒满着柔情的岁月。

我记得那时在夏夜里，父亲总像大顽童一样，神秘地牵着我们的小手，蹑手蹑脚到星月下的丛林里，为我们捕捉萤火虫。每捉到一只，我们的眼睛都会闪烁惊喜的光芒，却又要使劲忍住了，用小手捂住嘴，不敢发出声来，唯恐吓跑了四处漫飞的萤火虫。那真是又神奇又有趣。父亲将捉到的萤火虫，用一只白玻璃瓶盛了，吊在堂屋中央，熄了灯，便在萤光下，讲一些美丽的故事。从安徒生的童话到中国古老的寓言。我们为卖火柴的小女孩悲惨的命运而流泪，为皇帝新衣的荒唐而开心，为马良的神笔而倾慕喝彩。

秋夜，父亲就会教我们辨认星星，讲起月亮中的吴刚嫦娥，银河里的牛郎织女。有时，他还兴致勃勃地翻开千家诗，吟诵有关月的诗篇。读苏轼"明月几时有，把酒问青天"的豪迈；读杜牧"二十四桥明月夜，玉人何处教吹箫"的诗情画意；也读杜甫"人生不相见，动如参与商"的伤感无奈。这时，父亲常常让我们大声地诵唱出来，那参星和商星，对我们就有了格外的寓意，至今回想起来，都会在一种温情里感到淡淡的伤戚。

要是在冬天，围坐在火塘更有着一番浓情温馨，如烟袅袅，烘托着潮热的心。我们一边用竹刀刨着当天从地里收回的木薯，一边比赛讲各种各样听来的或者自编的笑话。特别是父亲说的三个秀才赶考的故事，那揶揄调侃酸秀才们的语气，惟妙惟肖，总令我们乐得合不拢嘴前俯后仰笑成一团。后来长大了才悟出来，这也是父亲这位被下放的"臭老九"对自己人生际遇的一种不动声色、豁达的自嘲吧。

我们也有静默的时候，比如说在春夜细雨霏霏的日子里，父亲研墨题诗、挥毫作画，我们便各自捧着自己喜爱的书，埋头阅读。我们读到有趣时，忍俊不禁，父亲便会抬起头来，将握着的笔停在空中，一副故作的严肃模样，两眼鼓鼓地从镜边上望过来，说："哪一个书呆子？"我们听了，便都窃笑，不答。

如今，这些日子随着电视的深入家庭，不觉中已烟消云散，不复再来了。如果说有些人家里，还一大家老小围坐着同看一部电视的话，我们家却早已"诸侯割剧"，家里除了一台大彩电，还有两台小彩电。有爱看电影的，有爱看文艺的、有爱看体育的，一到夜里各人在各自的房里。虽相安无事，不用为了争频道而烦恼，却无意间冷落了那份可贵的亲情，使它越来越难以在彼此间如往昔那样浓浓地传递，只能让人悄然地在回味中，寻觅往昔丝丝缕缕的温馨。

（《中国老年报》，第 1509 期，笔名：严寒）

## ☁ 荒原

　　真正触动我的荒原从来没有出现过，从内心深处来说，我不喜欢荒原，但又被想象中的荒原深深吸引。因此为了更好地理解荒原，哪怕仅是从字面上给予明确的定位，我便停下笔来，打开了置在案头的《现代汉语词典》。令我讶然的是，它竟没有"荒原"的条目，荒原注定是要被放逐了。我只好按我的臆想来写荒原。往北上，乘着火车在北上北京那次，我还未来得及看清沿途哪些地方是荒原，就被置身于喧闹的首都了。当时我不在意，我更渴望去印证对京城由来已久的印象，而早将荒原忘到脑后了。回程的路上，车过泰山是腊月，正是拂晓时分，雾在散开，地表却没有覆盖着雪，大地纤毫毕露，瘦骨嶙峋，片毛不长，在广袤中有着亘古的苍凉。这就是荒原了吗？当时跳出了"荒原"这个词，也只是一闪而过，以后我常回味，有些遗憾自己怎么未曾很好去体悟。不过同时也暗想，我之所以回避荒原，让荒原那么轻易地脱离思想的缰绳，原因是不敢喜欢荒原。

　　这是一种悲伤的氛围，面对荒原，不是任何人都可以有勇气兀自独立的。这时我想到一些古人，比如李白，挽着的发髻被荒原风吹得有些零乱，银灰色的长须于风中狂舞，手中的一壶酒是由天上来的黄河水酿制，滴出荒原的滋润和狂放；比如比他更苍老的屈原，宽大的袖袍飘飘似仙，他踏进汨罗江之前正走过一片苍茫荒原，仰脸看天，低头行吟"……吾将上下而求索"，从此风化出数千年的行吟诗歌，带着忧患和苦闷。再比如杜甫，当他面对茅屋为秋风所破时，望过长江那边，正是无垠无际的荒原。每一位敢于面对荒原的人，他首先应该是一个思想者。荒原是最初的混沌，是蒙昧未开的真知。没有荒原的博大，就不要站立荒原，没有荒原的神秘莫测，就不要去感悟荒原。不然荒原会使渺小的人，变得更加渺小；让琐碎的人，变得更加琐碎！

　　我从来没有走进荒原的缘故，大约是潜意识里知道自己的平庸猥琐，无力与荒原抗衡，害怕荒原广漠的深沉，会把我挤压得窒息。这使我对北方人有了充分的好感。他们让人敬畏和钦佩，他们的豪爽和旷达，也时刻都证明我必须并且值得这样来仰慕他们。悲哀的不是荒原，悲哀的是我没有能在应该接受熏陶的时候，有幸于荒原的熏陶，使我看惯了南方小花小草小情致的眼睛，无法包容得了荒原的辽阔，甚至承受不了荒原的豁达无忌，而只仅仅短视地看清眼前那些未曾掩饰，裸露着的贫瘠。我肯定会因此羞愧。不是为着荒原，而是为了自己！我的浅薄无法透视贫瘠的表层，去解悟更深的蕴含，那里蕴藏有穿越五千年的文明光芒。当它无遮无掩和我直接对视的时候，我会承载不了这无法承受的重。

　　因此远离荒原，我不具备荒原的胸襟，使我一直在后来多次拒绝荒原，这是一个南方人对北方的脆弱。我曾认为一个人的成长，如果不在幼年经历乡村的培育，他就无法真正理解生活，理解今后生活的城市。现在我还认为，如果一个男人，他没有在接受教育的年龄，受到荒原磨砺，他就很难成为一个心胸宽广的男人。这就是为什么有史以来，在南方很少养育出伟大人物的一个原因。

（《柳州晚报》，2012 年 7 月 29 日第 16 版）

## 外家的男人们

### 外公

外公算不算一个家庭的顶梁柱我很怀疑，在这个总有十多口人家的大家庭里，很少有外公的声息，我小的时候，外公还在邮局上班，平常不太容易见着他，但见着的时候，你很容易就把他忽视了，直到今天我在尽力回忆我外公时，也几乎记不起他说过什么话，做过什么事，音容笑貌是模糊的，我唯一记得的就是在星期天的时候，他会常带我去长风公园。每次进公园前，他都要郑重其事买两个面包，开始我不知道他为什么买面包，看神情不像是买给我们的，引起我好奇。进了公园才知道他买面包是买给公园池塘里养着的鱼的，他还教我把面包一点点捏碎了丢给聚集而来的鱼们。这么做着的时候，他的神态极端认真，像做着一件重要工作。外公另外留给我印象的一件事，是父亲告诉我的，说的是二十世纪五十年代上海刚解放，外公把他继承来的在市里和郊区的几十间房子全部捐献给了政府，只留下了一个小四合院。外公这么做似乎是不仅遭到了族人的嘲笑，还被认定为败家子，遭遇唾骂。外公也不解释。当然解释也不会解释通。后来大家才发现外公在这点上原来是多么聪明，以后的几十年，国家的政治风雨差不多没有刮进这个家，外公的家成了大家的避风港。外公外婆膝下十个子女，在二十世纪五六十年代先后成人，纷纷给政治风云吹到了天南海北，有的到新疆，有的到青海，有的到陕西。"文革"的时候，他们或者他们的后代便都躲到了上海，回到了外公这个家的羽翼庇护里。外公在这个因为人多而总是喧嚷的家庭，是个不露脸没声息的人，除了他毫不商量就做主把几乎所有的家产捐献给国家外，大事小事基本不管，似乎也没有人征求他的意见。现在我想他很像个隐士一个大隐士，古人说小隐隐于林，大隐隐于市，他就是这样一个隐于市的大隐士。

## 大舅

要不是世道突变，我想大舅一辈子也就一安分的知识分子。可是时势造英雄，时势也造狗熊。不管是英雄狗熊，安分了几十年的知识分子大舅在二十世纪八十年代，突然不得安分了。他原来只是一工厂的普通工程师，默默无闻，在邓小平先生对知识分子的新政策下，他被当地的政府相中，一夜之间被提拔为某厂一把手，以彰显尊重和重用知识分子的政绩，他在这个市里从此数年里呼风唤雨，成为市里省里响当当的风云人物，改革先锋。后来事实证明，他既不应该成为什么风云人物，更不是什么改革先锋，他不过是别人权谋中的一颗棋子，被利用完了，命运也就结束了。如果真这么就结束也还不错，问题是当他下台的时候，厂子负债累累，结果是在他下台以后，他还必须为这个工厂还债，办法是从此以后每月只发给他一百块钱生活费，其余工资抵债，就这样他还一百年这个债也是还不清了。成为一出荒唐闹剧。好在二十世纪八十年代腐败还不像今天那么无空不在四处蔓延，大舅是一个庸官但不是一个腐败分子，总算保住了做人底线，不至一塌糊涂，这倒是值得庆幸了。二十世纪九十年代以来物价飞涨，大舅仍只能每个月拿一百块钱，这一百块钱就只够买几管牙膏几包洗衣粉了，大舅无奈灰溜溜跑回上海，让外公养着，白发人养黑发人（其时大舅也是六十岁人了），让人唏嘘。厂子里的工人也还常说到他，说到他时就叹息：这老吴头哇，把自己害惨了，也把我们害惨了！

## 小舅

小舅也许算是春风得意马蹄疾一类的人物吧，这一生没有多大的挫折，没受多少的苦难，最苦的生活就是他一九七几年的时候到崇明插队。说插队其实象征性的，大多时间是躲在上海家里泡病号。谁叫他是老小呀，家里人宠着他连命运也宠着他。不几个月他就回到了上海谋到一份工作。虽然家里人宠着他，其实姐妹们没有人看得起他的，因为他既没文化又没本事。可是赖人就有赖福，他先是被一家医院的一位漂亮的护士小姐看中，一下层工人居然和人家护士小姐谈上恋爱了，在上海这个等级森严的城市，居然让小舅碰到这样的好事，家人都说小舅真艳福不浅哪，也有人在等着看小舅出笑话，更多的人就都当起了小舅的爱情军师，为他出谋划策。虽说如此，所有人不管表现怎样心里都一个想法：小舅是癞蛤蟆想吃天鹅肉，做白日梦！结果是居然让小舅吃成了。这位护士小姐也就是我的小舅娘嫁到我们家的时候说她看中的是这个家。这让家里的所有人立马感觉自豪，证明我这位小舅连娶媳妇也不凭的自个儿本事，还得靠大家这个家庭支撑哪。小舅结婚那天人人脸上都很有光的，认为都有自己一份力量。小舅结婚不久不知怎么的，又给他这位"阿混"混进了供电局，一九九几年的时候我回上海探亲，小舅拉着我喝啤酒，边喝边说罗海娘舅现在是供电科长了！我真服了我小舅，他硬有赖福。这使我想起了国民党的一位将军，人家叫他福将，因为不管败仗胜仗，总之结果是他总高升总从中得着好处。某些人生于某个时代，他不需要付出任何努力，他总是得意着风光着。像我小舅这样还只能算是这类人中小小的得意小小的风光。

（《桂中日报》，2005 年 12 月 6 日，编辑：易遵平）

# 书卷气

　　使自己的生活带上一点书卷气，不仅是对生活的一种美丽装扮，不仅是生活的一种质量一种品质，更是对生活的美好享受。

　　因此，我每次出门旅行，不管是长途短途，基本的生活用品，诸如牙膏牙刷毛巾之类，甚至都可能舍弃不带（用时可买）。书，总要带上一本。一部或厚或薄的书，在旅途上顿时可以使我单调的舟车生活外简内丰。有书做伴，能和书打交道，生活永远是丰腴的，多彩的，有滋有味，充满无穷的乐趣。

　　因此，频繁的迁居生活，使我不得不像一位军人一样把自己的装备弄得尽量地减少，不得不在每一次搬徙时，把一摞一摞的书搁下，忍痛割爱。但到了新的地方安顿下来，第一时间就是逛书店报摊，买下一些书报，抱回来，摆在床上、桌上，随时翻阅。

　　小时候，看到许多有文化有品位的人，更不说那些名人伟人了，他们的居室无处不是书，就充满了敬畏。我曾经随父亲去拜访过一位长者，在他小小的居室里，不管是书橱上，还是桌子上、床铺上，到处摆满了翻开着的书，令我无比惊讶无比惊奇。但是伴着这样的满目书卷，听着长者睿智的谈吐，我不仅是惊讶惊奇，更慢慢产生了膜拜。书带给人知识，更带给人智慧。只有读书，只有充分地经过书卷气的浸濡，一个人才可能真正达得到世事洞明的境界，就像眼前的这位可敬的长者！

　　列宁以书为枕头；毛泽东为了能在床上摆下更多的书，专门请人加宽了床等，这些与书卷气有关的伟人逸事，不胫而走地流传，增添了书卷气的魅力，以至有一些虽有大学文凭却一离开校门就不再读书的人，在他们发达之后，也总要在自己洋气宽大的居室里装饰起一面一面书墙。这虽曾经在知识分子的读书界里遭到广泛的嘲笑和愤慨的抨击。其实，我觉得何必如此愤慨和嘲笑，他们能这么做，从另一个角度说，不是仍可看出他们对书的敬畏，和书在世俗社会占着的分量吗？有书伴着，尽管不翻阅不细看，一种充满书卷气的氛围，总会潜移默化地给人以正面的影响，总比没有好哇！当然，如果他们不仅能知道用书来装点门面，更继续在书卷气里寻觅和享受到读书的快乐，最好了。

给自己的生活营造一份书卷气，心会少一点浮躁多一点宁静，少一点市侩俗气，多一点纯正清雅。

（《教育导报》，2009 年 12 月 29 日第 4 版）

# ✿ 坐下

能够叫我坐下的常常是这三种人：我的父亲，我的老师，我的领导。

他们如果叫我坐下，一定是发生了一些和我有关的让他们不愉快的事情，特别是一些他们认定我做错了的事情。因此他们叫我"坐下"，总是一脸的严肃，让我想起有些古人的诗里爱写的那种萧煞秋霜。我看着他们的萧煞秋霜，基本上身子立即就会寒冷起来，忐忑并且战栗。

要教育别人的时候，叫别人坐下，是一种姿态。一定要先让你处于"坐下"的状态，我揣测是出于这样几种心理：第一种证明他是权威；第二种使你乖觉和安静；第三种教育你的人才可能在必要的时候能取居高临下的姿态，高高在上地站在你面前指手画脚；第四种这也说明人家心里认为你还是可以教育好的子弟，一时误入了歧途，因此仍给你一席之地。

读一本洪永宏先生写的朝鲜战争的书，也有趣，板门店多轮停战谈判，轮到朝方安排谈判场地，朝方故意给谈判对手美方安排了特别矮的座席，当美方谈判代表乔伊"在桌子旁就座时，几乎陷得无影无踪"，"南日将军坐在对面，足足比这位海军上将高出一英尺"。我读完这样的细节描写，忍俊不住要笑出声来。谈判一般至少在形式上双方应是平等的，也就是说，你不能命令对方"坐下"，而自己背着手站着高谈阔论教训对方。那怎么办，结果在这里的谈判设计出这个高矮不同的座席，让对方还是"坐下"了。乔伊后来在他的回忆录里也写到这件事，说："南日一根接一根地吸着香烟，他居高临下地看着我这个横遭贬弃的家伙时，不禁喜形于色。"我不禁又一次开怀而笑。美国人深谙政治，才写出这么风趣的话。读这个关于坐下的故事，想，政治其实上就是一种游戏，还是一种很搞笑的游戏。也许当时会严肃严峻得不敢笑不能笑笑不出，但几十年后一百年后，或者仅仅是事后，一回想，还是要抿嘴而笑。所以乔伊在事后才那么打趣自己，拿自己开涮。

被别人叫"坐下"也不是总是不快或不幸的，也有一种幸福叫"坐下"。看过一部电视剧，一位男孩儿爱上了一位女孩儿，可是这位女孩儿最初对这位男孩儿不来电，甚至有点讨厌这位男孩儿。男孩儿每次前来看望女孩儿，女孩儿没办法拒绝，就总不停地在宿舍里搞卫生，目的是不仅不叫这位男孩儿坐下，更且是让这位男孩儿坐不下。他想坐哪一张凳子，哪一张凳子就恰巧需要搞卫生。男孩儿只得在女孩儿宿舍里东跳一跳西跳一跳，无地自容，狼狈不堪，很搞笑。后来由于男孩儿看来终究是一位好男孩儿，做了几次见义勇为、英雄救美一类的好事奇事，女孩儿不仅渐渐改变了对男孩儿的看法，也终于爱上了男孩儿。有一次当男孩儿再去女孩儿宿舍看望女孩儿时，这次女孩儿温柔而衷情万千地拿了一张凳子来，叫男孩儿"坐下"。这一声"坐下"，让男孩儿立即体味到了什么是千年等一回似的幸福。

（《扬州日报》，2009 年 1 月 19 日 D2 版；《经典杂文》，2010 年第 8 期转载）

## 钦赐某姓

同学汪伦前年娶了媳妇，让老伯父老伯母高兴得遇见谁笑起来眼睛都要眯成一条缝，嘴也拢不上了，盼着娶了媳妇早抱孙儿。但是媳妇临进门有个要求：俺爸妈只生俺一根独苗苗，俺进了你家门，将来生了不管儿子女儿，不能单姓你一家的姓，也要有俺家的姓。同学听了，觉得兹事重大，不好擅作主张，遂向老伯父老伯母请示。伯父伯母听了，人都挺开明开通，说如今都是独苗，将来还是独苗，不能让人家绝了姓。准了。一年后同学的媳妇果然生下一儿，老老少少上上下下欢喜不胜。媳妇姓阳，就为儿子取名汪阳大海。老伯父老伯母对取的姓名挺满意，说汪家的种，还是姓汪家的姓。媳妇儿也挺满意，说排名不分先后。

中国远古时代，对姓什么好像很随意，有索性拿官衔做了姓的，有懒得多想了就拿当地的地名做了姓的，好像随心所欲，爱怎么叫就怎么叫。但是，发展到后来，不知怎么的，可就变了，姓什么成了个严肃的需要较真儿的问题，是一个传承祖脉大是大非的问题。在《水浒传》里梁山好汉们紧要关头，常常拍着胸脯大叫一声：俺行不更名坐不改姓，什么什么的便是。行不更名坐不改姓，就是做人的基本原则了，这时，能不能坚持自己的姓名，也成了是不是够格成为好汉的先决条件。皇帝老儿对哪位宠臣青眼有加，除了照例是加官晋爵，最高的奖赏，便是赐姓。钦赐某某某某姓什么什么，被赐的人立马人五人六，神气得了不得，荣耀得不得了。其实照我看来，这不是荣耀，是对祖宗的辱没，是对祖宗的背叛。但是，在官本位的专制体制下，皇帝的官最大，皇帝老儿便是爹妈便是祖宗，这样说来，似乎也算不得辱没和背叛了。还有一种讲法，叫不孝有三，无后为大。就是你是不是孝子孝孙，看你能不能做了三件事，其中最大的一件事是看你有没有后人有没有后代。生为人子却没有后人后代，那是最不孝的事啊。但是，有的人天生没有生育能力怎么办，罪不在他，难道就要让他背一辈子大不孝的骂名不成？中国古时候其实上是个很通融很变通很讲情理的社会，在这方面哪个有兴趣的话，去读读孔子的书，就能明白得更多了。在这里也有一个通融和变通的法儿，就是过继，把某某人的某某儿子过继过来，改跟了自己的姓，就此一举便解决了"不孝有三，无后为大"这个人生大是大非的严重问题了。小时候我生活在乡下，这样的过继也经常发生，我们的邻居唐叔叔和黄阿姨没能生育，他们就过继了一个儿子，从此也享受着了天伦之乐。不过，古时候过继可不单为享天伦之乐，那是为了传承香火，也就是说是为了让祖宗姓氏不致湮没。其实所谓"不孝有三，无后为大"，古时代也是在玩一点文字游戏，说到底你有没有后代都是不要紧的，要紧的是你的姓氏得要找人传承下来，这不是在玩文字游戏在玩什么？因此这就似乎有点歪了，所以这句话发展到了现在基本没人遵守信奉了，在城市里甚至人们根本就不以为然。

我常常想如果我有儿女，我就不一定要让他跟谁谁谁姓，谁的姓也不姓，姓自己的姓，开一个不单名好听，连姓也好听的姓名。岂不妙哉，岂不美哉！呵呵，这样想起来，就让我很开心啊。

（《来宾日报》，2011 年 3 月 18 日）

## ☁ 书香

有人能闻到书的香味很得意，他们这么表达：闻到了图书的清香，或者还要加一些形容词，"浓浓的清香""淡淡的清香"等等等等。读这些雅士们写到这些"清香"的文章，让我受着很大的感染，也会一次一次捧了书来闻。果然，所言不虚，书中常有香气扑鼻，我也闻到了淡淡的书香。心里着实高兴。闻了这香味，就要想到我老师教导过我的一句诗"书中自有颜如玉"，觉得不差，香味已经闻到啦，就等着一位颜如玉的女子飘飘然从书里走来，盈盈一笑，站我面前吧。可是，读了几十年清香郁郁的书，这样的好事，却一次也没碰到。只好还得去到现实里苦苦辛辛寻寻觅觅。

附庸风雅的事，别人爱做，我也爱做。比方我千万次设想，我会在夜里挑灯夜读。这点其实不单是千万次设想了，如今几乎夜夜都在身体力行着啦；又比方我千万次进一步设想，在我如此这般就着青灯黄卷挑灯夜读的每个晚上，也能像古戏里演的那样，总会有一位窈窕女子微微笑着，御风而行，缓缓过来，为我轻展纤指，红袖添香。此时，这一种香和书里的香，还有女子的体香，顿时便织成了浓郁的香美世界。你瞧我，陶醉啊。古人常爱说，酒不醉人人自醉。这时，酒也醉人，人也自醉，体味着这样的况味，我应该为古人这句名言另有心得啊！

挑灯夜读，我既然常干了，可惜谁为我红袖添香的事，却不能落实，却不常有，或者说几乎未有，遗憾啊。至多，夜里一两点的时候，有人看不过，唠叨又不起作用，干脆到厨房里，打燃煤气灶，让火苗扑腾扑腾窜开来，煮上一碗红糖水，端过来慰劳我，红糖水里面还要特意加一只红鸡蛋。俗啊，令我痛心疾首啊，一轴黄卷里美好的事物美妙的意境，就此，被一碗红糖水一只红鸡蛋，打断啦，弄得一屋子的世俗。去去去，最不耐烦地把那只不是红袖添香的手，攥开了去了。

鲁迅大约说过这样的话，第一个把女子比作花的人，是个聪明人，一再把女子比作花的人，就是蠢蛋了；又说，第一个吃螃蟹的人是英雄，总爱吃螃蟹的人就是狗熊了。对极对极，我为什么爱读鲁迅先生的书，不仅仅因为书香，还因为先生讲的话句句是至理名言哪。

老斗听到我到处进行书香学说的宣传工作，好奇起来，也决心闻闻书香。他笑呵呵说自从十年前走出校门，就再不知书应该从左边读还是从右边读了。老斗正襟危坐，准备享受一次书香给他带来的精神大餐。可是，不久忽然听见他在大喊大叫，呸呸声不绝入耳，嚷嚷着臭不可闻臭不可闻，原来他正翻阅的是一本前不久某政要送我的名为散文集，实为大杂烩，连会议讲话也掺和在里头了的伟大著作。见我过来，大呼，上当！上当！

见老斗那样，我乐得呵呵呵笑不拢嘴，说，你这老斗真逗，书是香的，如果变了味，你不准它也有臭的时候啊？

（《柳州晚报》，2011 年 5 月 22 日第 14 版，编辑：李咏梅）

# ✿ 排队

改革开放前，在中国，买什么都要排队，我记得我为了帮小舅买一条香烟，整整排了四小时队。有一次，外公生病了，住在医院，忽然想吃包子。我母亲带了我去包子店排队买包子。排在前边的人，听说是为病人买包子，一致决定我母亲不用排队，先买，服务员也支持大伙儿的这个决定，招着手，让我母亲上前来。我母亲买包子时流下了激动的眼泪。那时，我最大的愿望是如果买东西不用排队，就太好了。我问母亲，为什么买东西总得要排队？母亲总结说，因为我们中国人太多了。我仰头想了一下，认为这个总结很对。以后再看到别人排队买东西或者自己排队买东西，就觉得天经地义，这是无可奈何的事啊，我们中国人实在太多啦，不排队不行啊。

后来，情况发生了变化，而且是翻天覆地的变化，就是，好像一夜之间，买什么东西都不用再排队了，中国人还是那么多，或者更多了，可是从此以后买东西基本都不用排队了，套用一句法律术语是，不排队是常态，排队是例外。原来，是因为改革开放了。

可是，还有要排队的，到今天情况也没有一点改变，就是交水费需要排队，交电费也需要排队，凡涉及类似这些部门，大凡还都需要排队。我们市交电费的大厅在一条繁华的大马路上，每天排队交费的长龙，从大厅里排到大厅外，在大厅外排队的人还能排成几个圈。交费真是一件痛苦的事啊。很多时候我都产生了一个冲动，想拿相机把这些个场面拍下来。

外国人来到我们中国，买东西要排队并不觉得痛苦，觉得痛苦的是排队的过程，特别是在夏天，摩肩接踵，肌肤相亲，比比皆是，臭汗和香汗同流，蔚为可观。你觉得可观，外国人可觉得痛苦不堪啦。中国没有"绅士"这个概念，所以也不知道什么绅士风度，能规规矩矩排队买东西算很好的了，你看看春节买火车票的场面特别是上火车的场面，争先恐后不算，人踩着人上也不是稀罕事啊。但是外国人他不是中国人，他要讲绅士风度，他就觉得痛苦，他认为东西紧俏了需要排队买是应该的，但是排队就排队嘛，干吗非要人挨人人挤人。人是独立的，人与人之间应该保持独立的空间，也就是说排队也要保持一定的距离。在外国买东西有时也是需要排队的，我看他们外国人排队，还真是那么回事，有一搭没一搭的，漫不经心的，人和人之间的间距，再安插两人进去好像都没问题，浪费空间啊，每看在眼里，就痛在我心里，我下意识就产生恨不能把自己立马就塞进他们空间里去的愿望啊。

房地产最火热那会儿，报纸上曾登了一幅照片，标题是"数千人连续在北京天通苑排号买房"，瞅那照片，是一幅排队的场面。老外看了，可能要晕过去。排队者不仅照例是人挤着人、人挨着人，为了防止别人插队，而且是后面一个排队者还要抱住前面一个甚至两个排队者，以此类推，也不管是女的男的，也不论是老的少的，精诚团结得针插不进，水泼不出啊，亲密得不仅像三百年前就是一家人，简直就是一个人呵。柏杨先生怨愤咱们中国人每个人都是一条龙，三个人就成了一条虫。我总觉得他讲得太过偏激了，以偏概全了，这张照片就足以证明，中国人排起队来不止是三个人数千人也成一条龙。你想拆散它，或者希望瞅着个缝插个队，你试试看？

（《浔阳晚报》，2011 年 8 月 12 日）

# 大头借书

　　大头有个优良传统，看着看着就会把别人的书看成自己的书了。有一次他去书报亭看一本教人如何事业有成的书，看着看着，边看着就边走着了。

　　书报亭老板见这小子竟把书读得如此入迷，走着路都要读，哈哈哈直乐，觉得有趣极了，挺欣赏，傻呵呵用热辣辣的目光目送着他，热情地向他的背影挥手告别：嗳，您走好！

　　大头自然读书读得太入迷啦，两耳不闻书外事，未听见，头也未点，更未回，一径地走远了。

　　不知卖书老板几时醒悟过来，发现哎呀书款还未收呢，会不会顿时一掌拍痛大腿，骂自己傻什么什么。

　　当然，大头一般不这样看着看着，把陌生人的书看成了自己的书。这些不熟悉的人的书，他一般不会把它看到自己的家去，他基本上是把熟人的书看到自己的家里，当然，一去不还。

　　他到了熟人屋里，比如邻居、朋友，或者同事、同学家，首先眼睛就盯向书房，瞄向书房里一排排的书。所以，懂得大头的人，让大头进屋前，一定要把书房的门关上，更不能引狼入室恭请他进书房，只好让他在客厅待着，如果他把话题往书房里引，切莫搭他的腔。

　　一些部门有这样的流行语：防火、防盗、防记者。

　　我们作为大头的好同事好同学好朋友，也有类似的流行语：防火、防盗、防大头开口借书。

我这么说，不是在说大头的坏话。我无比理解大头，这是他太爱书的缘故，换了我来我也会这样。得到众多读书人欣赏的孔乙己先生不是说读书人窃书不算偷嘛，何况大头作为读书人，既不窃书，更不偷书，他有着比孔乙己更加良好的教养，他只向人彬彬有礼地借书。借不借在你，如果你不借，这本书绝不会莫明其妙地同你玩失踪，它原来在哪儿待着还会好端端地在哪儿待着，就像毛主席说的扫帚不到灰尘不会自己跑掉那样，直到有一天你极不情愿地把这本书双手捧着借给了大头，那一天才宣告了这本书可能是在同你进行最后的生死别离，如果没有什么意外，沙扬娜拉，来世再见吧。

在我生活的大院，二十世纪八九十年代的时候，人们特别爱照相，但是爱照相的人大多还未有照相机，只好向有照相机的人借。有照相机的人又是爱照相人中的极少数人。这给他们增添了无比的烦恼，不借吧，都是左邻右舍，低头不见抬头见，说不过去；借吧，心疼，尤其怕给弄坏了，这样的事例不是没有发生。后来这些少数人里面出了一个聪明人，他把买回来的好相机藏了起来，再花点钱买了部傻瓜相机。这以后，哪个来借相机，他都乐呵呵很大方地主动把傻瓜相机双手奉上。他立即成为我们大院里人人乐于称道的高尚人士。

对于大头借书，不久有人也想出了聪明办法。这个聪明办法当然不是拒绝借书，不论以什么样美妙的或者美好的或者无懈可击的理由拒绝借书，只要结果是不借，万变不离其宗，都算不得聪明。有些人在书架上贴上"概不外借"这样的字条更是极其不聪明不明智，不仅不聪明不明智，可能还把人也得罪了。聪明人想出的聪明办法一般总是挺简单，第一有普适性，第二具有可重复操作性。很接近科学，总而言之面面俱到。在对付大头的借书上，正是这样，具体的办法就是买回一些盗版书，或者你很守法就买回一些折价书，随时恭候大头的大驾光临。

（《桂中日报》，2006 年 12 月 12 日第 3 版，编辑·石丹玉）

# 风铃花

　　我没有想到世上还真有风铃花。四月的清明，走上北山，它就长在路径的两旁。约尺高的独独一枝茎，筷子般粗细，蓝色的风铃花黄豆粒大小，两两对称地盛开在茎上，像被早慧的顽童聪敏地串起来的一挂风铃，次序井然，好看得在风雨中招摇。

　　它长在还显枯黄的杂草丛中，娇嫩而清秀，高高在上，仿佛被成不了器的杂草儿满心妒忌合力地拼命挤兑着排斥着。然而它不屑的头并没有垂下，倒像是越高傲越挺拔了。因此也委实单薄得令人忧心，生怕轻轻一点风儿，就会使它惨遭厄运，将弱不禁风的身子骨扑倒。

　　迷蒙的春雨无声无息，几乎不知不觉地润在她小小的蓝瓣儿上。起初是一层细细的白绒，悄悄地一点一点滋长起来，忽然在一瞬间互相凝合了，魔幻般变出奇迹，晶莹成一颗珍珠样的水珠儿倏然滴下，让人不禁心猛可地抽紧着一颤，恨不能及时伸出手来，怜惜这神灵一样的瑰宝。此时你才真切地感到春的细腻和她的灵性了。你惊喜于自己的发现，分享着自然里神秘的隐语，不觉就想到诗人杜甫的"好雨知时节，当春乃发生。随风潜入夜，润物细无声"来。你下意识的默诵和着自己湿润润的手臂在空中忘情地招扬，便与这天这地，这雨这雾，这风铃花都契合为一了。你不言不语，只想静静撩动食指，拨起风铃花的声音，放纵它湿漉漉水灵水灵，任意地进入你思想的隧道，遨游到极深极远的境地，深入连你都无力抵达而被忽视的幽冥。这时一种顿悟会让你豁然感觉到，原来生命自有她的一重不可言喻不能企及不会轻易磨灭的力量，支撑生生不息的魂灵。

　　凝视风铃花，我真的仿佛听到了另一种清悦生动的青铜的声音，叮叮当当从某处千年的古刹高昂着龙头的屋檐下，一阵紧一阵松悠扬而飘逸地传来，声声入耳，摄人心魂。这是一个远古的梦，更是一段生命的歌，使我陷入沉思，不禁想着：是先有了风铃呢还是先有了风铃花？是人类自己的创造命名了自然里的风铃花还是风铃花启示了人尖模仿制造了风铃？也许稚弱的风铃花和古刹上深沉的风铃是对彼此的印证，因此那是不可割离不应分先后的。她们一个用一茬一茬灿烂的花朵来证实生命永远的活力，一个用不动声色不变的沉稳的耐心等待人类历史的进程去解读自身的秘密。前者的启示让人珍惜，后者的睿智令人回味。

　　我的手小心翼翼触摸着风铃花，不敢像采撷蒲公英一样采撷她，不敢像将蒲公英呵在嘴上，吹出满世界的梦幻一样，吹出自己对风铃花的喧嚣。我想唯有用虔诚的缄默，才不至亵渎了这春雨中楚楚绰约的风铃花傲然独立的风姿。

　　　　　　　　　　（《南国早报》，2001 年 4 月 25 日第 24 版，编辑：曾曙红）

## ☁ 河东河西

　　由河东徒步走到河西，或由河西徒步走到河东，光是跨过一座连接两岸的公路桥，就需要走二十分钟。

　　那个夏天和秋天，还住在河西时，每个傍晚我都要信步走到河东。过了桥，往北，再走二十分钟，就是城乡交接的地方了。那里有一座抗战时建成如今早被废置成了一块荒地的飞机坪。现在它的地名因此也叫飞机坪了。我常在飞机坪的一隅，选一个覆满草丛的小土包坐下来，感受黄昏。不管是炎夏还是金秋，不管是刮风还是下雨，我喜欢这么宁静地坐着。晴和的日子，欣赏云彩的变幻；下雨的时候，窥探雾霭的迷离。我的前方是一个二百来平方米的小小鱼塘，在夕照下，常常能看到自己孤寂的倒影。它被染红了，带着一层光泽。如果不是偶尔有塘鱼掀动涟漪，它永远那么静谧。望着这份沉静，有时我试图喟叹，可是倒影却从不应和，不肯表现同样的伤寂，总是用不动声色，抑制着我的感伤。随手触摸到的，是许多狗尾草。它们在晚风中摇曳，依傍人，给我暖暖的抚慰。扯一枝来，将它的根放进嘴里细嚼，是一种纯净的清冽，滋润舌尖，并化开来，一点一点沁入心脾。这个过程是缓慢扩散着的，引人品味，因此充满美好。我总以为我在等待什么，在契合与谁的相约。我一次一次由河西悄然来到河东，走进飞机坪的一隅，孤零零地坐着，默默地守望，似乎是在等待一次邂逅，迎接一个奇迹。我倾听到了谁在我心底的嘱咐和叮咛，它成为我的执迷和信念。但我从来也没有猜透。

　　后来，我家迁居到了河东，近水楼台，我却反而再也没有到飞机坪，再也不去那座小土坡上感悟一种神秘的守候了。每晚依旧是要信步出家门，依旧是走过公路桥。这次却是由河东走向河西了。过了桥，往南，再走二十来分钟，就是西山。一直走进去，群山环绕之中，豁然开阔，呈现出良田千顷，宛若世外桃源。随地而坐而卧，可以闻到花香，可以听到鸟语，眼前仿佛是一块被天地托着的巨大调色板，在夏初绿油油一片，在秋末则黄灿灿连绵。而你永远捕捉不到那一只挥动的手臂，看不见那一支神奇的彩笔。它总在你不经意的回眸中，就调出了一个又一个斑斓迷幻的彩色世界，让你在惊喜的心领心悟中，叹为观止，感觉自己的渺小，感受天地的造化。这时一个人会更接近真实，把在尘世里膨化放大了的自我，还原，交给自然。只有真正接近自然，人也才真正接近自己。

由河西走向河东，再由河东走向河西，在河东河西之间，我总下意识寻觅一种距离，寻觅一种走出稔熟以后的陌生带给我的启示。它使我感悟到，人设法走出自己，然后再回过头看一看，是多么重要。

（《广西政法报》，2002 年 3 月 25 日第 4 版，编辑：黄焕光；《作文周刊》，2008 年第 51 期）

## ☁ 黑夜

黑夜会给人很多安慰。此刻我就融在黑夜之中，把灯熄了，静静地躺着，眼睁睁看着天花板。虽然不分明，但知道它就在那里。这时，我竟看到一双自己的眼睛。它悬浮在黑夜的天花板上，正和我对视着呢。这双眼睛晶莹而亲切，单纯而圣洁，我想西方人画里天使的眼睛，就应该是这样的吧。这使我有一些感动：我没有料到我另有一双眼睛，原来未曾被世俗污浊，仍然保持着童真般的清明亮丽。我一眨不眨地凝视它，欣赏它，感悟它。我是应该有这样一双眼睛的，在黑夜中它洞穿我的肺腑，让我能够看到自己。于是白天的浮躁慢慢平息了，心念归一。这自然是只有黑夜才能给予的玄妙的况味和慰藉。我喜欢这种黑夜。在白天你是无处可逃的，在黑夜就不同了，任何一隅你都可能隐匿起来。只要愿意，你甚至可以假装连自己都找不到自己了。这是一种真正彻底的解放。所谓放浪形骸，这时算不算呢？

黑夜真好。在现代文明社会，要想找到真正意义上的黑夜，愈来愈困难了。特别是没有一点灯火的黑夜就显得越发可贵。黑夜带给人的不是孤寂和恐怖，而是由漆黑混沌引发的向心力，朝心灵深处径直地撞入。你无法忽视这种震撼。在黑夜，凡胎俗体常常是不存在的了，存在的仅是神和灵。因为黑夜，你可以和神灵对话。在黑夜中，一个人的孤独，会使自己变得高尚，至少会触摸到一种崇高，让你在黑夜里唏嘘叹息，发现自己应该比已经表现出来的要更好，你往往也就下了如此表现的决心。这常会让有些人在第二天见到你时，感到不可思议，而你却可以会意地抿嘴自笑：士别三日，刮目相看嘛。能够接受甚至去寻找黑夜，不时地让自己有机会被黑夜彻底包容的人，心地一定是善良和磊落的，思想一定在追求着明慧和睿智。只有那些盲目的没有主见的人，才避讳黑夜害怕黑夜；只有那些虚伪矫饰的人，才总想在明处表演。

古人说慎独，多半是指黑夜了。孤独大多注定产生在黑夜。当人去楼空，喧哗已寂，这时你要小心谨慎对待。黑夜的美成为一种诱惑，它缄默着，你须得心领神会。如果这时你只是舒适于肉体的自在，而放纵自己的欲望，你就辜负了黑夜，并进而将黑夜亵渎了。我们不应该单单享受黑夜，在黑夜中，我们有比在白天更重要的事情得做，有比在白天更重要的事情得关心。李白说静夜思，那是一种：感念亲情，怀念美好。曾子说吾日三省吾身，那更是一种。如今忙碌的人们难得"三省"了，唯有黑夜还用静默来逼使人"省一省"。这时你若想到了"慎独"，曾子的话就没有白说了，你就会在每夜的铸炼中，逐渐走近思想的深邃，变得成熟。黑夜使人成熟。所有的孕育都是从黑暗开始的，这是上天神奇莫测妙不可言的造化。

感谢黑夜，让我疲惫的肉体得以休憩，更让守夜的灵魂招引我明天的道路。

（《公安时报》，1998 年 8 月 14 日）

# 与勤奋无关

　　小时候妈妈说只有勤奋才能成功。她给我讲了这样一个故事，说的是伟人马克思为了完成《资本论》的写作，将伦敦大英图书馆阅览室书桌下的地都踏出凹凹来了，可见勤奋的程度！妈妈启发式地问我：如果马克思不这么勤奋，他能写出《资本论》来吗？听完妈妈讲的故事，引起我无比的羡慕，心向往之。我立即回答，不能！

　　读书的时候老师说只有勤奋才能出成绩。他给我讲了这样一个故事，说的是数学家陈景润为了研究哥德巴赫猜想如何地勤奋，当他讲到陈景润勤奋到连吃饭入厕走路都手捧着书读，一次他边走路边读书，碰到电线杆了还不知道，连忙向电线杆道歉时，听着我忍不住就笑了。老师趁机启发式地问我：要想读好书，不勤奋行吗？我立即回答，不行！

　　以后老师还陆陆续续讲了许多关于勤奋的故事，比如头悬梁锥刺股哇等。说得我热血沸腾，想，世上无难事只要肯登攀，一个人只要勤奋攀登，什么事都能做成，什么奇迹都能发生！

　　我立下雄心壮志，要做一个诗人！我学习马克思和陈景润，勤奋得在梦里也不忘构思诗歌。

　　我写了很多很多的诗，一年不到这些诗稿在我的书桌上，垒起来就有两尺多高了。

　　我不断地给报刊投稿，结果是报刊的编辑老师不断地给我退稿，在退稿信里不同的编辑老师总是说着同样的话：罗海同学，我们相信，你只要勤奋努力，定会成功！

编辑老师的鼓励是我莫大的精神安慰和精神力量，我更加忘我、更加废寝忘食……但是，数年过去，我始终也没有成功。

有一次湖南电视台播放的一个节目引起了我的关注，他们邀请了一位来自邵东的农民讲述他如何勤奋写作的故事，这位农民迄今为止，已经写作了几十年，写出的手稿装了近十个麻袋，但是在这几十年里，他虽然如此勤奋写作、不断投稿，最终也没能发表一个字！

主持人问他你打算今后怎么办？这位农民毫不犹豫地回答：继续更加勤奋地写作！

他的回答赢来了全场的掌声。

这时，主持人请特邀嘉宾余秋雨先生发表议论，余秋雨语出惊人，他的话是：我劝这位先生从此不必写作了！然后他说出了他的理由，他认为，写作对有些人来说是与勤奋无关的，就像搞体育运动对一些人来说与勤奋无关一样，这需要天赋。余秋雨并且抨击了一些无原则不负责任地鼓励那些没有写作天赋的写作爱好者盲目写作的编辑，说他们无异于谋财害命！

听了余秋雨的一番议论，我如醍醐灌顶。

看来，要想做成功一件事情，并不仅仅只需要勤奋啊！而我们的教育不管是来自学校还是来自社会，对此却都做了太过简单化的处理！

前几天在某学生报上读到这样一个所谓励志故事，说的是在法国有一位老人，从年轻时起就决心做一名画家，他一直勤奋地画呀画呀，终于，五十年过去了，在他画了9987张画后，被承认了，他卖出了平生第一张画！我不知道作者写这样的故事要教导学生什么！对于个人对于社会，用一生这么拼搏，是否有意义？

就像余秋雨对那位农民朋友说的，如果你去做更适合你做的事情是不是更好呢？

不管别人怎样，听了余秋雨的话后，从此我就不打算硬去要做什么诗人了。我对自己说，天地很宽，像我这种人做什么不比做诗人强呢?！

（《柳州晚报》，2005年11月15日，编辑：蓝海洋）

# 钱包

　　河马是我好朋友。河马走在我们镇上的大街时，总显得气宇轩昂，气度不凡，T恤插在裤腰里，腆着个刚刚长出来的肚笋，背着手，直着走，横着也走。旁人见状，有的侧目，有的低眉，不管什么表情，统统统一地下意识做着相同的事：给河马让路。可以说没有多少人给镇长让路，但几乎没有不给河马让路的人。所以每上街，我们都乐意跟了河马出行，有他开道，再拥挤的路也变成通衢大道，再崎岖的路也变成坦途。沾了不少便宜。

　　你别以为河马可能会是我们小镇上横行乡里的地方一霸或者社会黑老大什么的。NO，否也。我们镇民风淳朴，政治清明，道不拾遗，夜不闭户，一年里头连脸红脖子粗的事情也极少发生，更别说会有什么恶人坏蛋了，这种人想在我们镇里产生，也没有这个土壤，也没那个条件，也不会有孕育他的温床。

　　河马为什么会有如此大气派呢？很多人都在暗想，企望悟到真谛。但是所有在想的人，都百思不得其解，想不通，最后得出的结论是：你不得不服河马这气派，唯有河马这样的人才会有啊！这和当初的疑惑、思考，已经相去十万八千里了。

　　后来，还是俺比较聪明，我终于发现了河马气派不凡的缘由。世界上凡是看上去玄奥复杂的事情，往往是这样，弄到最后你发现其实再简单不过了。人要有一个本事，就是把复杂的事物一眼或者两眼就看得出简单来。我虽然还未完全有这个本事，通过河马这件事，看来也快有了。

　　我把我发现的奥秘首先告诉了金鱼。金鱼听了喷喷着嘴，说打死我我也不信！

金鱼这个榆木脑瓜，让我枉兴冲冲别个儿不告诉先告诉他了，辜负了我对他智慧的信赖。

然后我又去告诉了王连举，孔子说的一人乐不如众乐乐，雪莱说的一个快乐分给别人就成了双倍的快乐，好事啊，我要去多做做，让本来已经祥和的镇子洒满发现的快乐！

王连举听了，眼睛顿时亮堂，直把头母鸡啄米似的点着。

不一会儿工夫，小镇传遍了我的发现，到处洋溢着对发现的快乐体验。

这发现自然也传到河马耳朵里了。

河马不以为然。

这天河马照例走上大街的时候，大家就围了过来，都想亲眼证实已经眼看着就要流传镇外的重大发现是否属实，他们异口同声请求河马先生把屁股后头裤袋里鼓囊囊的钱包取走，看看会是什么结果。

河马听见了大家的请求，很大度地笑了，满足了大家的好奇，潇洒地把手伸向了屁股后面。

当他把钱包取出来，递给身边人的时候，大家立即发现，我所预言给全镇人的奇迹应验了，河马的裤子口袋没有了钱包，河马的肚子顿时也不腆了，腰板也不直了，模样儿也不如往常高大了。原来河马的神气真是钱包撑的呀。

这下人们轰地四散而去了，只剩了河马手里拿着归还的钱包站原地发愣。

这件事发生后我同河马结伴上京城发展了，再也没有机会回到小镇。听说从那以后，小镇人人屁股后头的裤袋里都撑着了一只鼓囊囊的钱包，人人都变得像当初的河马那样昂首挺胸气度不凡，连榆木脑瓜的金鱼也有样学样出息得一表人才。

（《柳州晚报》，2006 年 7 月 6 日第 22 版右上，编辑：朱英玉）

# 请说出一种爬行动物的名字

　　卡斯特罗十五岁那年去考高中，主考官出题说请说出一种爬行动物的名字。马赫蛇，卡斯特罗回答。请说出另一种爬行动物的名字。另一种马赫蛇，卡斯特罗再次回答。这是巴西人克劳迪娅·福丽娅蒂在她的《卡斯特罗传》中写到的。我读到的时候哑然失笑，觉得很有趣。但，最有趣的还不是这些，而是考试团居然认为回答正确，卡斯特罗通过了考试。

　　在做人的原则上，有时善意地黑白不分，甚至颠倒黑白，是对别人人生的一种拯救。

　　我所以有这个感想，是同时想起了格非先生在他自己的一篇自传体文章《当木匠，还是上大学？》中说的一个故事：

　　格非高中毕业高考考得一塌糊涂，母亲决定让他去当木匠，这时正巧有一个机会他可以去参加补习，母亲同意了。说是一个机会，其实也不能算什么机会，因为要想参加这个补习班，语文和数学的高考成绩必须达到六十分以上，而格非怀里揣着的高考成绩单，无论语文还是数学，都没达到。他去报名时，自然是不敢把成绩单拿出来。登记的老师问到他，尽管兜里装着成绩单，他却说弄丢了。老师要求他去教育局开一份证明。他转身走的时候，人生的转折就出现了。他来到教育局把实情告诉了办事员，两位办事员商量了十分钟，开出了如下证明：语文六十八分，数学七十分。没有这份颠倒黑白的证明，在中国可能就只会有一个名叫某某的木匠，而不会有中国文学史上叫作格非的先锋文学的代表人了。

　　很多年前读雨果的《悲惨世界》，现在还清楚记得其中有一个情节：冉阿让偷走了主教的银餐具被警察人赃俱获了，警察带着冉阿让以及这些赃物来到主教面前请主教认证。主教接待了他们，未等警察开口，就对冉阿让说："我真高兴看见您。怎么！那一对烛台，我送给您了。和其余的东西一样，都是银的。您可以变卖三百法郎。您为什么没有把那对烛台和餐具一同带去呢？"说得冉阿让和警察目瞪口呆。主教这么做后来证明，他不仅是拯救了一个人的人生，而且更是拯救了一个人的灵魂。记得我读到这里的时候，感动得热泪盈眶。

我自己也经历过别人的拯救。一九八九年我还在部队，但是眼看要复员了。这时部队给了我们一次探亲假，这意思大概是让我们打个前站，便于复员后尽快找到工作。很多人回来的时候竟然都超假了三五天或一个星期，好事变成了坏事。没有办法，按军纪办事，都得到了程度不同的处分。不管是什么样的处分，往档案袋里一塞，就意味着未来的工作可能泡汤了，人生也将发生不幸的转折。那一阵我是多么的痛苦，我很想有谁能再给我一次机会，我最多的幻想就是这张沉重的处分表什么时候灰飞烟灭了呢。几个月后我们脱下了戎装就在要离开部队时，指导员找我们一个一个谈话。说谈话，其实并没有谈什么，主要就是一件工作，指导员当着我们的面，把所有的处分表从每个人的档案袋里抽了出来，然后点上打火机，把它们烧掉了！

那时我暗暗想，如果我还未曾学会善意和宽容，那么现在就让我学习善意和宽容；如果我已经懂得善意和宽容，那么就让我保持这种善意和宽容，直至今生。

（《柳州晚报》，2012 年 2 月 26 日第 15 版，编辑：李咏梅）

# 老家过年的吉祥三宝

## 杀年猪

小时候在老家，猪是过年的第一宝。一年里头，每户人家一般只能养得起一头猪，这头猪要从年头一直养到年尾，冬至过后，村里家家户户先后就会杀猪过年。这段日子一直会持续到春节前一天，村子里不是东家杀猪便是西家杀猪，热闹非凡，天天都像过节。

杀猪是一件隆重的事，杀猪的前几天，先要到村里村外，通知各方亲朋好友定于某日杀年猪。待到了这天，亲朋好友们就携老将雏一大家子前来同喜。门前的土坪上挖一个大坑，架上一口口子有一米多宽的大锅，热气腾腾地烧沸一锅滚水，两张条子凳放在土坪中央，吉时到来，四个选定的青年壮汉就会去猪圈里牵来肥嘟嘟的猪，提到条凳上，按好，早已候在一边的杀猪佬便握起尺多长的劏猪刀朝猪的喉头一刀进去，顿时猪血如注汩汩流进一只大盆里。猪不动了，用滚水把猪全身一烫，刮刀随着滚水的流向，一路刮将去，不一会儿一只白里透红干干净净的肥猪便摆在了案上，这时还要举行一个仪式，为猪披红挂绿，祭拜天地，感谢天地给人的恩赐。

这时已近中午，坪上根据大人数摆上三五桌，小孩儿是没位子的，站着吃。桌上置火锅，放猪下水及各种配料，主人家要割最肥的猪肉待客。现在人们买肉一定要买瘦肉，说瘦肉好，那时一年里也吃不到几次肉，油滋滋的肥肉，才是最好的。有一回杀年猪，我的一位表弟夹了两块肥肉后，我姨娘见了就不准他再要，主人走来说小孩儿家想要就要，拿了一大碗肥嘟嘟的猪肉给他，表弟狼吞虎

173

咽满嘴油吃了个尽兴。据说他吃了这一餐肥肉以后，半年都不再对猪肉产生兴趣，至今还成为笑谈。

这一天杀年猪还有一件最重要的事情就是储存猪肉，把剩下的大多数猪肉，做成腊肉，灌成腊肠，来年食用。

## 磨豆腐

我姨娘说不磨豆腐不算过年，年前的一段日子家家户户都要磨豆腐。黄豆泡好了，案台上摆上一只石磨，一个人把豆子和着水一点一点舀进去，另一个人握着磨手均匀地旋着磨盘，乳一样的豆浆就好看地流了出来。其实不磨豆腐也一样有豆腐吃，村头的豆腐坊长年是供豆腐的，可是过年讲究的就是一种程式，在年里这豆腐家家都是一定要自磨的，不能少了这一道。豆浆磨好了，装在一只大缸里，暖暖的，叫豆腐脑，等待点卤以及后面的工序。这时我们小孩就会拿一只勺子一层一层舀起豆腐脑装碗里，放黄糖做成豆腐花，一口一口滋滋润润地喝，味道好极了，比真正做成的豆腐还能吸引人的胃口。

## 斗粑粑

去年我姨娘家做糍粑，把煮好的糯米饭倒进她粉厂的碾粉机里，然后拿它们来做了糍粑。工艺不是那么回事，口味也就更不是那么回事，味道差了很多了，所以今年大家一致提议，要做真正的糍粑。真正的糍粑就是斗粑粑，把煮好的糯米饭凉得要冷不冷的时候，倒进用石头凿成的一个石槽里，然后用一根约有二十厘米直径的木杵斗，这样斗出来的糍粑有一种天然的醇香，韧而不粘，非常好吃。小时候过年里这种糍粑成了我们最好的零食，想吃的时候，在火塘上架上打开的火钳放上糍粑，将糍粑烤得外面焦黄内里松软香喷喷，热腾腾地呵在手上，咬一口换一只手拿，那滋味没得说。

老家过年的吉祥三宝如今回忆起来仍是令人向往不已，现在我们在城市里过年，这些有着浓郁情味的吉祥三宝不仅都淡出了生活，年夜饭也改在酒店吃了。

（《黔东南日报》，2009 年 1 月 23 日第 5 版）

## ☁ 哭泣

　　在中国，能把自己的文字、思想以及行为流传下来的，除了孔子孟子少数端庄者外，大多是一些品行怪异，或者说喜欢标新立异的人，比如晋代的竹林七贤。这所谓的"七贤"，"贤"不"贤"我倒不太看得出来，怪异却是人人有份儿。像刘伶，喜乘一辆鹿车，提一壶酒，边走边饮。单是边走边饮，虽说有一点点异行，也还不算太出格，如果仅止于此，我敢打赌，这位刘伶先生肯定无缘荣登"七贤"榜单。接下来才是刘伶真正的怪异之处：车里还放着一把锸子！放把锸子干吗？酒喝够了，于是拿起预备好的这把锸子，面朝黄土背朝天种地吗？你这样想，不用说自然是想歪想错了。这么干的人就不是刘伶，也许可以是陶渊明。刘先生随时预备下这把锸子，是用来埋葬自己的！意思是假若自己喝酒醉死了，大家也不用费什么礼数周折心机，锸子预备好啦，简简单单就地挖个坑，把我埋葬了拉倒。这才是惊世骇俗的怪异行为。

　　一百多年前，有一位刘鹗，应该也是属于品行怪异者，他写有一本书，叫《老残游记》。记得我们中学的课本里，是有选载的，但是那里的选载都中规中矩，要教化于人，把一个真正的刘鹗选载得不怎么像刘鹗。

　　我比较反感明显地要教化于人的东西，你含蓄点，你绕个弯，你悄悄地潜移默化于我，那我看不出来，我没有办法，那是你高明，我该接受你的教导；或者后来自己本领增长了，终于看出来了，觉得你当初高明，还是很佩服，要向你学习。但是一开始就让我看出来了，我就比较反感。所以那时虽然在课本里读到了一节《老残游记》，自然就没能留下什么印象。

前两天到图书馆去借了一本《老残游记》来读，不是别人指指点点要我读这里读那里了，不是别人指指点点要我去在这里领会什么思想啦在那里领会什么寓意啦，这才读得有趣。忽然读到老鸮的一段高论，不禁拍案而笑。他说的是什么呢，他说的是哭。他在说哭，我看了却笑了，这就是写书人了得的地方。

他的高论是这样的，他说："人品之高下，以其哭泣之多寡为衡。盖哭泣者，灵性之象也，有一份灵性，即有一份哭泣。"妙，妙啊。我顿时想起我在上海的一位表妹。小时候我们一块寄养在上海外婆家，她无论遇着什么事高兴了哭，不高兴了更哭，一个人在那里待着，也常莫明其妙默默流泪。现在才明白，她喜欢哭泣，那是因为她有着太多太多灵性啊。后来，也许是随着年岁的增长，也许是被我们指责多了，她便渐渐不哭了。那时她这么改变我们都为她高兴，现在看来，倒是我们错了，我们应该为她伤心才对，她这是把灵性都改没了啦。可惜可惜。

中国的传统教诲，主旨都是不主张哭泣的。有一句俗话说得再明白不过：英雄流血不流泪。还要说到小时候，我小时候跟人家打架，如果哭着跑回家告状，我的小舅知道了就会大发雷霆，说，孬种！如果我打得虽然一败涂地，可是不服气昂首挺胸回家。小舅知道了一定大大赞赏，然后很可能会大有兴致地教我几招克敌制胜的擒拿把式，以资勉励。而刘鹗说这句话自然是主张哭泣的，不但主张哭泣，他还把哭不哭和有没有灵性挂了钩，还把哭不哭与人品的高下联系在了一块。真真了不得。忽然就觉得刘鹗这位先生很可爱，如果他遇着曹雪芹，《红楼梦》可以不要贾宝玉了。

（《姑苏晚报》，2009 年 5 月 11 日）

# ❧ 南方城市的秋

在南方城市，秋天是写在日历上的，好像和现实无关，比如我所在的城市就是这样。如今时令即使已是深秋了，树叶照常绿，花儿照样开。除非那些非常细心和有心的人，才可以看出树上的树叶虽然绿着，其实那绿的颜色和春天、夏天是有着差别的。春天树叶的绿是一种鹅黄的绿，有着一种娇嫩；夏天树叶的绿是一种翠绿，透露着青葱的活力；而这时候秋天里树叶的绿却是一种深色的绿，微微地低垂着头，带着沉静。可是又有多少人能这么用心地分辨它们呢。大约更多人看到的是城市里花儿依然在开放，和时节已至寒秋根本无关。那些月季、芍药，还有许多不知名的花儿，艳艳地盛开在公园里和道路两旁。人们也还穿着单衣和夏装，热气腾腾地行走在街市上。

在南方城市，秋天得由农村带进城来。初秋的时候，在集市上会突然看到，由乡下运进城里的柿子，红彤彤的，是秋天的颜色，逼进你的眼帘，令你不可能漠视。这时城市里的人们，就会怀着几分惊讶，更多的是惊喜，走上前去，小心地伸出手来，拈起一枚红柿，带着笑靥，将这枚柿子左看右看，或者还用手结实地握一握，让它在掌心里尽可能多地贴着肌肤，渴望自己通过一枚柿子，真切地感受着秋原来已经来了。这么握着这枚柿子，似乎是在握着一个秋天。再过些时候，农村的秋收不久，新米就在城市上市了。这些新米还透着稻香，合起双手来，将它们捧在手里，凑近鼻子闻一闻，它们透发着刚脱谷的清香和秋的成熟味儿，带给你几多喜悦，让你不忍放下。新米买回来后，在我们家里，第一餐母亲总要煮新米粥，分咸的和甜的两种，咸的放上大白菜、肉末，甜的放上大红枣儿、莲子等。虽然做工简单，却是味道无穷。一年里也只有秋天，才能吃上这么好吃的新粥。

　　在南方城市，很多人的秋天是在心里，它们由许多的怀念组成。怀念那些逝去的爱，怀念那些曾经的友情亲情，怀念那些童年的纯真、少年的烂漫。怀念初恋的情人。多年前听过谭咏麟唱的那首《爱在深秋》，从此不忘。我的朋友EQ初听《爱在深秋》，说没想到《爱在深秋》是写爱人分手的。他讲的时候表情凄婉。"如果命里早注定分手／无须为我假意挽留／如果情是永恒不朽／怎会分手／／以后让我倚在深秋／回忆逝去的爱在心头／回忆在记忆中的我／今天曾泪流。"在深秋听这样的歌，是应该的，是当然的，是需要的。秋让心灵沉静，让心和尘世有了距离，这时候就容下了回忆、怀念和更多的爱。而对我来说，南方城市的秋尤其是开在心灵里的花朵，因为在这样城市的秋天，我给了一个人爱并得到了爱。

（《法治快报》，2009 年 11 月 10 日第 4 版）

# 阿猫阿狗和老鼠

　　人们说猫狗是敌人，见了面彼此就会吹胡子瞪眼睛，甚至相斗起来。我家的狗狗最初的确体现了这种天性，带它出门散步，每见猫，它就会猛冲上去，追扑不已，直到我们急忙喝止，才会悻悻地放弃追扑，回到我们身边。最严重的一次它把一只猫追追到走投无路，幸好这只猫急中生智奋勇地爬上了一棵街边的绿化树，才幸免于难。为此我们甚为担心，生怕一不小心，我家的狗狗就会伤害一只猫。

　　我喜欢狗，但我们家养狗，不仅是因为我喜欢，最主要还是从实用主义出发，为了抓老鼠。几年前我们家还在桂林住着的时候，寓室里忽然老鼠成患，老鼠成患就成患吧，家里有几只老鼠，只要不吵不闹，大家相安无事，和谐相处，也是不要紧的，就算小吵小闹，也还是可以忍受的。可是老鼠们来我家安营扎寨，不知礼数，不仅一忽隆一大家子，连老带小的来了，还每到夜深人静时，就旁若无人，又是唱歌又是跳舞，折腾得像一屋子发生了地震。你倒好了，玩得开心了，闹得尽兴了，可是我们家人就得难受了就无比受罪了，差不多彻夜陪着无法入眠。第二天一清早气愤不已的俺发誓要将鼠辈们赶尽杀绝，你不仁就别怪俺不义了，急匆匆赶到菜市口，一气买下了七八张粘鼠胶拿回屋里，东放一张，西放一张，满屋子顿时就像成了卖耗子药的店了。成卖耗子药的店就成卖耗子药的店吧，咱不在乎。我设想要布一张天罗地网，一举将耗子们歼灭干净，使天下重归安宁，再得清静。静子见了就好笑，说没用的，老鼠不会上当。我不信。果然，几天几夜下来，没有一只老鼠踩进布下的天罗地网里来。老鼠真是成了精了。一计不成，再生一计，我又去买来几只装老鼠的笼子，布置好后在里面放上无数老鼠最喜欢吃的香饵，比如香肠啊、肥肉啊等，只待老鼠上钩。可是，依旧无效，再好的东西，只要成了诱饵，老鼠就不会去碰一碰，绝不上当。没有招了，我只好问计于静子：怎么办？静子笑了笑，说：找它的天敌呀，事物总是相生相克的，你只有把它的天敌找来了，这老鼠就真正从此抱头鼠窜没有踪影。我说，老鼠的天敌是什么？我心里自然想到了猫，可我喜欢狗却无比地不喜欢猫，所以不愿把猫说出口，也希望静子说的不是猫。但是静子终于说的还是猫。没办法，谁叫猫是鼠的天敌呢！我为难得不得了，对静子商量说，能不能不找猫，比如找一只狗呀。这一说，静子竟说也可以的，并继续道听说经过训练的狗也抓老鼠，我们就试试吧。静子这一说，将俺就乐得合不拢嘴。俺幼时就总想能在家里养只狗，这下可假"公"济私养只狗喽。狗很快买来了，刚开始老鼠比较蔑视我们的狗狗，照样满不在乎地东跑西窜，夜里唱歌跳舞的联欢晚会举行不误，真是夜夜笙歌啊。可是有一天深夜，一只老鼠的不幸发生了，在我们的狗狗几夜连续的耐心蹲守后，狗狗终于逮住了机会，一口撕裂了一只可恶的老鼠！一阵嘶叫过后，天下顿时鸦雀无声，老鼠好像在一秒钟之内全消失了。从此天下太平，再无老鼠骚扰。

不久我们迁居柳州，狗狗自然也随我们来到了柳州。在柳州居住第一天我就发现，大院里阴暗处很多的老鼠。不过我不在乎，甚至还有点自得：有我们的狗狗，老鼠肯定不敢在我们家里猖狂。可是事实最后证明我错了，而且是大错而特错，尽管我们的狗狗依然勤勤勉勉，不舍昼夜，二十四小时值守，可是柳州的老鼠比桂林的老鼠更成精，根本不在乎俺们狗狗，就算时不时被俺们狗狗逮着了一两只，一样前仆后继，照旧在俺家里安营扎寨，夜夜笙歌。杀鸡给猴看可吓着猴，杀什么给老鼠看来都吓不跑柳州的老鼠们啊。静子说只有养只猫了。没办法，只好老老实实把一只猫请到家里来。静子说可是这要解决一个问题：猫狗怎么同在一个屋檐？我却很自信，凭着俺与俺家狗狗数年结交下来的交情，让狗狗接纳俺家的一只猫咪，这点面子应该还是给的。猫咪一来到俺家，俺首先就把狗狗叫来，对狗狗说，这是俺家的猫咪，不许咬哦！狗狗摇头摆尾，似乎半听不听。猫咪一来，果然天下安宁，猫咪还一只老鼠都没捉，老鼠们就全作鸟兽散了。静子说这叫作猫威！而我们的狗狗事实证明不仅很给俺面子，没有发生追扑猫咪的事，而且与猫咪几个月相处，甚至成了好朋友，天天在一块嬉闹玩儿，天冷了，猫咪还要爬到狗狗的肚皮上睡觉，狗狗不仅容许，我好像还见它宽容地笑笑，用它的舌头友爱地舔舔猫咪。

　　人类什么都能驯化，连像老虎、豹子这样凶猛的动物都能驯化，我常常想，我们的科学家们干吗不驯化驯化老鼠呢，把老鼠驯化得像狗猫以及许多别的动物一样，成为人类的朋友，不再为害人类，该多好啊！

（《南国今报》，2009 年 6 月 9 日第 32 版，编辑：韦巍）

# 人生就像退稿

吕不，是作家。虽然在许多报刊上，多有吕不的名字出现，吕不是作家但还不是名作家，不是名人。可是他说的话却充满了名人爱说的哲理，比如他说"人生啊就像退稿，退着退着就习惯了"。

读了让我直翘大拇指：高，说得真是高啊！

吕不是怎样对待退稿的，他的话言简意赅，有古人行文用字惜墨如金的风范，没有多余的文字，也就是说，没有细节。这让我拜读了后，佩服吕不作家说得好说得妙之余，又生出许多的遗憾。如果他能不光记着使自己的文字浸淫着古风，还能详细地说一说如何写了稿，如何寄了稿，然后又如何地收到了退稿；最初面对退稿是怎样的心境怎样的心态怎样的心理，又是如何处理退稿，后来慢慢地退稿多了，越来越多了，很多了，心境心态心理是哪样一点一点变化的，终于"退着退着就习惯了"，那该会是不但高不但好不但妙，还多的有趣了。

贾平凹先生也是作家。

有人说贾平凹先生是名作家，有人不同意。

不同意的人说你说他是名作家，你在马路上随便找几个外国人问问，看看人家有几个认得懂得听说过贾平凹的?!

主张贾平凹是名作家的人，知道遇到了抬死扛，死抬扛的，我记得当时他立即就不说话，拍拍屁股径自走人了。让已把架势摆好雄赳赳气昂昂，准备大干一场口水仗的，一眨眼，不见了人，自己竟被人就这么晾下了，立即气愤得顾自还不肯便走，站原地对自己吹胡子瞪眼，跟自个儿发脾气呢，意思好像是干吗不看紧了人，骂自己真个笨伯呵！

我是同意贾平凹是名家的，我深信贾平凹的名气大得就差未获诺贝尔文学奖了。

因此我曾经拼命地阅读和学习过贾平凹名人的我能找得到的所有大作，仔细地了解他的生平成就，特别是了解他如何写出这么许多成就了贾平凹先生名声的大作的。

他在一篇成名以后的散文里，就写到他当初写稿寄稿收到退稿的事情。那会儿他收到的退稿恐怕不比吕不少。他描写到那时他一人住在一间不到十平方米的小屋里，写稿哇，寄稿哇，然后，收到退稿哇。每收到一张退稿，他都把它仔细地展平了，然后贴在墙上，继续埋头写稿。最后他四周的墙上竟然贴满了退稿！如果真如吕不说的人生就像退稿，这样的人生看上去也蛮恐怖的哦。

而贾平凹先生文章虽然写到此为止，我还能依着他文章的思路，想象着继续朝前走。从贾平凹先生这篇散文看，贾平凹先生虽说不是赌徒，他却具备了赌徒全部的气质，也就是不输得精光，绝不会善罢甘休，绝不服输！他除了把这些象征着他的人生的退稿一张一张贴在墙上外，因此我还能想见他还会像所有的赌徒一样，把这些退稿在贴到墙上前，如何先一张一张贴在自己痛苦的额头上脸颊上，像所有的赌徒那样然后赤着两脚抬腿蹲在方凳上，弓着背，赌徒们是继续赌牌，贾平凹是继续写稿。

我这么想象着贾平凹先生的写作，竟自差不多要手舞之足蹈之而笑。一方面我为通过推理想象，发现了贾平凹先生也许是不好意思写出来的秘密而笑，另一方面为自己还蛮聪明嘛而笑。

写到这里我发现，人生不但像退稿，人生更像是赌博。而赌着赌着你若是就习惯了，就能处之泰然了，如果你还没有赢，就是说你还没能成功，其实那大概是别人的看法了。

（《成都晚报》，2004 年 10 月 24 日，编辑：史幼波）

# ☁ 失语的城市人

有人问我，你发现没有，写作的人好像都来自农村！

他不说我还不注意，他一说，我不得不留意了：嘿，还真是这么回事！

随手翻翻报纸杂志，就比如我手头的《散文》和一些地方报纸，到处可看到作者作家们，都在述写着他们的乡村情怀。

从文章内容很容易了解到，这些写作者大概的情况是这样：童年少年甚至青年都生长生活于乡村，后来通过读书当兵提干等各种机遇渠道，先后离开了农村，来到了城镇和城市。这些人或者写山乡的淳朴，或者写农村的美好；或者写山乡的贫穷，或者写农村的无奈，从纸媒到网络，占领着几乎所有的文字领地。而城市人，那些土生土长的城市人，那些世代居住在城市的城市人，却很难见他们的踪影，似乎是集体失语了。

这是个奇怪的现象！

不过，也许不应该奇怪。

这些农村人，这些来到了城市的农村人，他们有天然的话语优势，就是怀念。文学产生于怀念，产生于回忆，从来如此。当这些人离开并摒弃了农村，就注定开始了紧紧追随他们一生的怀念之旅，他们表达的欲望便强烈地产生了；他们还有一个后天的话语优势，就是对差异的深切感受，农村和城市，特别在中国，是怎样的天差地别，当你由农村一旦置身于城市，这种感受会是或其深刻，那不仅是任何一个外国人无法领悟的，就算是生长于中国的城市人大概也不容易领悟到；他们还有一个现在时的话语优势，就是城市在接纳他们时，当时当地自我免疫式的对他们的强烈排他反应，使他们短期内甚至一生都难解孤立孤独，他们既已生活在城市中，又感觉到自己其实还是城市里的局外人，由此难免要产生诉求欲望，倾诉欲望，自言自语的欲望，握起笔写作，便是水到渠成的事了。

城市人的失语不仅是因为他们没能有以上的天然的话语优势，还在于城市人的现代生活削弱甚至消灭了求诸文字的必要，当代城市科技的发达以几何级的惊人速度，批量取消了城市人诉诸文字的欲望，很多人甚至一年也不会写下几个字；更重要的当然是，城市以家庭为单位，而不像农村以一个村庄或者以一个家族为单位的生活，使他们在世俗的生活中十分自闭，非常可怕地自闭，这种自闭既是一种现实的造就，最后也成为城市人自觉的追求。如果你是城市人，你设想一下，你要走进别人的家庭别人的生活，会是多么困难?! 而人家要走进你的内心世界是不是也一样艰难甚至于不可能？在这种境况下，要想产生写作者，自是不容易了。

一般人会认为农村落后不容易交流，所以农村人浅陋，眼界不宽。其实上在城市，在市民中间这种情况一点也不会因为居信于信息发达的城市而减少发生，有时候反而变本加厉，城市人不仅同样表现出浅陋、浅薄、眼界不宽，还自以为是，老子天下第一，看不起人。我幼年生长于上海，我记得有一次，我的一个姨父悄悄指着我们的大家庭，对我说看看看看，看看这些小市民！我异常惊诧他的说话，既而又佩服他这么说，又心里生出非常的疼痛。他说痛了我，他带着一点鄙视指责的这些小市民，可是我们的至亲的亲人呀！我们城市里的这些本分的小市民，整天就是庸庸碌碌地生活着，他们的生活甚至平庸到连一张报纸也不会去阅读。你怎能奢望他们去做一个写作者？

我有一个美好的愿望，当这个愿望实现的时候，大概我的朋友及我看到的失语的城市人，这种现象就不存在了，就是：当一个城市人觉得，到农村没有什么不好，到农村去种地没有什么不好，然后有时候选择去农村种种地，有时候选择回城里来做做工时。

可是，我不知道这一天，什么时候才会到来。

（《右江日报》，2006 年 6 月 4 日，编辑：王萍）

# 县里的文工团

人们说县里的文工团是是非之地。这么说，我觉得还不够贴切，如果加上"男女"两字，就妥帖了。在县文工团里，生活中的油盐酱醋，现实里的人事磕碰，总是或是被有意回避了，或是被真的忽略了，只有男女的事，在这里，永远的沸沸扬扬，可以说县文工团是县城情色的集散地，是爱情谣言的发源地，是感情播弄的调色板。在小城人嘴里，十件新闻，必有五件是有关文工团的。这五件文工团的新闻，绝无例外，又全是关系男女情事。

县城东头是庙宇，西头是文工团的排演厅。虽一东一西，各占一头，却便互为犄角，遥相对望了。有人说这是天意，更多人说哪是天意，分明老县长当年匠心独运。站在大雄宝殿正门眺望前方，最后不免满眼里只是文工团这个情色世界。反过来，登上文工团的排演厅，极目一望，所见之处便只有那大雄宝殿。这便成了小城的一处景观，想看大雄宝殿的，必要登排演厅一望，登了排演厅看过大雄宝殿，少有不生好奇，回过头去，匆匆忙忙要再从大雄宝殿里看看才登着的文工团排演厅的。这么一来一往，一回一看，让众多的看客看罢了，原来喋喋不休的，会忽然莫名地就噤了口，作声不得，兀自沉思着离去了。文工团的小姐小哥们，让别人看惯了自己的举动，现在得着机会也看看别人这些古怪之举，常看在眼里，嘴角心里都藏着说不清意味的笑。有时候，他们其实早成竹在胸，就单等着看来客走了那边来到这边，转眼失魂落魄的模样。小城人就在这两处中间讨着生活，过着平凡而自寻趣味的日子。

文工团的绯闻虽说总是不断，永远沸沸扬扬，却像美国人的选举，吵吵闹闹、熙熙攘攘有余，但永远不是那么回事，永远不必当真，真的似乎也不必当真，假的就更真不得了，说到谁都不要紧，也可能谁都会被说到，没有人与你认真，没有人找你理论计较，赔偿名誉损失。我小时候，说小时候，不算准确，应该是读中学的时候，也就是懂得了一点情色是什么东东了，却又离真懂还有一段距离，便常常自觉不自觉地会靠近了文工团，最常做的，是围着它打圈圈，名曰散步，实则窥探，好奇里头究竟怎样的藏龙卧虎，究竟怎样的奇花异草。见了里头出来的，或是白面小生，或是如花似锦，每回都暗生惭愧，无地自容于自个儿的形象腌臜。那里面生发出来的故事，就更把我的心勾引得只好上天觅月了。

一次陪父亲到排演厅拍剧照，那是一出新排的戏。其实，不管新戏旧戏，现代古代，无非才子佳人，无非或悲或喜且悲且喜，千古如一。所不同者，物是人非而已。第一次这么近地看戏，第一次像军人一步一动拆解演习正步一样看演员们在戏台上，顺着父亲的要求，由着导演配合指挥，这个照相镜头的这一分钟是哭是悲，那个照相镜头的那一分钟是笑是喜。没有过渡，没有衔接，招之而来，挥之而去，歌哭自如，让我看得呆了。只见那位女主角才和人说笑，或许因了有外人来，与同伴们在一块，格外生动地或嗔或嗲，打情骂俏，导演一句话到你了，立即肃容而至，演的是悲剧，便见一到台中，灯光打到，已然泪眼汪汪，面容戚戚，一幅千古冤情，宛若画里。拍完剧照出得门来，回想刚过去而仍宛在眼前的斯情斯景，不禁感慨：文工团的人怎是了得啊！暗忖，若与这样的人儿，若与这样的人精儿情精儿一块生活，日子该会怎样呢？不敢想，不敢再往下想了啊！明白的只是一定要多情善感才不枉配了这样的女儿呵。

此后，对文工团就生了无端的心痛，感觉里面的那些人间尤物呵，越是会演戏，越是多么的脆弱！这不仅仅体现在外表上，我深信我已经看进了她们的魂灵，那里是些多么柔软，多么柔弱，多么生脆的灵魂哦。

（《湖北日报》，2004 年 10 月 29 日，笔名：弦歌）

# 柳州的文化

历史上，越往西南走，就越是文化的荒野，到了广西，像黄河流域，或者长江中游动辄数千年的古老文化，是没有的，有的最多也是几个被流放的落魄文人留下的几点踪迹。这样的文人，在广西的柳州，最著名的要数柳宗元，"柳州"这个地名的来历，大约就与柳宗元有关系。《柳州日报》副刊定期辟有一个文史大观，我连续看过一年，几乎说的都是柳宗元。有时我都感到惊异：他们怎么能够把一位柳宗元说得没完没了？从这个方面可以看出柳州人对文化的珍爱与尊重。当今柳州最有名的一位作家刘明文先生，他写得最好的一篇散文，也是和柳州和柳宗元有关，名字就叫"柳州柳"。我在《散文》杂志上读到时，心情非常愉快，心里十分的欣喜。他的这篇文章清新，典雅，词采斐然，文史交汇，得了柳宗元的真谛。最近柳州人又发现了一处几百年前曾在台湾当都督的杨廷理的墓，地方上轰动一时，又热闹了好一阵儿。可以看出地处近至一百年前还被称为"南蛮""南荒"地带的柳州，人们对历史文化源流的渴慕。

在漫漫的历史长河中，有文明而几乎无文化的城市说来你可能会惊异，是上海。你在上海的繁华和上海人的自豪中，找不到像她的远邻南京那种六朝古都的深沉和西安兵马俑的肃穆。除了近代出了个鲁迅由上海滩响彻世界外，你几乎再找不到能在文化上有着历史遗脉和渊源的人了。上海或者说上海人，似乎也没有这样的理想和渴望，他们更注重现时的物质，而不太在乎对文化的建构。

柳州地处边陲，大约向心力作用，却不缺乏对建造文化的热心。就算在这个真正有文化品味的东西江河日下，被世俗抛弃，铜臭味四溢的时代，柳州还保持着对文化的一种衷情一种纯情。前不久全国散文年会在柳州召开，算是对柳州这种感情的回报和嘉勉。近年，在文化，说得狭隘并且准确些是在文学上，对柳州取得最大贡献的是韦俊海，他连续在《人民文学》等国家一级刊物上发表了之后又获奖的数篇小说，让柳州人欢呼雀跃，这种心情从当地报道韦俊海的各种媒体上不难读到，媒体对他的期望和热望也与日俱增，希望他最终能够赶上鬼子东西，也成为在中国叫得响的一流大作家。在柳州近代史以来，还真没有出过一位可以称得上大作家的人呢！

柳州是很可爱的，她目前的文化可以说粗鲁里面透着秀气，"荒蛮"里面带着清新，俚俗之中藏着别致。如今，除了《柳州日报》开着"漫话柳州人"栏目外，《柳州晚报》曾用了很长时间，每周一期，开了个"柳州方言赏析"专栏，没有人读了不留下深刻印象。收集来的柳州方言是那么鲜活风趣、俏皮幽默、睿智灵慧。我初到柳州是几年前，我在和柳州表妹谈话的时候，她不高兴了，会头一扭说：搭你都困！这是我接触的第一个柳州方言，让我很欣赏，不久就用它写成了一篇散文。自个儿读了，都不自禁地乐。

从以上种种，虽然只算蜻蜓点水，也足可看出柳州对自己文化的自我意识，她已经在有意识着力发掘和保护、保存属于自己特有文化蕴含的东西。而且还有意无意地在经营着。

（《广西民族报》，2001 年 4 月 3 日第 4 版，编辑：蒙燕群）

# 龙女沟的木屋

　　随着年岁的增长，我对木屋越来越有一种深深的眷恋，我觉得人类为自己的居住而建造的所有建筑，不管用石头筑就还是用钢筋水泥浇成，都比不上木屋更贴近人精神生活及自然生活的本质。人可以或不得不住进坚固如堡垒似的高楼大厦，在心灵深处却不能更不应该忘怀让一栋木屋保留珍藏在灵魂中的意义和深味。为了表达对木屋的领悟，前些年，我曾写过篇散文：《木屋之恋》。在这篇散文里，最后我忍不住说出了自己铭刻心底的一个遗憾：自从十多年前，我走出大苗山，离开木屋，就再也没能住进过木屋了。我以为我永远也不会有能再住进木屋的机会！

　　可是这个机会忽然就到来了，四号副刊部叶主任打电话我说："你能安排来龙女沟木屋参加笔会吗？"我答："能！"怎么不能，当我回答完，我才发现在你梦里萦怀很久的离现实似乎总是遥远又遥远的愿望，一旦真去实现往往只需要做一点点儿努力：你只需要告诉别人尤其是自己一声，然后开步走，就成了。

　　龙女沟的木屋在一座深山老林里，像我梦里的那样面朝一条清清的河，看在眼里，让我不禁想起诗人海子美丽而曼妙的诗句："从明天起，做一个幸福的人／喂马，劈柴，周游世界／从明天起，关心粮食和蔬菜／我有一所房子，面朝大海，春暖花开。"原先我对海子能写出这样隽永的诗句，一直有些费解，只好含糊其词归结为天才。现在有了顿悟：你生活在诗意中，你才可能有诗。

　　我踏上木屋的木地板的时候，木屋在我的脚踏声中轻轻地震颤，她随着我的脚步起伏，而我的心随着她的起伏起伏。这种感觉真好，任何的美首先都来自一种和谐，一种彼此的相契。我和木屋，她对我的接纳，正如我对她的挂念。伸出手来，慢慢地细细抚摸木屋木质的栏杆，凉而微温，体贴入怀。暗色的花纹，绝不像油漆工造作地做出来的那么抢眼，然而我相信却不会有一个人，会对她产生厌倦，细细想来这也就是木屋永恒魅力的一种不动声色的表现了：经久耐看，因而不能磨灭！

人们常常说因为怀念所以美好，又说相见不如怀念。我有位朋友，就爱念叨这句话，他曾郑重其事劝告我：如果你在想象中认为什么美好，就千万不能接近，相见不如怀念，不然，最后连怀念都给破坏殆尽了。我不相信，对这嗤之以鼻，我认为真正美好的东西，在怀念中是美好的，在相见中一定仍美好如初，甚至更美好了，此刻，比照我在记忆里对木屋的牵恋和在现实中感觉与木屋之间的契合，以及从踏上木地板的第一步起就增添了美好的怀想，和对美好伸手可触的感动，怎么能说相见不如怀念呢？

我端详着木屋，从她的木栏杆、木梯、木走廊，到她的用木板镶嵌成的四壁，以至木床、木凳、木桌，眼中所见都使我感触到温和沉静的木质带给生命的宁静温暖和远离浮躁喧嚣的清明。梭罗去瓦尔登湖为自己建造的就是这样一所木屋，他只有在这样的木屋里才能为人类贡献伟大的思想。看来，不管是诗人，还是思想家，越接近自然的本色，也就越具有灵性，为人类为后人采撷来艺术的绝美和思想的深邃。

而对普通人来说，对我这种幼年在木屋的庇护中成长的人来说，对于木屋的眷恋与向往，并真能再次住进木屋，无疑是完成了对童真的一次美丽的坚守和回归。

（《桂中日报》，2001 年 7 月 17 日第 3 版头条，笔名：弦歌，编辑：徐哲艳）

## ☁ 美女同行

在拥挤的月台上，等待先后上车时，我就看见了她，在我前面不远处，鹤立在人群中，袅娜的身段，亭亭玉立，乌黑的长发瀑布一样掩映下，一张南方人中不多见的白净的脸，透着水红，好看的眼睛黑白分明，纯净，水灵灵的。

她先我上车，待我也上车，走过通道找座位时，她已经安坐在一张座椅上了，旁边的位子空着。

我走过时，她用眼睛看着我，我很想过去就坐在她身边，可是，最后我没有这么做。

我有一个规定，在旅行中，尽量不排年轻女子坐。如今的男人特贱，见了女人就魂不附体黏上去，正因此，我可不想自己这样。

这是一趟慢车，空位子很多，我坐在了一处整个小厢都还没有乘客坐的座位上。

火车还要待一会儿才开，凝望着窗外，窗外初夏的城市生机蓬勃。

这时，突然却见女孩儿走了过来，径直走到我对面的座位上坐了下来，她的一双如葱小手摆在了茶几上，离我同样搁在茶几上的手只有几寸。

我掉过凝望着窗外的眼睛，不禁直视了她一会儿。她大约只有十八九岁吧，纯净的双眼，不含一点世俗的杂质，明净，端正。她发现了我的注视，眼睛就低了下来。

我不知道她为什么放弃了原来的座位，选择和我坐在一块。火车开动的时候，风轻轻吹拂起她的长发，让我像读着一张一位外国著名摄影家那幅叫作

《海伦》的照片。但是我眼前的这张照片除了同样的美外，多了灵动和真实，自然迷人。

我不知道是不是该和她搭话，我想，我应该和她搭话，旅途中有一个谈话的对象以解寂寞，是大多数旅行者的渴望。可是，当我准备开口时，又十分犹豫而闭紧了嘴，终于什么也没有说。

我担心一旦我开了口，会破坏已经拥有的和谐美好，她会不会不搭理我呢，如果她因我主动搭讪而认为我是一个轻佻的男子，对我嗤之以鼻，我可不愿承受这样的恶名。

我的包里放着一本书：《哈利·波特》，是为了这次旅行特意带的，便拿了出来，把书打开。我已经读完前面两册了，这是第三册。一位神奇的哈利·波特曾经风靡世界。让它伴着旅行，旅行会少几分枯燥多几分趣味。

可是这会儿我读不下去，我发现对面的女孩儿一直用飘忽的眼睛打量着我，只要我一低下头，她的眼睛就悄悄看着了我。而当我抬头看她时，她的眼睛又有点慌乱地飘走了。我无法读了。

我们是应该聊聊天说说些随便什么的，我想。我认为，或者我猜想她看来也有着相同的渴望。可是，我们还是谁都没有率先开口同对方说话。

女孩儿也从包里拿出了一本书，郁秀的《太阳鸟》。她翻动着，其实上我知道，她并没有看，就像我没有看《哈利·波特》。

车厢内低低地回响起了广播室里播放的音乐，是中国特有的交响乐《梁山伯与祝英台》，音乐在低诉着一阙古典的爱情故事。听着音乐，我突然有了一点颖悟：许多的爱都来自一次邂逅，这是一种爱情的法则吧。

这样想着，我看了看眼前的女孩儿，最后抿嘴一笑，或者自认为我是抿嘴一笑了，我等待着也许真会发生一些什么故事。

故事没有发生，什么也没有发生，火车到了一个站时，女孩儿起身慢慢走下了火车。

（《广西工商报》，2001 年 6 月 2 日第 4 版，编辑：雷凝）

# 母亲的来信

母亲的来信，使我的心情有一种苦苦的酸涩。一张薄薄的稿笺，短短的几行字。我一目十行，就匆匆浏览而过了，然后折起来，装在衣兜里。我不忍细看，也不敢再看，我甚至再也不会重看。

信是夹在托人带给我的冬装里的。我知道那些冬装的某一层必定会有一封母亲给我的信。所以这些服装送来几天，我却一动也没有动。我害怕掀开来，就触摸到母亲的信，它会使我有一种克制不住的感动和温情。这时我会很脆弱，会想到母亲的苍老。那是我永远也不愿承认的，面对母亲又是我永远不敢凝视的。但我清楚母亲是苍老了，她是因为在这人生中苦苦挣扎而显然衰老了。原先光洁的脸上，不仅有了老人斑，许多地方更如刀刻一样，是悲愁忧郁划下的历历伤痕。我常常因为无法给予她轻松愉快的晚年而黯然。母亲不理解我，但她也自知之明地并不奢求能颖悟和理解我，她只是从一再对我盲目的肯定中，体现着她生命的信仰和爱。这使我惶愧而陷入更深的无言。离开母亲的时候，母亲说："来信。"仅仅两个字，是从嘴里一再嗫嚅着终于怯生生磨蹭出来的。这是请求，因此有时便低得简直听不到了。眼睛就会闪过一星绝望和希望交替的光芒，然后忽然黯淡而寂灭了。只有她依依不舍的手还下意识紧紧拉着我已走出门外的手不放，使我的心因为抽紧而疼痛地战栗。但是我很少回头，装作很漠然地滑脱母亲巍巍的手，走了。我知道母亲在门口，会伫望我很久很久，即使早已看不见我了，她仍会这么凝望着。在她的头脑里，我从来都不应走出过她的视线，她的眼眸从来就未有消失过我的身影。这使我很痛心。但我始终没有勇气，在离别的日子，给凄苦的母亲写过一封信。我怕写出来是一堆造作的文字，那会是一种亵渎一种更深的疼痛。面对痛苦我实在不能再去亲手亵渎而加深痛苦了。如果沉默还是一种可以原谅的冷漠，那么亵渎就是一种不可饶恕的罪过了。

在我心灵我总设法跳过一堆壅塞，我从来不敢放下心来，阅读其中关于母亲的记忆。她们压得我心疼堵得我喘不过气来发慌的时候，为了努力淡漠和遗忘，我总用沉默来逃避宣泄。这时我才发现学会逃避原来也是需要一种胆量和勇气。

母亲收不到我的信，她又如何排解一种我不敢认真渗透的心境呢？那首先是寂寞和孤苦，但更深的又是什么……我不敢设想。也许其实我永远也不会体悟，这是一种让我凄惶的遗憾。最重要的是在于母亲又怎样熬过这因为思念而空虚的漫漫日夜？

孔子说，父母在，不远游。我总未能很好遵循先哲遗训，一次一次离家出走，从幼年便开始这个历程了。我几乎把浪迹萍踪看作我的宿命。所以每次告别我又怎敢看母亲凄凄无告的挽留的目光？

母亲的来信以一贯的简约，来表达她用平静极力掩饰的对我的渴望，那种不动声色的平淡，以及恰如其分的叮咛，和见面时的缠绵形成鲜明对比而使她判若两人。这只会令我更加心跳战栗。面对感情人会变得脆弱的话，面对制约感情的理智我只感到哀痛。

思想着的母亲的明哲，竟使我受尽诱惑地情愿放弃自己的明智了。为了抵御自己陷入的暗晦，我常常不得不将母亲的来信坚决地合上，放进希望遗忘的角落，比如贴近心脏的某个衣袋。

（《公安时报》，1998 年 11 月 24 日，笔名：素心）

## ❀ 枪手

那时西部枪战片还只在遥远的国度流行，漂亮的高头骏马，英武的腰配双枪的枪手，还未成为东方少年梦里的英雄。那时我在边陲的深山老林，七八岁的年纪，守着树木、鸟兽和蓝天。

我认识的第一位枪手阿养叔，就出现在这个应该充满憧憬和幻想却很少憧憬和幻想的年龄。我常常托腮顺着阿养叔直指蓝天的枪管，无声地仰望天空，那上面有鸟飞过的空旷。我仰望阿养叔拉动扳机后就有一声爆响，使我震撼与兴奋。那将是一个美妙的过程：枪口袅袅飘散的烟雾如花，尽管谁也无法留住这朵花来去匆匆的烟消云散。因此要说有尽善尽美和幻想，我憧憬与幻想最多的该是一再期望能不断看到缥缈在空中的这朵如仙如幻的花了。

但是阿养叔很谨慎，作为枪手，他很少让枪开放出这么美丽的花。他的聆听多于行动，不像后来我看到的西部片里那些所谓枪手，挥动着长枪短枪，砰砰砰乱放一气。阿养叔无疑比影视上的枪手更接近真正的枪手。

枪是阿养叔自制的，六角形的枪筒由乌黑的钢铁铸造，并被鸡油擦得锃亮，红木的枪托，扳机上嵌着引约，枪长约一米五。山里人不把它叫作枪，称为火铳。阿养叔背在肩上，神情总挂着冷峻，只有那条叫"阿土"的黄毛狗总那么兴高采烈地围着他活蹦乱跳。阿养叔走在深山老林，不动声色的神态像枪一样缺少变化。唯有他的脚步声，表达着他丰富的内心脉动：有时脚步稳重而急速，说明没有情况，前方不会出现目标；有时轻巧而零碎，表明也许有情况或正在找寻目标；有时忽然无声无息地湮没在丛林中，这时阿养叔的枪必定已牢牢握在手中，弓着身子，灼灼的目光全神贯注盯在某个地方，这表明正等待和接近目标，随时就会完成枪手的一次使命。

我认为枪手就应该如此：既可以动若脱兔，又能够静似磐石，既轻灵又稳重，而其手中那杆枪时时在身上，又时时仿佛消失，早已与枪手融成一体。

印象最深的一次是那年晚秋的一个黄昏，阿养叔忽然浑身血淋淋地回到村里，肩上扛着一只被打死的、仍带着血温的野猪。野猪粗硬的棕毛扎得他颈脖留下一道道的痕迹。他喘着粗气，眼睛血红，扔下这头野猪时，人们才发现他的左手已经少了一截。以后关于阿养叔怎样在打这只野猪时枪意外爆管，他又怎样身负重伤，依然沉着地赤手空拳与野猪搏斗，最终将一只性起的野猪制服的传奇故事，就有声有色地流传了不来，至今还在村民们津津乐道的口中传播。真正的枪手是无所畏惧的，面对死神更会平添百倍勇气。

二十世纪七十年代的最后一年，随着自卫战的打响，边陲山村的村民们第一次换上了半自动步枪，村里就经常传唱起："朋友来了有好酒，若是那豺狼来了，迎接它的有猎枪……"那首充满爱憎分明的豪迈歌曲。阿养叔也会在某个夜里，围着火塘哼唱，表情专注，严肃冷峻，不动声色，眼睛炯炯发光，使这首歌更充满了庄严和神圣。他不顾别人的劝说，毅然加入民兵连，日夜巡逻在村头巷尾。一只手虽然残废了，但他却练就了单臂百米开外抬手就能击中目标的绝技，成为民兵连里的特等射手。

做一名枪手不是一种炫耀，而是一个人对命运的选择和掂量。一生与枪为伍，不管是在猎场还是在战场，都为了完成生命赋予的使命，绝不像西方枪战片那么轰轰烈烈、那么热闹。真正的枪手不管在什么环境中，大概注定只能也应该甘于与孤独寂寞、危险和死亡为伴，留给后人敬仰的故事大抵与他本人无关。

（《公安时报》，1999 年 9 月 3 日）

## ☁ 墙饰

在我的居室，墙始终是原色原样，一片净白。伏案读书累了，仰起头来，伸伸懒腰，顺势一直看到天花板，是一色的白。总让我想起水天一色来，又想到中国水墨画的留白。但我并不是有意追求什么风雅高洁。这墙的空白，也曾让我好一番踌躇，不知将怎样点缀才好。

想起我的王同学，他的墙上是一溜光荣历史的展览，布满了从小学一年级直至大学四年级，大大小小的几十张奖状。让我感觉就像参观荣誉室，诚惶诚恐。我没有什么可光耀满墙的，是学不来了。

张同事的墙，却又是一番景象，除了挂着许多名人字画，书桌前的墙上，还有他的手书条幅："人是环境的作品。"看那些字画，或虎啸龙吟，或高山流水。有一赠题曰："谈笑有鸿儒，往来无白丁"，读罢让我低头汗颜，不敢言语，自知学养肤浅，难攀高就。

梅小姐的墙却令人轻松愉快，充满着女孩子的天真稚趣，在一个墙角会悄悄躲着一只两只蛰伏着的毛茸茸的小黑熊，正面是一群兔子以及飞鸟和蝴蝶，远处是一片森林，露出半只水牛，有牧童斜骑仰面吹笛。这都是梅小姐用五颜六色的碎布细绒，自个儿巧手编织装扮起来的。梅小姐高兴时，还会接通电源，令眼前的动物牧童骤然活泼起来，眼神忽闪忽闪地灵动，笛声也如仙乐，悠悠从林边飘来，煞是绮丽，让许多人要念一句陶彭令的"悠然见南山"。这份天真和纯粹，于我是空存欢喜罢了。

还有一位女孩儿，进她的居室总让我羞惭，在她小小的房里，几乎整面墙上立着她自己的一帧照片，其人袅袅婷婷，娇小可爱，其照片却上接天下连地，硕大无比，正对着我坐的沙发，一双铜铃般的大眼，直愣愣瞪得我无处躲藏。想自己堂堂一个七尺男儿，原该顶天立地才是，如今立在它面前居然显得那么渺小猥琐，躬身坐在它脚下，任它君临俯视，委实令人丧气，便羞羞惭惭的有了怯意。装这种顶天立地的照片，天天看着自己，也怪看腻，免了罢。

我叔的墙虽在乡下，却给人饱满和温馨。一面墙上长年四季挂着红的椒子、黄的苞米，逢到腊月，还会挂着几吊滋滋滴油的腊肉。另一面墙上，是大大小小的合家照片，更多的则是近些年照的光鲜亮丽的彩照。来了客人，叔常红光满面一脸漾笑，站在这墙下津津乐道着照片的故事。让人一边听着一边看着，融身在这氛围里，给人一种暖暖的亲情和丰润。可我却没有这样的照片可以向人讲述，进了城里，椒子苞米更是挂不得了，好不令我遗憾。

思来忖去，就让墙一直这么空着，无意间发现这也是一种装饰，倒常常像有了读不尽的蕴含，让我累的时候，可以望着墙浮想联翩，享受一番海阔天空。

（《中国化工报》，2001 年 7 月 8 日第 8 版，编辑：白丁）

## ☁ 入秋又见柿子红

　　至少有十年未见过柿子了。母亲买菜回来说你吃果吧。抬眼一望，正见着四只橘红饱满的柿子，静静地置在刚巧容得下它们的小篮里。早晨的光线，柔和地洒在它们细腻的脸上，像才上过釉的工艺品，整个看去竟不像真的，宛若是谁纤巧的手，画下的一幅美妙的油画，静谧安详，透着生命的生机，却不张扬。

　　多年前，我还在一座小山村读书，屋前就长着一棵柿树。从发现拇指大一只嫩青柿起，我和一群小伙伴每天放学回来，最喜欢在这棵树上爬上爬下，东寻寻西寻寻，急成尖嘴猴腮样，怪柿子怎么老不长大呀。每个人都不放心别人的眼力，都要用两只光光的小脚丫夹住树干，蜷曲着身子攀援上去，伸出一只小手来，小心翼翼地亲自握一握柿子，看看是否长大一点了，感受青柿从手掌上贴透心的那种说不清的惬意。这个时候我发现自己很像地道的农民。有一天，我对下放在这座小山村的父母信誓旦旦地说，长大了我一辈子当农民。这个念头就是从对柿子的一握诞生的。当时他们和气地望着我，似乎并不反对。这给了我很大的鼓舞，后来我干用双手捧猪牛粪下田肥地等的活儿，是我当农民的又一个非常坚决的实际行动，也就是因为受了这次鼓舞。柿子在我们无数次望眼欲穿的期待中，终于被我们的小手握不过了，当它再在我们手中的时候，就像一朵含苞欲放的栗色花，我们的手便是它的花托，这么握着，美妙无比，让我兴奋异常。

　　尽管如此，仅仅用手去握一握，远远不能满足我们高涨的垂涎欲滴的欲望。我们终于失去了继续等待它成熟的耐心。一天，一位小伙伴说，将青柿摘下来放进铺着稻草让鸡下蛋的窝里，一星期的时间柿子就会熟了。我们听了，都半信半疑。摘下来的果实，不会长了，怎么能熟呢？但最终还是挡不住诱惑，一致决定试试。家家都有现成的鸡窝，每个人便都怀揣了几颗青柿，悄悄溜回家中。那几天，心怀鬼胎的我，伺候我们家那只下蛋的老母鸡，别说多殷勤了，怕它冷，稻草塞得满满的，一天要看好几次。母亲见了就笑，也不阻止。柿子还真熟了！拿在手上，软软的，手感特好，分外舒心，掰开来吃时，却是甜中带涩，涩中添甜。我们互相交换着各自的成果，倒不计较涩味，全都喜滋滋地狼吞虎咽。

这一年，以至以后几年，直到我上了中学，离开小山村，都未能吃到过一只真正熟透的柿子，它在逐渐成熟中，也被我们逐渐地吃光了。未成熟的成长中的少年，也只会拥有这些未成熟的青果和产生这些成长中的又甜又涩的故事了。

这就是生活真正的滋味吧。凝视着篮里这些母亲随意买回的熟透了的橘红色柿子，我不觉莞尔微笑。

（《恩施晚报》，2009 年 9 月 15 日 B6 版）

## ⌒ 一个人的天空

　　大概是那位叫王小妮的女士写过一篇随笔叫《一个人的天空》。她惯于用那种漫漫漶漶的笔法，随随意意地写一些很有趣的句子。她几乎是一个为了写话而写话的作家，任何句子在她笔下，不管有意义还是没有意义，总很好读很美丽。一看到这个题目，我心中就充满了诗意和渴望，不仅是渴望去读这篇文章，而且是由此引发的另外一些渴望。但是当时我却不清楚具体在渴望什么，只是明白确实渴望着，充满了诱惑。其实很多事物并不是懂得了才渴望，因为朦胧，这份说不清的渴望才更具有魅力。

　　孤独是现代人的一个病症。也许从画家毕加索开始，这种病症就像流行感冒一样四处蔓延了。我看过毕加索许多的画，画里都透露着一种不容别人侵犯的自尊，以及不愿别人去深入、最终走向理解的刻意掩饰。画界的他的那些晚辈们把他的画尊称为"印象派"，把画家推崇为一种所谓"印象画派"的鼻祖，并以能仰以鼻息、学得皮毛为荣。我总以为这是对画家一种由于浅薄无知引起的、如果画家灵魂有知定会哭笑不得地嘲弄。一颗高傲而孤独的心，他只渴望自己那方一个人的天空。

　　我还看过布勒松拍摄的一幅名叫"月夜"的经典之作，它没有我们中国古典文人对月夜的那种诗情画意、多情善感的刻意追求和滥施温情。月亮真实地简洁地袒露着，也使山川和丘陵纤毫毕露。因为毫无掩饰，就摒除了一切伤感和脆弱。冷峻、无情、客观、现实，月夜之下让你清醒得什么都能伸手可触，绝不主张把你带进任何虚伪造作的梦幻式的美丽。你坐下来，静静地看着荒凉，这就是属于一个人的天空的时刻，它真正的意蕴在理性面前得到再次确证。

拥有一个人的天空，并不是为了逃避和充分地独自享受什么。像达摩的面壁十年，只为了一种神秘的启示和生命本质上的必要。

如果孤独成为一种被追逐的时髦，倒是这个时代的不幸和悲哀了。

（《柳州晚报》，2009 年 7 月 26 日第 15 版，编辑：李咏梅）

## ☁ 被白眼的书

一

我们小区大门口来了一位年轻小伙子，头发卷曲，一身休闲装，显得十分洒脱，开着一辆在柳州很有名的五菱面包车。将车停下，他就忙碌起来。只见他从车上拿出木板子一路摆开来放在路边，正当人们还不明白他这是要干吗，只见他已变魔术般地从车里搬出一摞一摞的书，一本一本地摆放在展开的板子上。顿时，这些摆开来的书随着数量越来越多，越来越显得蔚为壮观，逐渐成了阵势，像海边的一片沙滩，书皮红的绿的，似花似草，也像沙漠里的一片绿洲。只见这位年轻人摆开完阵势，最后在书丛各处插上几个纸头标签，就像古时城墙上插着的大纛，上书："正版新书论斤卖，十元一斤。"我看到了，突然间发现我在现实中真实地触摸着了小时候的一个梦想。

小时候每当我跟着妈妈去市场买菜，看到市场上青菜萝卜各等菜肴都插着标签，写着每斤多少多少钱，我就总要问妈妈：为什么这世上几乎所有的东西都是称斤卖，唯有书不称斤卖？那时候妈妈听了我的发问总是笑而不语。我常幻想如果书也是称斤卖，比如一毛钱一斤，那是一件多么美妙的事情。我每次攒下一点钱去新华书店买书的时候，总是除了怀揣着钱，还怀揣着一个梦想，梦想这次新华书店会给我一个惊喜，所有的书都已经插着论斤卖的标签，那是何等美好的事情啊。但是一直到我长大成人也没有碰上。现实离梦想总是很遥远。

我想如果把书像卖白菜萝卜一样地称斤卖，将会带给人们多大惊喜，将会引来怎样的抢购啊。现在小区门口居然真有人论斤卖书了，会是一种怎样的景况呢！我不禁停下脚来观察。令我失望的是我总是观察到人们匆匆的脚步从书摊旁快速走过，几乎连没有肯停下双脚稍微注目的，更别说抢购了，少数几个人停下脚步翻动着书摊上的书，也没有一个露出要购买的模样，实在令人沮丧。最后我一边摇着头，一边慢慢离开了。回到家，将这事告诉母亲，母亲问我，那你买了吗？我一愣，顿时语塞。是啊，我不是一本也没买嘛。

为什么我竟然也一本没买？我忽然发现这些年我是越来越少买书了，甚至几乎已经不买书了。我周围的熟人朋友有几个人还经常买书，已经没有了。

二十世纪八十年代的时候，读书人三天两头买书，那是很正常天经地义的事情，而不读书的人，只要经济稍微宽裕，一定也会在自己家里置一大书柜，还要玻璃明亮，里面装着许多的书，许多还是精装的，有客人来了，要自豪地带着客人参观。记得对于这种不读书却偏还要拿书来充门脸的人，那时曾引来不少读书人的很辛辣很刻薄的嘲讽，现在回想宛若隔世。

小区门口的书摊摆卖了不到半个月，在某一天清晨消失了，再也没有出现了。

这是必然的，这是必然的……

每当从小区门口走过，看到原来摆卖书摊的位置空着，我的心有点空落落的，有点难过，也有点自责，还有点愧意，好像卖书人书卖不下去，和我有点关系，我也有点责任一样。

## 二

看到贾平凹写到自己的书，也有点意思。

贾平凹先生出书了，便把自己的书签上名，敬赠某某某领导，屁颠屁颠上领导家。敲门，进屋；诚惶诚恐、恭恭敬敬把自己签好字的书呈上给领导。

领导很客气，"久仰久仰"把书很礼貌接了。

请坐，寒暄，喝茶。

先生半边屁股坐下，一小口一小口抿着茶，说着几句客套话，看看差不多了，起身告辞。

领导依然客客气气，开门送客。临送出门，还用一双肥肥胖胖的手热烈地紧握着贾平凹先生骨头很多肉很少的瘦手，说些什么一定拜读珍藏之类的话。弄得贾平凹先生又激动又感激。

文人最怕遇不上伯乐，一旦发现遇到了伯乐，那份快乐和幸福以及满足知足的心情心境，不能言喻。

贾平凹屁颠屁颠，晃头摇脑打道回来了。自个儿喜滋滋乐了好半天。

几天以后带着好心情逛书市。先是看新书，然后又去淘旧书。在旧书摊里，这里翻翻那里翻翻。

这一翻，就把自己的一本书翻出来了。

打开一看，扉页上赫然写着敬赠某某雅正之类字样，正是自己笔迹，这某某便是前些日子上门奉送书籍的那位领导。

贾平凹的心这时是酸的辣的，咸的苦的，五味杂陈，四处翻腾。

好你个某某竟然如此对待我的书！

先生立即掏出钱来，将书买将下来。

跟随他的小伙伴疑惑地看着他。

先生又像自语又像对小伙伴解释：我自有用。

将书一包，夹在肢窝里回了家。

回到家，将书打开来，在扉页上又书：再送某某指正。

第二日上领导家。敲门，进屋。做出前番那般诚惶诚恐恭恭敬敬模样，把书给领导呈上。不等领导反应，转身昂然走人。

行在路上，贾平凹先生是感到出了一口恶气，一身的快慰。

我读了贾平凹先生的送书再送书的故事。哈哈大笑。

一笑文人的确书生意气。受不得窝囊，一遇委屈，反弹决绝。既可敬亦不可敬，既可学亦不可学。

二笑文人真是自负。你的书就进不得旧书摊，就进不得废纸篓？

三笑先生书送得不得其人。

四笑先生这是献媚不成反讨自辱，结果又怎能怪得了别人?!

## 三

书遭遇白眼，文人说是书的悲哀，是文学的悲哀，是文化的悲哀。附和的人有，沉默的更多。

身边的文友，少有不出过书的。

书出版了，除了送人，便是束之高阁。

一直来，我对读者总心存敬畏，我的文章写出来了，不久在某报某杂志发表了，我总是心情很忐忑：读者会读你的文章吗？他为什么要读你的文章？很多时候我对我发表在报刊上的文章总羞于启齿。

一种原因是，我认为自己写得好的文章，人家却不发，却不爱发，这使我感到很沮丧，所以发表出来的那些东西往往有一种不值一看的感觉；

一种原因是，文章其实写得实在并不怎么样，却发表了，就有些惭愧，觉得对不起读者。

不止一次我在图书馆偷偷看读者阅读我的文章。

看着读者的阅读，我常常暗忖：读者是出于什么样的兴味在读这些文章？又有多少读者会选择阅读这些文章？

说实在的，到今天我也不大知道。

而我知道的是，如果这些文章集结起来，出版了，一定会成为被白眼的书。

（《南国今报》，2015 年 2 月，编辑：韦巍）

## ☁ 再见小学同学

我曾经多次设想并有点渴望能在某一天某一地不经意间能碰上一个小学同学。在我的想象中，那会是怎么一番惊喜和激动啊。我们用互相蕴藏了几十年的热情来焐热对方，问寒问暖……

可是，当这一天真来临的时候却全不是这样。

记得第一回遇见一位小学同学是在县城的一家复印店内，当时我正在店里复印材料，我这位小学同学也来了，几十年的人生沧桑，使我们在最初已彼此不认识了，当我在印我的一本证书时，他偶尔抬眼看到了证书上我的名字。便"噫"的一声，抬头望着我，说，你是罗海？看着我的疑惑，他立即有点急切地自我介绍说我是邢顺军呐。哦，邢顺军！记起来了，小学同学。就依稀看到了站在我眼前这位汉子小学时候的模样。我突然有一些激动，我看出邢顺军也突然有一些激动。可是，不知为什么又被我们彼此克制了，我们就冷静下来，彼此竟木讷着，最后是，我们都借故离开了。

第二次碰见小学同学还要戏剧，是在书店，记得就是柳州广场边上的新华书店，在二楼，那时的新华书店已经开架售书了，店内四周是装满书的书架，中间摆着大桌子，放着一些新近上架的图书。我沿着书桌一边慢慢走，一边随手翻看一两本拿在手上的书。就这么走着翻着，忽然就和一个人不仅身碰着身头也撞着头了。抬头一看对方也拿一本书，当然对方抬头一看，我也拿一本书，彼此就好笑起来。各自揉着被对方撞痛的额头。然后他忽然低叫一声：你是罗海！我也低叫一声：你是张强！很戏剧吧。在小学时候，我们两家大人们的关系非常好，我和张强两个更是拜把子的兄弟，当地话叫"打老庚"，经常是在一个锅里舀饭，一张床上困觉。小学同学几年后，父母调动工作，就不在一块了，虽然不在一块也还常能听到他一些消息传闻。最著名的传闻是这小子在他工作的一座小县城爱上了一位女孩儿，有一天提着一把菜刀闯进女孩儿宿舍，对人家女孩儿亮一亮手里白晃晃的菜刀说你要答应爱我，你不爱我不是你死给我看就是我死给你看。把人家女孩儿吓得当时就晕过去。最后听说发生这件闻名全城的求爱故事，小子的求爱居然大获成功以完美收官。大概是女孩儿悠悠醒来认为张强太有男子汉大丈夫气概了，就依在他怀里用万般的柔情说我答应你。一段千古奇缘便结下了。我们彼此低叫了一声后，我心情异常激动。毕竟是拜过把子的哥们儿，就是不同。正当我这么想着心底暗自激动着的时候，我开始感觉到整个气场已经冷却下来。他木讷了，然后我也木讷了。后来的结果是这样，我们有点讪讪地并没有多说什么话，就告别了。

自从有了这两次偶遇小学同学的际遇。心情很不痛快，就再不怎么想望和渴望再见久不谋面的小学同学了。几十年的人生沧桑，各人已然改变的面庞下面都隐藏着不同的阅历和情感，也许已是无法交集了。

几年前我在网上开了一个博客，这个博客开了就开了，安安静静记下一点文字。从来不张扬，既没有呼朋唤友，更没有四处吆喝，可是一直让我感到奇怪的是，总有一个虽然不多却是很稳定的点击量。我常暗忖，这些点击量来自哪里，有哪些人一直在执着地光临光顾我的博客呢？有一次忽然接到了一位小学同学的电话，她说罗海我们一帮小学同学一直都在看你的博客呢。这才让我有点恍然大悟，原来如此。彼此还是关心着的呀，但是见了面怎么就不是这样了呢。这位小学同学又说，你还记得罗燕吗，你的本家耶。然后她在电话那头就有点暧昧地轻笑。我知道她笑什么，我对罗燕很有好感，有点青梅竹马的味道，这个大家都知道都认可。只是后来我随调动工作的父母离开了小学，便只成了回忆。这位同学在电话那头说，罗燕结婚了，又离婚了，已经有几年了，就这么一个人，带着一个孩子，现在是我们县城医院的一位妇产科医生。你去看看她吧。我说好的好的。放下电话，很想去，可是一拖，就犹豫了，一直到现在。我不知道怎么面对罗燕，是去安慰她？我不知道怎么安慰，而且我更不知道我有什么权利安慰。有时我很羡慕有些人，他们很有担当，除了把自己的扛起来，把别人的也会扛起来，不管你同不同意。然后就义不容辞地介入你的生活，或者换一个说法就是大大咧咧地生硬地强行地介入你的生活。这种人从一方面说很豪气，很有豪情，让人感动，甚至愿意信赖和依赖；从另一方面看就是自以为自己是老几，让人产生抵触。

前两天在我们当地论坛，一位坛友发了一个帖子抱怨非常后悔去参加同学聚会，说无非是男的比有钱，女的比老公，当年的纯真和友情，好像都人间蒸发了，灰飞烟灭荡然无存了，让人十分郁闷，觉得十分无聊。不少人跟帖，有说同学聚会就是这样啦，有的甚至奚落帖主混好点就不会郁闷了等。我读了莞尔，看来不仅是我见了旧时同学没能带来愉快的回忆，有些人也是一样啊。

（《南国今报》，2015 年 1 月）

# 恣意行走的睡衣

柳州人的睡衣，正像拖鞋一样，穿在柳州人的身上，不仅可以在自己家里横行无忌，竟然也同样可以在街头巷尾大街小巷旁若无人穿梭出没。

如果说我能够快活快意地接受一双拖鞋在柳州大街小巷的恣肆，当我穿着拖鞋能不用有所顾忌在柳州街巷惬意地行走，我用一双拖鞋很快融入了柳州的市民生活，这次，我却终于无法接受自己也穿着一套睡衣，在柳州街头逛荡，哪怕是在深夜无人的街头，我也不愿做这个尝试。从这点可以看到洒脱如我这样随意的人，观念的底线竟然也还是一触就能碰到啊。

不要说在那些偏僻的小街小巷，便是在柳州最繁华，人潮涌动，高楼林立，最具现代化气息的五星商圈，不管是白天还是黑夜，你都不难见到一两个柳州人，趿着一双拖鞋穿着一套睡衣出没在人丛中，穿梭于各大商场之间。

我第一次见着，以为是自己眼花了。记得当时我是在工贸购物，突然见一个四十岁左右的女子，穿着一套白底印花的睡衣，从我面前晃过。我眨了眨眼睛，追着那道一晃而过的影子仔细地看去，确定看清了，这个女子真的是穿着一套睡衣在逛着柳州这座著名的商场耶。

一次在龙城路上，我见一个七八岁模样的小女孩儿拉着母亲的手，伸出小手指，悄悄指着走在她们前面不远处的一个穿着一套睡衣的行人，问母亲：妈妈你看，这是不是一个精神病人？她的母亲听了，抬眼一望，笑了起来，边上的一些人，包括我听见了都不觉莞尔。我没能听到这位母亲是怎么向她的在探求和认知世界的宝贝女儿解释的，我只看到这位女孩儿睁着一双好看的大眼睛，一边听着解释，一边忽闪着那双好看的大眼睛连连点头，面带温和明亮的微笑。看来她的疑惑得到母亲较为满意的解答了。我不能想出这位母亲给出的是什么答案，如果是我大概会语塞，不知所措，我没有这种急智，会不知如何回答。而柳州人很多人都具备这种急智，能回答得或者一本正经像模像样，或者很幽默很搞笑，令人开怀。

一套大大咧咧行走在柳州街头的睡衣，不仅不会引来围观，甚至几乎也不会引来侧目，如果有侧目的人，你基本可以猜出他一定不是柳州人。就像过去一个金发碧眼的老外行走在中国街头，会引来人们的围观和侧目，而现在再也不会有一个人会上去围观一样。人们都装作看不见，人们都装着一切都很正常，没有什么值得多看一眼，值得大惊小怪。当我看到这么一套睡衣行走在大街上时，我总有一种很怪异不舒服的感觉，但是我也学会了，我也装着从不怪异，从没有不舒服。

从一对拖鞋到一套睡衣，我再次强烈感觉柳州人对别人选择如何生活，选择各种生活方式的宽待与包容。人家爱怎么生活，是人家的事，操那份闲心干吗？还不如去嗦碗螺蛳粉，喝二两小酒。

我住着的小区一位邻居也常常爱穿着一套睡衣逛街。跟他熟了，远亲不如近邻，好像什么话都能讲了，我就问他，你为吗爱穿着睡衣逛街？我这么问，他好像立即发觉穿着睡衣逛街也不是很妥当的事，抬起手抓着头皮，皱着鼻子笑，然后答，就是懒得换衣了呗。我听了，一下笑了。

一套能在柳州街头恣意行走的睡衣，第一是说明柳州人有点懒，出门换一身行头都不肯，这放在北京深圳，完全是不可能的；第二说明有这种包容的土壤，没人会指责你，甚至粗暴地干涉你，就不给你穿，比如像在二十世纪的八十年代那样，纠察队员守在街上，见了奇装异服，上去就是一剪。

如果说我喜欢柳州，我最喜欢的就是柳州这种对别人的包容宽待，不以为奇，更不以为忤。

（《南国今报》，2013 年 1 月 24 日第 43 版，编辑：韦巍）

# 你拥有哪座城市的性格

柳州是一座粗犷的城市，不是因为它是一座工业城市，长于生产钢铁、汽车这类铁骨铮铮的东西，而是柳州历史以来都显出某种强悍和粗犷的性格。

有一次我有两位桂林同学来柳州旅游，打算在龙城地下街买一些物品。她们兴致勃勃在地下街一家商铺东挑西挑，一会儿嫌这件东西贵了，一会儿又嫌那件东西有点瑕疵。结果挑了好久，也还未能下定决心买什么。

然后又和老板讲价讲个不休，一元一元地讲，正在她们左思量右思量颇为踌躇的时候，老板突然一把夺过她们手里的东西，嚷嚷道："不卖了！不卖了！你们走吧！！"嫌她们太啰唆。她们吃了一惊，转眼看到老板凶凶的眼神，已经慌了神，再看看周围的顾客，竟然也全是对她俩眼瞪瞪满腹不满的模样，更吓得赶紧夺路而"逃"。

她们见了我，还心有余悸，说："你们柳州人怎么那么凶啊？"我听了大笑。

她们还连番解释说她们在桂林就是这样买东西的呀。一脸的委屈和不明白，觉得自己没有什么不对。

我说，你们是没什么不对，顾客是上帝嘛。但是柳州人认同的"上帝"可不是你们这么当的。

她们自然仍是迷惑和不解。迷惘的眼神似乎在问：当上帝也还有不同吗？

我在桂林生活过四五年，有一阵竟然已是一口的桂林腔，我回到我的家乡柳州，除了熟人，没有人会认为我不是桂林人。

桂林人讲话的音调有点拿腔拿调，一个地方的话语的确与一个地方的性格完全统一。

柳州人讲话像打机关枪，不仅响亮，而且急速，不仅急速，而且还有一种野战中横扫一切那种机关枪独特的撒野味儿。两个柳州人在桂林互相讲起话来，总容易让桂林人误以为两人说着说着就吵了起来，其实也许他们正是一对亲密恋人，正在打情骂俏甜言蜜语呢。柳州人性格和他们讲话完全一样，都较为粗鲁，大大咧咧得甚至有点儿粗野。

桂林人的性格亦像他们拿腔拿调的讲话，有一种古典书生般的雅儒，讲话不紧不慢，做事也不紧不慢。因此桂林人人性多平和而宁静。你在桂林的大街小巷几乎看不到有争执吵架的，至于那种泼妇骂街式的撒野，我在桂林这些年，更是一次也没碰到。正像《论语》里孔子说的"文质彬彬，然后君子"，桂林人有这种孔子称赞的君子风度。

这种风度好是好，可是因此桂林的男人就总显得较"糯"，用北方话来说就是"软蛋子"，绵绵的可以任人拿捏，这很不好。

我还在广州生活过五年，那是二十世纪八十年代中后期。广州人守信和自律给我留下最深印象。

这个印象最先是通过一个商人向我传递的。这位商人当时已经事业有成，身家百万。

我同他相约是商谈一笔生意。约在一家酒家见面。意思是边吃边谈。

我一般赴约总要早到五分钟或者十分钟，而当时在外地特别是北京上海这样一些城市，流行一种以迟到来显示身份的习惯。我以为这位广州老板大约也会这样，没想到结果是我们几乎同时踏进了这家酒家的包厢。让我印象很好。接下更让我印象深刻。上菜的时候，我问他：喝点什么？他的回答又使我吃一惊：什么也不喝。然后向我解释，他谈正事的时候，一定是滴酒不沾的，就是啤酒也不喝。其实这位仁兄闲时颇能豪饮，却竟能这么自制！

这两件事让我对广州刮目相看。广州是一座拥有自制力的城市，所以近些年来特别是进入二十一世纪以来，广州常常显出激进和保守的双重性格。

在我人生的重要阶段是分别在柳州、桂林和广州这三座城市度过的。有朋友问我：你拥有哪座城市的性格？我说，我希望拥有柳州的豪爽，但不要有它的粗野；我希望拥有桂林的儒雅，但不要桂林的绵软；我希望拥有广州的自制，但不要保守。朋友听了，哈哈大笑。我也不禁颔首微笑。

（《南国今报》，2009 年 12 月 12 日第 32 版，编辑：韦巍）

# 书应该在什么地方读

　　我小时候觉得，在瓜棚豆架下，捧一本书来读，是最幸福的了，后来，读到古人一句诗"绿荫底下读华章"，说明古人也认为，能在瓜棚豆架、绿荫底下，这一类的地方读书，是很惬意的事啊。与古人暗合，心情就不仅更愉快了，还多了几分得意。在什么样的瓜棚豆架下读书，对我来说也是有讲究的，我最希望的是在秋天的葡萄架下，这时架上挂满了青的红的葡萄，我坐在石凳石椅上，倚着石桌，口里嚼着顺手摘来的酸酸甜甜新鲜的葡萄，头脑里吸吮着未知而新鲜的知识，如饥似渴，如此阅读，真是一种令人欲醉欲仙的神仙境界，美不胜收。还有一种境况也能吸引我愉快地阅读心境，就是到一座小山里，如果能就着一条小溪旁，就更好了，没有小溪也不要紧，世界上的事情哪有那么十全十美呢，选了一坪草地，或者坐着，或者躺着，伴着鸟声风声和自己的读书声，琅琅而读，也是一种人生的享受。不过在这样美妙的地方读书，都是小时候的事了。

　　在城市里这样的境况不仅不容易找着，简直就找不着了。于是读书的环境就变得暧昧起来。说出来一定大大不合古贤的规矩。

　　首先是在饭桌上。开饭了，桌上摆了菜摆了饭，同时也还要摆上我读的书摆上我读的报，这样一边吃着碗里的，一边看着书上报上的，常常弄得食不知味。一顿饭吃完了，完全例行公事，饱乎饿乎？茫茫然也，说我饱了，也就饱了，若让我再吃一碗，也还觉着饿。读到乐处还常常要使劲地忍住了，不然满嘴里的饭就会一口给天女撒花般地喷将出来。不仅大大地不雅，还可能影响别人的食欲。母亲说我的胃病就是这么落下的。

　　然后是，我不说某君也知道了，他和我一同嘻嘻笑着叫了出来：厕所里读哇。是的，如厕的时候读书，大概是所有当代人的一大乐事，特别是对于男人。曾有一位男同胞感叹，再没有清净读书的地方了，除了厕所。读书读到厕所里，是一种尴尬是一种无奈吗？对别人来说可能是，对我来说不是。我如厕要读书，我记得肇始于我小时候上的茅厕。那是名副其实的茅厕，在我们村里偏僻处，挖个坑，几根木柱一竖，四周和天顶，盖上围上茅草，就是了。在这样的茅厕如厕，太臭不可闻啦，我就想有什么办法能降低这臭味就好啦。结果发挥聪明才智后，还真找到了办法。办法很简单，就是每如厕即带一本书去读，可也。古人不是总称赞书是香的吗，书的香和茅厕的臭一综合，书还是香的，茅厕可就不臭啦。我自小屡试不爽。现在进了城里了，茅厕一般是没有臭味啦，除非是自己弄臭的，怪不得人家。但是如厕必读书，几十年的习惯养成，不容易改，实在也没有必要改。

　　还有一种就是躺在床上读书。躺在床上读读书看看报，亦是人生乐事，这就更简单了，更不讲究了，什么瓜棚豆架，什么山林水流，难矣哉，难矣哉，而一铺床，只要有人类的地方，就会有。因此随便在哪里安顿下来，什么事也不想做了，便这么随随便便地往床上一躺，拿一本书来，就可以津津有味读起来。读着读着，又慢慢睡去了，也是人生的一重境界。进入这样境界的读书人，我常常碰到，便问他们，每问，必答：妙不可言，妙不可言！可惜我自己读着书只有兴奋，难得入睡，未能体味这妙不可言的境况，实是憾事啊。

　　现在时代发展了，网上读书也是一妙趣。它的好处是你所处的地方再偏僻再交通不便，也不影响你能及时读到世界各地的新书好书。它的好处还有，可以实时地和各地的读书人交流讨论。不好的地方是，太累眼睛了，太伤眼睛了，我常常在网上读书，把眼睛读得一片模糊。因此，网上读书，除非必须，我不取也。

　　而于旅途之中读书，读书往往不为了吮吸知识，这时，书是一位亲密的伴旅，文字是一些熟悉的友人。人在途中，在晃荡晃荡的车上读着，不寂寞了亦不孤独了，心里暖暖的，被书里的氛围包围着，仍像在家里一般，温暖如初。如此这般读着书，有时，就会把泪也悄悄读下来。

（《右江日报》，2006 年 8 月 15 日第 3 版，编辑：王萍）

# ☁ 闭眼说瞎话

　　一开始我就喜欢上这个人，是因为他说"我这人没什么缺点就爱说心里话"，他这话我爱听；一开始我就喜欢上这个人，还因为他说这话时，是眯着眼睛说的。

　　这让我有了一种闭着眼睛说瞎话的有趣感觉。我发现人只要不是什么领导官员，讲话可以不负责，闭着眼睛说瞎话，有趣的时候居多啊。

　　我曾对单位里的同事说，闭着眼睛同你讲话的人，他一定在说瞎话。同事们听了，都觉得是真理。

　　这种情况，我们在看电视时，遇到特别多，往往发生在记者采访某些做了见不得人事的单位领导身上。

　　在我们单位娱乐室，大伙一块看电视时，常有人猛不丁地喊一声："快看快看，又在说瞎话了！"

　　这么一喊，一定是一位接受记者采访的领导，闭着眼睛讲话的镜头出现在电视画面上了，记者问一句，领导闭着眼答一句。

　　忙着其他事体的人，听见了，就都放下手里的活，连忙把头抢近来，凑一块朝电视看，都争着想看明白了，是谁又在说瞎话，说了些什么瞎话，特别是想看看领导是如何闭着眼睛说瞎话的。

　　看人说瞎话，特别是看电视里领导说瞎话，原先是件令我们十分生气气愤的事情，现在，已经不令我们生气气愤了，它成了我们拿生活来开心取乐的一部分，最后也就成了我们真正开心的一种生活。

　　如果你仔细留意察看，闭着眼睛说瞎话的领导们，他们闭上的眼睛也不是一个模子倒出来的，他们用来闭起眼睛的那层皮，竟都千秋不同，神态大异呢。

多的复杂的就不说了，说一句简单易看的：就是把眼睛闭得越紧张的，瞎话便说得越大，同时你也可看出说瞎话的这位领导心里在如何虚得发慌。

在我们娱乐室里，越来越多的同事，已经可以辨别出领导在说瞎话时，闭着的眼睛告诉我们的谎话大小了；在我们娱乐室，越来越多的同事，已经可以辨别出领导在闭着眼睛说瞎话时，他们心里发虚的程度了。

有同事总结说：他们现在开始把假话说得胆战心惊了！

这令我们很开心，想想，几年前那些说假话瞎话的领导们，经常把假话瞎话说得是如何振振有词，胸有成竹，如何地竟敢拍着胸脯讲假话瞎话，如何地把假话瞎话说得面不改色心不跳啊。

这个人搂着我的肩膀，这么对我讲话，是因为，他想交我这位朋友。

他还举着酒杯对我说，感情深一口闷，感情浅一点点。

我以为他说完这句话，会像别人那样，就要逼我喝酒了。

其实他根本没那意思！

他把话说完了，眯闭眼睛，仰起脖子，把他自己手里的酒杯猛一扬。

一杯酒，就全送进他自个儿肚子里了。

当我发现后，顿时更喜欢他，觉得他简直可亲可敬了。

我们村的老人在我离开养育我的村庄，准备走上社会时，担心单纯纯洁年幼无知的我走上社会后，容易上当受骗，就教了我个他们认定是最简单最管用的识人方法。

老人说，孩子，你出去以后，遇到人，你先和他对看三分钟。如果他不避开，敢迎着你目光看上三分钟，他就是你要交的真正朋友！

我很想完全遵循老人语重深长的教导，和这个准备做我朋友的人对视三分钟。

可是我不能够，办不到呀，因为他一对我说话就闭眼。

这使我很惶恐，不知道怎么下判断了。

但是凭他说"我这人没什么缺点就爱说心里话"，凭他把一句"感情深一口闷，感情浅一点点"很豪壮地说完，一迎脖子一口喝干了一杯酒，我真的喜欢上他，真的很真诚地想和他交朋友了。

（《成都晚报》，2004 年 10 月 30 日，编辑：史幼波）

# 美好的生活

　　有一次和张庆聊天，张庆说他所想望的美好的生活就是能得二三知己，在冬日的黄昏中，一块围坐在温暖的炉火旁谈天。火烧得旺旺的，将每个人的脸都映照得红光闪烁，明明灭灭而温温馨馨。屋里洋溢着可以捉摸得到的暖暖的气息。而屋外朔风吹动，一场好雪正要下来，或者已经下起来了。那些精灵轻轻敲动窗棂，窗玻也被它们触摸得雪白了，在渐渐暗淡下来的微光中，闪耀着晶莹剔透的光芒。二三个知己随意地坐在炉火的旁边，说一些书里书外的东西，聊一些发生在身边或者远方的事情。有时是宁静的，有时是热烈的，也会争辩得面红耳赤，然后相视一笑，会意在心。

　　他掉头来问我：你想望的美好生活是什么？

　　我说，我想望的美好生活比你的简单，更容易实现，就是自己能拥有一张大床，床边布满了各种各样、古今中外的书，然后能一个人慵懒地蜷在床上，随手拿起一两本这些自己喜爱的书，或坐着，或躺着，或者索性半坐半躺着，尽情享受着这种放浪形骸来阅读得着的愉悦。

　　古人想望的美好生活，我也知道一些，比如东晋时期的陶渊明，他所想望的美好生活就是能采菊东篱下，悠然见南山。所以官也不当了，一生流连在田园山水中。

　　还有一些古人想望的美好生活，在《水浒传》有一定的表现，就是一生里时时能大块吃肉，大碗喝酒。

　　约翰逊先生是美国的一位青年，我看过他写的一篇文章，他说他所希望的美好生活，就是能游遍世界。二十四岁大学毕业后，约翰逊边打工边旅游，已经旅行了很多国家。

有一年我们到广西融水苗族自治县的大年乡，住在一位老乡家。大年是离融水县城很远的一个乡，高山大岭，早晨的时候经常会有云雾重重，把整座村寨笼罩了，三五米之外可能都见不清人。这里一年只能种一季的稻米，而且每亩仅能收获二三百斤稻谷，一年里头有一半日子需要靠杂粮度日。老乡有一位小孩十二三岁，活泼可爱，不避生人，喜欢和我们这些来客问东问西，对外面的世界充满好奇，他说他最想的就是天天能有电视可看。说着这句话的时候，眼睛闪亮，充满神往和倾慕。对他来说，美好的生活无疑就是能有一台电视机。

人对美好生活的想望其实都是挺简单的。

美好的东西总是如此简单，生活本身也不例外。

（《武汉晚报》，2010 年 5 月 18 日第 32 版）

# 不动笔头不读书

　　几十年来，没有一支笔在身旁，我几乎是不读书的。

　　读书必动笔，这从小学的时候就开始了。

　　小学的时候，我上海的外公定期给我寄来一批书。那时我是在广西的一座名叫安陲的小山寨读书。安陲是座十分闭塞的山寨，没有电，不通公路，算得上几乎与世隔绝。童年少年在安陲的日子，温暖我的有山水鸟鸣花朵，当然还有这些由遥远的上海寄来的珍贵的书籍。

　　我应该是从小学三年级起就不满足于看小人书了，一本书里全是黑压压的文字比尽是图画居多的小人书更能打动和吸引我。它们的黑色魅力是如此神秘，不由我不好奇。我涉猎能到手的所有书籍。由于喜欢，为了记住这个喜欢，记住那些喜欢的文字，收藏起来不让丢失，我开始用笔来笔记。最初的时候，是记书里一些美好的或者美丽的句子，后来更多是记那些有人生哲理的警句，再后来偶尔也记一点自己的感触，发一些小小的感慨。

　　父亲是名乡村医生，他在这座小山寨成为最受欢迎的人之一。

　　我觉得他所以受欢迎，不仅因为是一名医生，更因为他在做医生之余，业余还通过读书成为一名水电站的设计师和建造者。

　　有一阵父亲请求外公寄了很多水电站方面的书，他平常不怎么读书，可是收到书后他和我一样也喜欢起埋头读书做笔记，而且比我更勤于写写画画。在他读书和写画的时候，常会吸引很多村民好奇地围观。父亲也不说啥，只管读书写画。

终于，一天他兴冲冲跑到生产队队长家里，说队长，我们建一座水电站吧?!

水电站？队长听了，重复说了一句，抓挠着头皮，不知所措。队长在碰到疑难问题的时候，就喜欢抓挠头皮。现在看来他是遇到疑难问题了。

父亲很快就明白问题所在了，"水电站"这个词太现代化了，队长不懂。

父亲就耐心解释。

最后队长终于似懂非懂了。当他听说建水电站能给黑夜带来光明非常兴奋，但当知道这个光明是要靠把河流拦腰截断取得，就显得十分为难了，他不能拒绝他十分尊重的我的父亲，可是要拦腰截断河流，河流是一条行走的龙，这么截断可难向村民交代。

他和父亲商量希望父亲能说动全体村民同意他才能同意。

父亲就去向一家一家村民游说。那一阵子，每吃过晚饭，父亲就会拉起我的小手串门子去。

不多久父亲居然真的说动了所有村民同意建一座给全寨带来光明的水电站。为了获得光明，龙被腰斩也在所不惜了。

那条河流是一条小小的河流，冬天的时候只有五六米宽。村民们在臂里夹着书本手里拿着图纸的父亲的指挥和带动下，花了一个冬季，建成了一座水电站。

发电的那晚寨里有史以来头回光明一片！

这个光明也向村民证明书是如此的神奇，它能使安陲脱离历史的黑暗。并且这件事还使村民们相信，如果更多的人勤于读书和做笔记吸纳知识，一定可以将生活改变得更加美好。队长以及全体村民自此全认同和认定读书和写字的重要和神圣。

读书写字在安陲这座没有文化的山寨被看作智慧和有品行的象征。

那一阵我更是乐呵呵，整天屁颠屁颠跑来跑去，像一只疯转停不下来的陀螺。

书和笔是一对绝配，写书的人，首先得有一支笔，然后才能写成书；而读书的人也应该得有一支笔，然后他才能够很好地读书，所以俗话有"不动笔头不读书"说。

读书必动笔养成习惯了，有时拿起一本书来读着的时候，突然发现身边没有笔，心一下子就会乱了，不知道是该继续读下去还是停下来。不读下去又舍不得放下，读下去，碰到那些美好的文字，而又如此错失实在难舍！左右为难。最后还是决定读下去，遇到怦然心动的文字，就用一张纸甚至是地上捡着的一片树叶放在书页里做记号，待有笔的时候，再回头笔记。

我最初的笔记是父亲的处方笺。在城里人们读书做笔记，到文具店里买一盒卡片就 OK 了，在乡村不仅买不到这种卡片，也不可能那么奢侈。我便打上了父亲处方笺的主意，处方笺真是做读书笔记的好东西呀，和正规的读书笔记卡片在功能上没有半点两样。不过不久，被父亲发现了，把我骂了个狗血淋头，就夭折了。从此直到现在，都买那种硬壳笔记本做笔记。

（《来宾日报》，2009 年 2 月 10 日第 3 版，编辑：杨晓华）

# 从"头"做起

同事李莉是个很有意思的女孩儿，她每一次大大地生气后，必定要去做一次头型。所以，如果你看到她今天的头型和昨天的不一样，一定又是生哪个的气了。

李莉说她每次很生气、很失望，就要从"头"做起，先从外表上使自己改换一新，希望从此又有个好的开始。所以李莉的头型是她生活的晴雨表，头型保留得越长久，说明她这段日子灿烂的生活也越长；一旦改换头型，虽然说明她很可能生了一次气，但更说明李莉人生中新的一天新的一页又开始了。

我觉得李莉她这个生活习惯很好，生活态度更好，希望她发扬光大，希望我们都能学习李莉好榜样。

她不像我们很多人，我们中的多数人，一般生气了就会生闷气，闷在肚子里头，结肠百回，容易愁死，容易忧死，容易气死，这很不值当；或者一生起气来，拿起什么摔什么，破坏性地大大发泄一通，这就很没有建设性，更应该学习李莉。一气之下摔了的东西，等你气平以后还得屁颠屁颠被逼无奈乖乖地跑到商场再买回来。同样地花钱，真不如像李莉花钱去做一个建设性的头型，自己焕然一新，别人看到也感觉春光明媚，感觉如沐春风，自己是新气象也带给别人新气象，一举多得，生气也值。

我的同学何政一，他对自己的头型和李莉大相径庭。他的头型是永远不变的，永远是那种严谨的、不长不短、恰到好处的小分头。我们在中学读书的时候，我是他的专门理发师，在这之前谁是他的理发师我不清楚。自从我做了他的专门理发师后我才发现，这小子对理发的要求也太忒他妈高，他要理出来的发和未理之前看不出什么变化。第一次的时候，我大为惊诧：这怎么可能？后来我很快明白了，这完全可能，而且就是事实。乖乖龙低东，他那不叫理发，他那只能叫修发。所以他得有专门的理发师，这专门的理发师得三天两头为他服务。

像何政一这种人，他不主张从头做起，他不喜欢动不动就重新再来，他很好地维护着自己的头型，同时也很小心地维护着自己固有的生活。这种男人像磐石一样。所以从我们一块读中学的时候起，他的身边就总有大批的美女，像群蝶逐花一样地追逐他。大概女孩们都认为这样的男人值得信赖。

我总结出了一条真理：哪位要从"头"做起，做女的就要做李莉，做男的就要做何政一。多变和不变发生在不同人的身上，带来的都是好效果好结果好欢喜。

（《柳州日报》，2009 年 3 月 21 日第 6 版，编辑：肖柳宾）

## 鱼

　　自从我一个人居住这栋二层小楼，我就开始注意起鱼，或者说，我就不得不注意起鱼。父母走的时候，把这栋小楼交给我居住。小楼除了不能自己动的东西外，也有能自己动的生长着的即活的东西，比如庭院里的花和草。其中几乎需要我每天都照料的是几尾鱼。

　　我是带着几许好奇和神秘接近它们的。不是说我从来没有见过鱼，我曾生长在农村，既钓过鱼也打过鱼，应该说我挺熟悉鱼。但那已经是二十年前的事了。自离开了乡村，从某种意义上，也即从精神上来说，就再没有真正接触过鱼。

　　现在，鱼再次走进了我的生活。父母们走的时候，没有嘱咐我什么，他们从来不像别的长辈会千叮万嘱：门窗要关好啦，花草要常浇水啦，鱼要定时喂食啦等。但是，他们走后的那个傍晚，剩了我一个人立在庭院中时，我首先便注意到了鱼，在黄昏的水里，虽然天光渐暗，它们却依然清晰可见，一共是四尾金鱼：一尾红色，一尾白色，一尾橘黄色，还有一尾黑色。

　　我立定着悄没声息地看了它们良久，凝视它们在水中静静地浮游。这种凝视时间越长，我仿佛离鱼就更近，离自己似乎也就越远了，这是一种自我陌生化的过程。这时，我好像可以更认识鱼，却不能认识自己。在这种出神的凝望中，有一根神经把我和鱼接通了，以为我能够理解鱼，而除了具有理解鱼的能力，其他能力（智力）顷刻就被完全弱化，几乎不存在。

　　鱼始终是静谧的，它们在水中悠游自在，尤其是这些金鱼，简直有种雍容华贵，悠然雅致的气度。轻轻地甩着小尾巴，从容于水中。我几乎要被它们的气度所痴迷。

天黑得使我再看不清鱼的时候，我才摸着黑上楼走进了书房。

最近我在读法国散文。是一种巧合呢，还是必然，这天我读到的是儒勒·米什莱的散文。而他的散文，一开始就是讲鱼。"鱼的世界是静静的世界。"他写道，"俗话说：'像鱼一样沉静。'"然而他用这样平淡的语言来界定鱼，颇让我怅然若失。

谈到鱼，我期望的是读到一些神奇的句子。比如像庄周说蝶，不知蝶是自己还是自己是蝶之类就极为吸引人，两千年来始终让人啧啧在口，津津乐道。除了蝶以外，即除了能在天上飞的以外，激发人类想象与幻想的恐怕应该首选水中遨游的鱼。但是，奇怪的是，不论中外，说人类常常为飞禽所激动，而情不自禁思绪万千展开了遐想的翅膀的话，竟却很少真正在精神的实质上，被鱼所动。

中国文学最有名的写到鱼的一句话，却是由实用主义出发得来的某种警语："临渊羡鱼，不如退而结网。"其中没有一点该有的激情和浪漫，只透出过分的庸俗和趋名逐利。另一句"鱼和熊掌不可兼得"就更赤裸。因而当我想起这些写鱼的句子，简直有点悲寂。

相比之下倒是儒勒·米什莱这么淡淡地说一句"鱼的世界是静静的世界"，虽然令人不满足，倒还能让人接受。

最激动人心通篇写到鱼的书，是海明威的一部名为《老人与海》的小说。可惜的是，这部小说虽然写出了许多和鱼有关的激动人心的场景，却只把鱼当作了某种道具，降格了鱼应有的地位。

如果把鱼的灵性，就算化着了某种神性，那其实也是一种虚妄，也只证明了人类的愚蠢可笑。

《老人与海》在许多方面都是令人叹赏不已拍案叫绝的，它唯一的败笔是为了把人捧上英雄主义的宝座，而不惜将鱼给玩弄了。

当你把鱼涂抹成一种象征的时候，一定离鱼的本质十万八千里。

我在楼上的书房里，静静地读着鱼、想着鱼，其间隐约恍惚中也想着自己。

（《潮州日报》，2001年5月7日第8版头条，编辑：赵之）

# 睡相

如果一个人置身大自然中，静下心来观察大自然，在眼里就会看到无限的美，在心里就会无比惊叹这些美。那么如果一个人置身在人丛中，看人，观察人，往往会观察到的却是意外的乐趣。这和美差不多无关，至少首先不是和美有关。

我曾告诉喜欢摄影的伯父，假若到公共场所比如候车室，拍摄下一百种人的睡相，将会怎样有趣呢？

光是这么想象着，我常就忍不住要被自己这个念头可能带来的好玩儿，逗笑了。

因此我曾极力怂恿伯父赶快拿起相机来，去进行这个尝试。

伯父对我的撺掇鼓动，每次只是笑而不动，让我好生懊丧和遗憾。

有一天，在某摄影报上终于看到一位颇有名气的摄影家，大概叫黑明的吧，和我想法如出一辙，照了一组"众生睡相"发表。

我见了，乐不自禁，连忙捧着报纸，让伯父同来欣赏。伯父看了，也乐不可支，呵呵地笑得像儿童了。

照片是在旅客列车里拍的。用广角镜，在原本逼仄的空间里，利用广角镜对人物的变形和对空间的扩展，每幅照片使本来就有些幽默的人物的睡相，夸张得更富幽默，简直显得有一点荒诞了。

其实，人生不正是如此吗？不正时时刻刻不自觉地显露着荒诞吗？尤其在我们努力要一本正经，显得庄重的时刻！

看过一个故事，说的是古代西方一位年轻王子，某次半夜从梦中醒来时，骤然见到美丽端庄的那些原先他一直喜爱和敬重的人，睡相是那么丑陋，不觉幡然有悟，脱掉了王子的大氅，从此决然地脱离俗尘，愤然孑然地走向了没有人迹的荒野。

读过后我想，看到人间的丑陋，其实上大可不必那么愤世嫉俗到了绝红尘。有美就有丑，本是最平常的事理。这位王子也太过狷介了。

对于美我们可以赞扬，对于丑我们应该鞭挞，积极一些自然还应设法给予改造。而对于某些无可奈何的丑，比如很多睡相，你既不能改造，它也不曾妨碍你什么，你尽可以别过脸去，不看，或者光是去看少数好看的睡相就行了，何必如此耿耿在怀！

不过话说回来，王子这么做当然也有理由。那么倒是我缺少了悟性和慧根。虽说如此，我也并不怎么遗憾。

同样是在西方，还广为流传过一个与此相左的"睡美人"的故事，自然说的是美人的睡相非常美丽等。但是一般来说，最美丽的睡相，并不是那些美人，而是儿童。几乎没有一个儿童的睡相，不惹人怜，逗人爱。

这大约因为他们的心灵是纯净明洁，了无心机的，没有经历人生苦难的困厄，没有受过邪恶的侵蚀留下的疤痕的缘故。

在我们东方文明古国，数千年前出现过两位哲人，关于人性有过各自的说法，一个说："人之初，性本善。"大概他就是看到了儿童美好的睡容说的；另一个不同意，反驳说："人之初，性本恶。"他是怎么看出来的，我不知道。不过，最后大多数人认同并选择了前者，"性本善"的说法也就一直广为流布下来，直到今天。作为对人的启蒙教育，在《三字经》里，开头写的就是这么一句话。都说中国人善良，从这个启蒙教育里，我们可以看出来。

一个人的睡相，是他对自己另一半生活的反映和刻画，在这里不仅更少一点做作，甚至可以说已经完全没有做作，心中的苦乐悲喜，都表露无遗在睡着的容颜上，所以如果我们还可以看到表面美丽的容颜，却差不多看不到美好的睡相，正是由于在醒着的时候，我们都极力掩饰着自己对世俗尘厘的苦难承受，做出妩媚的姿态。这有时虽然也会不好，却是值得提倡的。

但由此我想，要认清一个人，细细地去观察一个人的睡相，可能比听信他的自白都更容易接近真实。

（《桂中日报》，2000 年 12 月 6 日第 3 版，编辑：易遵平）

# ⌇ 我度过了美好的一生

维特根斯坦说：我度过了美好的一生。

我喜欢这种充满阳光的话。

人活着应该给人阳光。

充满阳光的文字我记得还有卢梭写的《忏悔录》。在这本书里卢梭把平常的生活叙述得绘声绘色，美好无比。我读卢梭的回忆录，才明白原来美好的生活或者说理想的生活就在你生活着的平常事物里。在这之前我总以为理想的生活在远方，实现理想的生活唯有到远方寻觅。因此十二三岁我就有点迫不及待地要想奔向远方了。

卢梭竟是如此世俗地生活着，我是意料不到的。

将世俗生活的美好展现得最彻底的，在我看来要数英籍知名作家彼利·梅尔了。如果说卢梭总不免带上点浪漫笔触写作他的回忆录的话，彼利·梅尔却以完全写实主义的风格写出了他在法国乡村小镇普罗旺斯的生活，这些生活是庸平的，琐碎的，但是妙趣横生，让读者看到生活不止是因为美好才去追求，而是因为追求才美好。

我在部队当新兵的时候，带我的是一位湖南籍的老兵，他对我非常关爱，为了我喜欢听的一首歌，他可以一次又一次走上几十里路，为我觅来。使我很感动，和他在一起心身总感到受着阳光的沐浴。

但是这位老兵复员回到湖南老家一座闭塞的乡村后给我写来的一封一封信，却让刚刚踏上社会的我无比慌乱不知如何对待。他在每一封信里都是以晦涩苦楚的笔调写着他在乡村不得志的困顿生活。他的信像爬满浓墨色乌云的天空，铺天盖地般压得我不得喘息。到最后，我由于缺乏社会生活的历练而不能承受，只好逃避，任他怎么再写信来，绝不回信！我知道我是他精神上的唯一希望唯一抚慰，他一直把我当作唯一的知己唯一的知音，可是我背叛了这种信赖。这位可怜的湖南籍复员老兵弄得我极端苦恼，由于我如此冷漠的作为，我对自己的人生观产生怀疑精神陷入了危机中。对这位我拒绝回信的湖南老兵直到现在我都怀着内疚，这种内疚深深地烙在心底，让我每想起来就感到疼痛！但那时我真怨湖南老兵，为什么要向我诉苦？也是由于这件事，使我悟到生活需要承受，面对生活绝不要向谁诉苦！

从此我悄悄做起要忍受未来生活的心理准备。

但是，后来我明白了，生活还可以是另外一种样子的，生活完全应该是另外一种样子的：你对生活有多少的奢求，生活对你就有多么的严厉，做人做得豁达生活就会美好。

记得卢梭在《漫步遐想录》里说："因此，经由自身的总结我懂得，人们自身其实就是自己真正的幸福之源；对于一个善于寻找幸福的人，无论谁也不能使他真正潦倒。"

这就像维特根斯坦说：我度过了美好的一生。

而斯汤达是这样说的："活过，爱过，写过。"——看到斯汤达这几个字，我的眼睛不禁湿润起来。

（《新绿报》，2006 年 10 月 17 日，笔名：素心）

# 夏天像爱情一样美妙

　　我们村流传着这样一个笑话，有一天到我们村上来补锅的湖南人，补着补着对围观看他弄手艺的村民冒出这样一句没头没脑的话：广西日头臭狗屎。围观的村民先是不明白，但是，当看到湖南人正皱眉苦脸闻着自己的手指头时，顿时都哈哈大笑起来。这个笑话有点恶俗，说的是湖南人自己不讲卫生，也许大解时自己把手指头弄脏了，被我们广西毒毒的日头一晒，发出恶臭，他不检讨自己，反怪我们广西的日头臭狗屎！这个笑话流传于二十世纪七十年代，真有其事还是哪个无聊的聪明人别有用心编造的，不得而知。不管是真有其事还是编造的，能够广为流传开来，说明了这样两个事实：一是嘲讽湖南人，一是可见我们广西日头有多么厉害。

　　湖南和广西是比邻，可是广西人和湖南人关系并不好，总的来讲就是，广西人有点看不起湖南人，有点鄙视湖南人，这原因我猜大概是因为广西人再苦也守着本土，守着自己的那一亩三分田地；湖南人则不同，早在那时，湖南人已经明白，要过上好一点的生活，就必须抛乡弃土，他们真的也就走乡串寨四处讨生活去了。他们来到我们广西做的都是手艺活，而且都是苦活，像打铁补锅、弹棉磨剪什么的。对这些外省来的湖南人，我们广西人心情有点矛盾，一方面有点儿不甘心让湖南人在我们的口里扒饭，另一方面又发觉离不开湖南人这些好手艺。我记得有一次有一个十七八岁的湖南毛头小伙儿，不仅在我们村里讨得了生活，而且竟还偷偷赢得了我们村上一位姑娘的芳心。这还了得，群情激愤，当即把这个湖南仔痛打了一顿，驱逐出村，永不许再来。那时我还是七八岁的小孩儿，现在我还清楚地记得，我同着一帮一般年纪的小孩儿，一群人拍着手，嘲笑着，怎样把被羞辱的这位湖南仔轰赶出了村。现在想来，真不知道如何感慨。

但是，我上初中的时候，情况已经有了很大变化，有不少湖南人终于在广西扎下根来了，我们初中年级的级花就是湖南妹。说来还真不好意思，从我见她第一面，我就为她着迷了，暗恋着她了。不过仅限于暗恋，不敢说出来。不仅我暗恋着她，许多男同学都暗恋着她。有一次我们班有一个男同学当众发表宣言：娶女当娶常如花！我们的这位级花姓常，我们不叫她名字，叫她常如花。此言一发，引来一阵轰乱。有笑的，有喊的，有叫好的，有谩骂的。自然叫好的都是男同学，谩骂的都是女同学。只有常如花，一言不发。但是谁也不顾得她了。男同学中有人又打趣问：为什么要娶常如花啊？我们都等待回答：因为她漂亮呗！可是这位同学再次出语不凡：因为她屁股大呗。此语一出，引来了更大的哄笑！接着是更多的谩骂和叫好。当然不管男同学女同学，大家都没有意会错，我们这位男同学讲的都是他的"心声"，他真是这么想的。所以闹是闹乱是乱，最后并没有发生像比如打架这类恶性事件。

广西地处亚热带，地理书上说大部分地区没有冬天。我们这里就属于没有冬天的地区，三十度以上的炎热气候，每年都要有好多天。每到炎夏，日头无遮无拦地从天顶上照射下来，连一贯吃苦耐劳的牛，这时也会蜷在水塘里，让水和着泥浆，整个把自己浸裹起来，以驱散炎热。树也长得慵慵懒懒的，原先挺拔的叶子，细心的人会看到，这时竟都显出了疲倦的神态，悄悄地低耷着头，仿佛暗恨自己怎么无处藏身呀。北方人来到广西，常感苦不堪言。但是也有为炎夏叫好并成千古名句的，比如唐朝李昂的诗："人皆苦炎热，我爱夏日长。"我这人，没有太多爱好，就喜欢读书，奢读书。书读多了，发觉写书人写的书，春秋冬都无尽地赞美了，就是绝少捧场夏天的，说到夏天无非就是苦夏苦夏。令人遗憾。难道夏天就真一无是处吗，难道夏天就真那么讨人厌吗？读了李昂的书，又是在这正当好一个炎夏日头当空照的正午读的，不禁抹一抹头上滴滴答答的汗珠，把桌一拍，心里大喊声：好诗，好炎夏！香港有部电影就名叫《我爱夏日长》，把一个只有在夏天发生，才如此美好的爱情故事演绎得使温暖深入人心，让观众看了快乐无比。夏天像爱情一样美妙！

在我们广西桂林，越是日头毒晒越是炎热，越要呼朋唤友，摆开桌子，架上熊熊燃烧的火炉，开怀大吃起火锅，吃得大汗淋漓，吃得浑身通畅。有北方朋友被如此吃请，吓得差点昏过去。引得广西汉子女人们见状哈哈大笑。都说北方人豪爽，到了我们广西面对炎夏中的广西火锅，竟然豪爽不起来了。呵呵。

（《柳州日报》，2008 年 4 月 19 日第 6 版，编辑：肖柳宾）

# 你是什么鸟东西

最爱读《水浒传》，不仅爱读它的故事，也爱读它的文字。比如《水浒传》里常这么用字："这厮""那厮"，感觉挺有意思。

语言学家考证，在中国现代语言中，吴音保留着最多的古音，某些古诗，用普通话或者别的方言诵读，往往不押韵，甚至佶屈聱牙，难以上口，若是用了吴音诵读，立马就合辙合韵，朗朗上口了，如刘禹锡的这首诗："朱雀桥边野草花，乌衣巷口夕阳斜。旧时王谢堂前燕，飞入寻常百姓家。"用别的话如普通话来读，"斜"读作"xié"，不会押上韵，若是换用吴音来读，"斜"便读作了"xiá"，完全合了韵律规范了。

我的家乡柳州地处偏僻，在古时，受到中华发达文化的影响较弱，虽然如此，但至今，好像也保留有一些古音古语，像在街坊廊下时常听到的两人吵起架来，最后有一人就会说的"不鸟你"或者"你这鸟人"，便会让我想着《水浒传》里，也常用到的这一个"鸟"字。

《水浒传》里讲述的多为豪杰，因此说到《水浒传》，人们不禁总要想到大块吃肉，大碗喝酒的场面。在柳州这种场面也是比比皆是。我在菜场碰到过一位卖饺子的东北大连人，我问她我们柳州和你们东北有什么不同？她立马说的就一个字：吃！她认为柳州人与他们那里最不同的地方，就是舍得花钱吃。柳州人一个爷们儿花在吃上的钱，若是放在东北，可以足够养活人家一家大小了。在柳州你去街头巷尾，饭肆酒楼走走，猜拳打码，吆五喝六，总是此起彼伏，不绝于耳，甚至声震楼宇。柳州人听了，多会不动声色，或者说一声：这几个死鬼，又有得喝了。

汉语言学家说江浙姑苏语音因为保留了较多的古音，那里的人们讲起话来，显得雅致，常常在一句话里夹杂着一两个古音古语，透露着儒雅。我在苏州生活过一年，确实感觉到了这种书生气十足的儒雅。就以为承继古语古音，就是承继一种高雅。今天再想想，觉得并不一定是这样。就拿我们柳州的柳州话来说，对古人的承继，无疑更多体现出的是一种世俗，或者用哲学家们比较喜欢说的：承继的是一种形而下的东西。它不蹈高，而是向下、向下，一直向下。结果柳州话显出的特色是粗、俗、黄色，每一句话最后都指向性，都要与性或有关性的器官联结在一起。因此，外地人来柳州最初和柳州人讲话，常常总要感到面红耳热。正因为柳州人讲话是向下的，他们的生活也就显得洒脱和豪爽，无所顾忌，非常接近《水浒传》里描述的那些豪杰。这是我喜欢的。

（《南国今报》，2007 年 1 月 29 日第 26 版，编辑：韦巍）

## 雨季来临

原来以为我是很喜欢雨的，曾经写过一篇文章就叫《雨》，发表在《写作》杂志上，写我喜欢雨的快乐心境。记得写到这样一个情节，表达我对雨的欢喜：正是大雨倾盆，飘泼不已时，我会兴奋地跑到河里游泳，然后在水中用一个脸盆反扣在自己头上，静静听雨叮叮打在脸盆上发出来的音乐般好听的声音。

其实当雨季来临，欢喜的时候是有的，更多的却是忧郁。小时候，我们家住在茅屋，每当屋外下起大雨，屋里就下起"小雨"，这"小雨"在屋里到处滴滴答答，弄得屋里没一块干的地方。如果是半夜下起雨来，境遇就更糟了，床上是睡不得了，只能坐等天明。那时我想：什么时候，我家能有一间不漏雨的屋？那时还没读到杜甫老先生的《茅屋为秋风所破歌》，如果读到了，是不是也会不单单只想自己一人一家而产生与他一样的胸怀："安得广厦千万间，大庇天下寒士俱欢颜。"这是多么美妙的情怀啊。因为住在漏雨的茅屋，就很害怕雨，一下起雨，忧虑总是比欢喜多。

后来从农村搬到了县城，终于不住茅屋，不仅不住茅屋更住上了那种很坚固的钢筋水泥铸造的屋，似乎可以舒一口气了：从此不用再担心屋外面下大雨，屋里面下小雨了。可是，每当雨季来临，竟然还是要忧郁，并且这种忧郁着实地更大了。我发现虽然屋外下再大的雨，我们住的屋里绝不会再小雨绵绵了，可是，一旦雨连续下到一定程度，河水汹涌地涨起来，就会毫不留情漫进我们钢筋水泥铸造的屋，再坚实的屋也挡不住洪水的侵入。洪水进屋比小雨进屋更令我感到恐怖甚至绝望。所以记得有好长的时间，每一度雨季来临的时候，我都要无比的忧郁。

直到有一天，这种忧郁才豁然消除。那是 2007 年的一天。这年我刚搬进柳州，柳州就连续下起了许多天的倾盆大雨。河水涨起来，漫进了河边居民的屋。可是我发现那里的居民面对倾盆的雨，面对滔滔的洪水，居然若无其事，悠然地就在水边支起桌子打起牌来。我不禁用照相机把这一幕拍了下来。眼见这种从容和淡定，反观自己对雨总是无比地忧郁担忧，不禁心里失笑，一下心情忽然豁然开朗，从此一扫对雨水的忧郁。

人对一个事物的态度，如果以积极的豁达的心态，往往就可以满不在乎，哪管你洪水滔天，我自岿然不动。

而若以这种心态，去对待生活，去对待人生，一定很潇洒，更值得仰慕。

（《南国今报》，2011 年 5 月 26 日第 48 版，编辑：韦巍）

## 🌀 世界名人

我的父执辈 Y 先生是位藉藉无名的"世界名人"。去他寓所拜访，进了他的书房，首先看到许多的"海内外"各"部门"给他颁发的奖状、证书，他的书案上，还摆放着许多本各种名头的"世界名人"辞典。一无例外，这些辞典里边，统统收录有他的大名，登有他名下伟大的"名人"成就，和光辉的"名人"事迹。有些证书更是赤裸裸，直接便授予他"世界名人"称号。他就这样成了一位藉藉无名，除了亲戚朋友几乎便无人知晓的"世界名人"。

其实俺这位父执辈这一辈子，也就是一公务员的干活，偶尔玩一玩琴棋书画，写几篇文字，在地方上得到承认的是努力多年终于入了市里的作家协会。

像 Y 先生这样的"世界名人"，多年来，在我寥寥的交际里，竟然绝不是仅有，一年里头总能撞见一两个，不过近年有逐渐稀少的趋势。

最近 Y 先生又在向某"团体"申报"最有成就华人"奖，不日可望"授予"下来。Y 先生虽然没能著作等身，可是荣誉满身。

我也入过一部"名人"辞典。那是十年前，俺刚开始学习写作，参加一个"全国诗歌大赛"，不久得到通知，赞扬俺的诗歌写得好写得妙写得呱呱叫，被郑重收录入"中华名诗人辞典"，让初学写作的我乐不可支，原来俺真还是这块料哪，一出手就不同凡响，就可以成了"名诗人"。通知最后要俺交三百六十块钱出版费，俺乐和乐和交啦。不久果然收到发表有俺诗歌的一部厚厚的书，顺利成为"中华名诗人"。不过，这个"名诗人"迄今大约也只有我自己知道。

在中国，做别的事也许不容易，做这样的"名人"却总是很容易，也算是这个躁动浮躁时代特别的缩影。

（《春城晚报》，2011 年 4 月 28 日 A2/24 版）

## 〇 拍客

当你在街头看到一个家伙正扛着他的相机，架着他的长枪短炮，旁若无人地拍摄的时候，你无疑遭遇到了一位拍客。如果你正巧闯进了他的镜头，请你别见怪，你可能已经成了他今天收获的一部分。

不过这么专业的拍客，还是少数，大多数的拍客拿着各种各样的傻瓜相机，在街头巷尾里面瞎窜。我就属于后面这种拍客。我的腰带上时时别着一部傻瓜相机，除了睡觉的时候，不论我到哪里，在干什么，它一定都紧贴在我的身上，须臾不离，就像一位警察腰上别一把手枪，随时准备着要手枪出套，大显身手。

有空的时候我骑上电单车，从河东转到河西，从河南转到河北，总希望发现一些新奇的事物，新鲜的事物，好让我的相机好让我这位拍客能有用武之地。好在世界每天都在变化，所以我也就能拍客不止。

其实我做拍客纯属偶然，那是三年前六月的一天晚上。六月正是雨季，那些天大雨不止，而在这天晚上下得尤其倾盆。我忽然发现门前的马路突然"洪水"漫漶，让我无比惊异无比惊慌：怎么没有任何预告洪水就漫上了大街？！当时我一个人在家，赶紧给静子打电话说快回来快回来，涨大水了。一边打着一边瞅那大水，大水还在四处漫漶。静子不信，说怎么可能涨大水，而政府没有一点通知，处处风平浪静。我可是急了，说大水已经涨到咱家门口了！静子一听顿时轻松下来，反而笑了。她说俺家住屏山大道，如果屏山大道都被水漫了，整个城市也差不多啦！我一想也对，屏山大道是这座城市比较高的一条路，真涨到俺家门口，就是一场百年才遇的洪水。可是这门前的大水又是怎么回事？静子还是很快回来了，看着门前马路上在汩汩流淌的水，告诉我她了解到的情况，不是涨大水，而是马路下埋着的一米多直径的自来水供水主管爆管啦，自来水汹涌而出，造成了这"大水"景象，现在工人正在抢修。我顿时轻松下来。人心情放松了，就有了别样的念想，就觉得这汩汩而流的"大水"真难得，用相机记录也蛮有趣也蛮应该，就从柜子里翻出了相机，撑着一把伞到马路上对着水猛拍不止。拍完了，把这些照片寄给了报社，隔天就被选登了。捧着报纸，我的拍客生涯注定从此开始了。

我做拍客是独行侠，总是一个人游走在大街小巷。我做拍客还有一个原则，就是不干涉主义，不干涉我的拍摄对象，不仅不干涉我的拍摄对象，在任何时候我都尽量不让拍摄对象发现我在拍摄。我要拍摄原生态的这个城市这个社会这个人。任何摆拍都令人无比生厌。所以我不主张也不可能会长枪短炮地拉开什么架势，我手中握着的是一枚小小的卡片机，它只有烟盒那么大，握在手掌里你不特别留意你甚至不知道它的存在，因此你更不知道我什么时候会悄悄打开相机，记录下我眼中生活的瞬间，让顷刻定格成永恒。

百度对"拍客"的定义是这样：用各类相机、手机、数码设备和影像设备拍摄的人。这使我想起在街上看到的很多这样的现象：发生了一件什么突发事件，以前的人们是围观，现在的人们是记录，很多人会纷纷拿出手机，打开拍照或者摄像功能，一顿狂拍。

每看到这种场面，都让我觉得十分有趣，不仅觉得有趣更感到时代的进步，社会的进步，科技的进步，尤其是人的观念的进步，使每一个人都可能都成为记录社会的拍客。

（《每日新报》，2009 年 8 月 2 日第 32 版）

# 堂弟阿新的"宅"生活

阿新是我的堂弟，阿新的理想或者说生活愿望是事情在家做，钱在家赚，娱乐也在家玩。

阿新毕业于美术学院，原先在柳州几家影楼打工，最近辞职过起了"宅男"生活，算是实现了自己"事情在家做，钱在家赚，娱乐在家玩"的理想。

阿新通过几年在影楼行业的摸爬滚打，在这个行业建立了一定的人脉关系，辞职后，通过自己近几年来建立和加入的 QQ 群以及不少业内好友，足不出户用 QQ 就向几乎所有柳州各地的相馆影楼发出了承接做艺术相后期加工的业务广告，他以"收费低廉，做活精细"为立业招牌。在这个行业已经有不少人认识他，广告一打，业务很快就上门了。

阿新每天的"宅"生活是这么过的，他从不熬夜，所以也从不睡懒觉，阿新说自己要做个"有生活规律的新人类"，每天早晨准七点起床，吃过早餐，便坐在电脑前，开始用 Adobe Photoshop（图片设计软件）做从各影楼承接来的相片。过了九点许多影楼开始上班了，阿新一边做片子，一边通过 QQ 和各影楼保持实时联络，或者接下新的活计，或者把已做好的活打包发给对方。一天的"宅"生活总是这么开始。

"宅"生活是很自由自在的，除了有个别要赶工的活，一般工作过程全在自己的掌握中，或快或慢差不多都是随性所至。阿新认为处理艺术图片既是一门手艺更是一门艺术，所以只有随性所至才能既做得有效率又做得好。由于他做出的片子总有一种灵光一现的意外的美丽亮点，他这个观点普遍得到了业内认同。

阿新中午一般吃柳州螺蛳粉，他吃螺蛳粉好像从没厌倦过，有一回他南宁的同学来看他，和他同吃同住了一星期，每天中午阿新照例总是螺蛳粉，后来终于让这位南宁同学忍受不了了，说：你不能换点别的吗？阿新听了大笑回答：你不知道柳州人是吃螺蛳粉长大的吗？让这位同学没了语言。晚餐阿新自己煮，他喜欢的菜肴有狗肉火锅，不管冬夏春秋，这一道狗肉火锅阿新总是百吃不爽。其实不只阿新这样，真正的柳州人大概都这样，这几天气温高达三十五度以上，在柳州满大街的狗肉火锅店处处人声鼎沸，高朋满座。

　　阿新空闲的时候喜欢在网上同人家斗地主，而且斗得如痴如醉。这让他那位南宁同学看到了，学着他的样儿大笑，笑完后板着脸说没品位！阿新不在乎人家说他没品位，他只在乎自己投入的快乐。让这位同学没了脾气，据说最后还被阿新成功地拉下水，也成了乐此不疲斗地主的玩家。阿新说，有时候你不喜欢，是因为你不了解。

　　阿新到了晚上十点是一定要上床睡觉的，但一般是睡而不觉，躺床上看书。他说书不仅是人类的朋友，书更是人类的依靠，是人类的拐杖。所以他把灵魂最安静的时候留给书，每晚上要读一两小时的书。这些书基本是他从网上淘来的。

　　阿新的“宅”生活既另类也平常。

（《南国早报》，2009 年 11 月 8 日第 28 版）

## 夭折的喇叭裤

一九八四年我正在一座叫融水的县城上高中。九月的天，太阳高照，空气明净。

早些日子我偷偷做了条喇叭裤，裤子做好了，却一直不敢穿。

做这条喇叭裤也颇费了点周折。那天是个星期天，我从我住的融水县人民医院大院走出大门，我百无聊赖，因此漫无目的，在大街上闲逛。

这么走着走着，突然想起了喇叭裤。

我们大院里的"社会青年"有不少人开始穿起了喇叭裤。

他们常常穿着喇叭裤，留着长头发，戴着墨镜，背着把吉他招摇在马路上，边走边弹边唱。

喇叭裤宽宽的裤脚和着他们的节奏，在风中噼噼啪啪打着节拍。

现在的人会说，模样很酷；那时的人说，样子流里流气。

他们"流里流气"招摇过市，总是吸引很多人的目光。

这些目光里有鄙视，也有倾慕。

流露出鄙视的多是上了年纪的人，流露着倾慕的总是少年人。

我想到他们，突然决定去做一条喇叭裤。

这么想着我开始沿街寻问裁缝铺：做喇叭裤吗？

裁缝铺里的裁缝听了我的询问，总是摇摇头，并且眼睛露出茫然。个别的还反问我：什么喇叭裤？

要解释一番我真是觉得很不值得。

但是我必须解释，不然我的喇叭裤可能就会做不成。

当我再走进一家裁缝铺的时候，还未等对方问，我就先解释了：喏，我是要做这样这样的一种裤子。并且连比带画。

这个裁缝好像还能听懂，最后他这样总结：就是屁股包得紧紧的，裤管能够进风的。对吗？

他的总结虽然有点儿难听，理解得还算正确。我说对了对了。

好了，就这样费了一点周折我做了一条喇叭裤。

今天那么好的天气，心情很好。心情好，人胆子就大，打算穿上喇叭裤去上学。

但是，我磨磨蹭蹭。原因是我胆子再大，还不敢当着父母的面穿上它。等到他们终于出门上班去了，我才急急忙忙，三下五除二，换上我的喇叭裤。

穿上喇叭裤，走在路上，感觉脚踝被宽大的裤管抚弄得虚虚的，而臀部被裤子包得紧紧的又有点难受。下虚上实，人就觉得飘飘然，走路也不踏实，脚上时时盛开的两朵喇叭好像随时要把我吹跌。

我们的学校是全县学校的样板校，也就是说它是县里所有学校的榜样。当一个人或者一个单位没有成为榜样前，他会创造一些东西：而当一个人或者一个单位被树立成榜样后，他往往就只会扼杀新生事物了。

我刚进校门不到五分钟，就被校长找去。校长是我父亲的故交，所以他见了我，严厉而干脆，没有一句多余的话。他说，给你两种选择，或者回去换裤子，或者从此再也不要来上学！

我听了也很干脆，转身就走了。

过了约一节课时间，我回到了学校，变回了乖学生模样，穿着我平常穿的裤子。

一场风波起于青萍之末，也归于青萍之末，无声无息，只剩了我那条夭折的喇叭裤躺在我的衣柜底。

这以后的不久，融水这座小镇主要街道像全国一样都有了管喇叭裤的纠察队员，他们每人手中拿着一只空啤酒瓶，看到谁谁走过，叫停下来，用啤酒瓶往裤管里一塞，塞进去了还宽敞着的，一律被认定是喇叭裤，用剪刀咔嚓就剪了。

也不记得又过了多久，好像又没有过多久，街上喇叭裤、牛仔裤、直筒裤、西装短裤，穿什么裤的都有了，也就是人们爱穿什么穿什么了，再没人管。虽然我却再没有穿起喇叭裤。

社会的开明总是从最初的拒绝中走来，总是从粗暴甚至野蛮中走来。

（《联谊报》，2008 年 2 月 23 日）

# ☁ 二十世纪八十年代的浪漫

山是沉默的，风刮过，呼呼响的，城里人旅游到山里，听到，说是山的声音。

其实，不是山的声音。

山不说话，饶舌的，都像这些来到山里旅游的人们。

二十世纪八十年代，中国人拍电影喜欢浪漫，当然，现在大家再看这种电影，评价会不同，会认为造作。

但是，那时都以为是浪漫。浪漫之一是，男女主角恋爱正欢，导演便安排男主角将两手掌合在嘴上，张开大嘴对着山放开嗓子喊：我——爱——你！群山回声：我——爱——你——！我——爱——你——！我——爱——你——！袅袅余音在群山中回荡不止，好像这么喊一嗓子，或者喊几嗓子，爱的感情就融入了群山，从此和山一样永恒长驻了。看得出，至少导演是这么觉得。

二十世纪八十年代中，我还是十来岁的毛头小伙，乳毛未干，但已经知道渴望爱情。

爱情可不是你渴望她就到来的，不像一杯水，你口渴想喝了，拿起杯子，就能够得着满足。所以，我只能在一边欣赏爱情。欣赏爱情的方法便是看电影。

在中国电影里，处理爱情的另一模式镜头就是，女主角满山地跑，男主角跟尾狗一样地追，还要进行蒙太奇处理，还要放成慢镜头，让女的男的，一下都变得轻飘飘的，成仙了一样，在山上一个一个腾云驾雾追逐。

我第一次看是叫《庐山恋》的电影，看到这个镜头，我们村里的年轻人，又吹口哨又骂脏话高兴兴奋得一阵乱起哄。

这个镜头，处理得实在太令人要把牙齿都酸掉了，被太多人病诟，后来拍的电影，忽然就绝迹了，再没有这类镜头了。

但我在这里告诉导演，你因为拍了有这种镜头的电影不要觉得不好意思，因为那时，我们村里的年轻人实在真心地欢迎。我看了，虽然牙酸酸的，心里却也羡慕得很啊。

从我无意中举出的爱情两例，竟然都是和山有关。

这证明什么？证明山是沉默的，他不会打扰别人的饶舌。最喋喋不休的，就是爱情，唯有靠山才完满地包容。

我们的工长结婚那天，无例外地大伙不放过他，想出办法来乐一乐，有人要他彻底坦白恋爱经历和感受。

他说，我发现我把一生的话都快说完了！

有人听了哄笑，也有人听了讪讪地笑。

（《甘肃日报》，2011 年 6 月 20 日）

## ☁ 穿着拖鞋的城市

我在上海生活的时候，所见到的，男人基本上西装革履，油头粉面，衣裳光鲜，皮鞋锃亮；女人基本上着装时尚，仪态端庄，风姿万千。我在上海工作的大表弟郭凯凯和二表弟张秉秉，都这副德性，出门前一定要对镜梳妆，左看右看，生怕有不检点和失仪的地方。弄得我老不耐烦。

我记得我小时候六七岁时，在上海，我的娘娘每带我出门，或去拜访亲朋好友，或只是逛逛街进进商场，对我的着装一律不容含糊。除要仔细检查衣服上每粒衣扣都扣上了吗，皮鞋上油了吗，用抹布打亮了吗，鞋带系好了没有？是胡乱系的，还是打上端正漂亮的蝴蝶结等，有时甚至还要在我小脸上扑上一点粉。

本来，能被大人带着出外玩儿，是很高兴很令人兴奋的事，可是这么一番摆弄，弄得我眉头直皱，不高兴起来了。这时候我娘娘边帮我打理会边笑着逗我"嘴巴翘得可以挂油瓶啦"，听了有时更气愤嘴巴翘得更高，但有时扑哧一声也只好笑了。

多年前曾经热现过"奶油小生"这个词，刚开始好像还是带点褒义，意指温文好看的男生，后来就全是贬义了，特指没男人气之男子。我小时候应该就是那种有点女孩子气的"奶油小生"吧，白白净净，斯斯文文。我的相册有一张我六岁时在上海冠龙相馆照的相，应该是夏天照的，相片上一小男生，梳着三七分头，上着雪白衬衣，下着笔挺深色西裤，衬衣扎在裤头里，两肩还背着裤背带，脚上套着白袜子穿着一双黑色皮凉鞋，双手背着，以一副愁眉苦脸好像有着万般的苦大仇深模样，愤怒地站在镜头前。我最不高兴最苦恼又最无可奈何的时候，便是这般令人好笑的模样。

从小我就很讨厌着装太过严谨，但是小时候没办法，大人讲什么你得听什么，大人要求你什么你得做到什么。长大了，心里最高兴的是，这下，可以自己为自己做主张了，所以立即，西装是一定不穿了，长大以后这么多年来都只穿那种宽松的休闲衣服，宽大的肥佬长裤，穿在身上虽然不上相，却能脚下生风，感觉自由自在，不亦快哉。

在上海许多的宾馆堂口，商店饭店，显豁的大门口，都有立这么一个牌，上庄严写着：衣冠不整者，拒绝入内！我看了这个牌子总很胆怯，害怕自己是衣冠不整者，走到门口，会被服务生威严地双手一伸，把我拦在门外，拒绝入内。总要下意识打量下自己，好在最后给自己下的结论是，虽然我不是西装革履，虽然我脚下没穿锃亮皮鞋，但着装也还算齐整，敞开着的夹克若要算不整一例的话，立即给予改正扣起来或者把拉链拉起来，也算得整齐了。这才对自己有了点自信，宝相庄严地推门而入。

所以，在上海我很怕出门访客，而在家待客也有点担心，好在家是自己的，我的地盘我做主，就壮了点胆，何况有人家要上门来拜访你，由不得自己，那是无可奈何的事，只好勉为其难。读初中的时候，我的一位物理老师除了教我们物理课，还在课中很爱给我们讲一些科学家的故事。他讲的这些故事，我都爱听，记忆深刻。比如他说到这样一则故事：有一个科学家为了拒绝应酬，就总装着任何时候他的胡子都没刮完，不论是哪个客人来拜访，他总是正好在刮胡子，不宜接待来访者。来访的客人就只有悻悻然乘兴而来败兴而去，打道回府了。那时我听了，觉得这位科学家真是很高明很聪慧，以这样绝妙的方式拒绝别人，把时间节省了下来。是男人总长胡子，长胡子总要刮吧。后来，长大一点了，有了更多的阅历和对事物的判断，就开始怀疑老师这个故事的真实性了。如果偶尔有客来访，说是正刮着胡子仪容不整不宜接待，还说得过去，但总是正在刮着胡子，就说不过去啦。再长大点又想到这个故事，却又有了新的看法，觉得老师讲这个故事应该还是非常真实可信的。科学家们在他们的专业上自然个个是人精个个绝顶聪明，是世上极品，但在生活打理、人情世故上却常常是百分百白痴，有些更是自以为是、自觉聪明的高级白痴。所以这个科学家每回都以同样一个理由打发人家，十足可信，他在待人处世上的智商不难想见完全可能也就只是二百五。

我常想，如果有座城市，能容我胡乱地敞胸露怀，胡乱地趿着拖鞋，到处走而别人不以为意，或者别人竟也同我一般地胡乱趿着拖鞋，踢踏踢踏，在这城市里，爱去哪儿去哪儿，就好了。

但是我又想，文明的进化和发展，总是以对人自身的制约和剥夺为代价的。每一点进步都是对个人更多的剥夺。比如路，远古的时候，还没发明车，路是人走的，人在这路上爱怎么走怎么走，横走竖走，向前走退后走，任凭你；后来，发明车了，路还是那路，人却不能爱怎么走就怎么走了，再后来，比如现在，更发明了高速公路，这下，路索性就完全不让人走了。你这不让人走的路，你说，让人可怎生是好！我常为横亘在我面前的许多各种各样美好的路而不能走，一边表示能够理解，一边又望路叹息。所以返璞归真，想法是好的，但在大热的天，光着脚板想踢踏着一双拖鞋无所顾忌，快意地走遍你居住着的那座城市，却也许不现实。

直到我来到柳州我才知道，原来一切的美好不是不存在，是你还没找到；一切的梦想，不是不能实现，是你还没有来到能够实现它的地方。

到柳州是一个熏风拂面的初夏，白天温热，夜晚温凉。温热和温凉都让人产生美好的感觉。我的堂哥专程来火车站接我。堂哥是个大个子，见了面，奋不顾身冲上前来对我一把就来了个大熊抱，我被他熊抱得双脚离地，悬在空中，顿时失去了自主，又不便挣扎。堂哥熊抱着我，久久不放。我们至少已经有十年没见面了，他用这种形式表达相见时他的激动和表示他对我的挂念，我应该感动，我确实感动了，并且感到我在他温暖的熊抱里待得越久感动得就越深，就差稀里哗啦热泪盈眶了。后来堂哥终于放下我了，说，我们走，背上我的包，转身大踏步就向前走去。他向前开步走的时候，每走一步都带出鞋子砸向水泥地面的坚定、清脆、响亮的声音，踢踏踢踏，这种声音使我感到地表都跟着产生了微微震颤。不禁寻声低头看去，原来堂哥脚着的竟然是一双板鞋（音 hai），也就是我们古人或者现在的日本还在说的木屐。不过柳州人叫作"板鞋"，我觉得更恰如其分，更掷地有声，更形象有趣。他踢踏踢踏大踏步向前走着，一路旁若无人，与他擦肩而过的所有人，也旁若无人同他擦肩而过，没有一点被他的踢踏有声骚扰。

火车站的广场上像别的许多城市的广场，很多人。见我们拎着大包小包，有一辆三马车吱地就赶来停在我们面前，司机说，坐车吗？堂哥把行李往车上一放，拉着我上了车，说，箭盘山。司机轰地发动车，走了。他发动车的时候我眼睛的余光下意识扫到了他踩着油门的脚，发现竟然着一双拖鞋。

今天，我回忆到这些不觉咧嘴微笑。

柳州是一座穿着拖鞋的城市，当初是我少见多怪，现在已见多不怪，自己也整天地穿着一双拖鞋，不管在柳州这座城市的任何一个角落，踢踏有声地走着。你在柳州的任何地方，很少见到像在上海随处见着的那个"衣冠不整者，拒绝入内"的牌牌，偶尔见着，你若穿着一双拖鞋，你也基本可以当它不存在，不妨踢踏有声大踏步入内，没人会突然横在你面前，两手一伸，把你拦住。

最先真要让自己脚着一双拖鞋出门，倒是踌躇了很久，觉得太不礼貌了，后来还是经不住穿着拖鞋的快活快意的诱惑，终于踢踏有声把拖鞋穿出了门。

从此以后，不管是去最有名的商城工贸买衣服，还是去后来居上的南城百货购零食，不管是到柳州宾馆的旋转餐厅宴请外地来柳的狐朋狗友，还是去青云大排档过嘴瘾，一年四季，除了最冷的冬天，大多时候都踢踏着一双拖鞋，出得厅堂入得厨房，没有不去的地方。

现在，柳州已经进入冬季，冷风吹过，有的人把羽绒衣都穿上了。昨晚去逛步行街，竟然见还有不少人仍然穿着拖鞋，悠然地闲逛。拖鞋是棉做的，踏在路上寂然无声。看来柳州这座城，四季都留着拖鞋的风光啊。

为什么柳州会是一座穿着拖鞋的城市，为什么柳州人爱穿拖鞋？百度一下柳州，百度上说柳州是一座"高温、高湿、多雨"的城市，也许正是这种地理气候促成的吧。更许是因为柳州人性格粗犷，不拘小节，率性随和，所以能够包容下一双拖鞋在城市里的恣肆。

（《柳州日报》，2012 年 11 月 29 日第 10 版，编辑：肖柳宾）

# ☁ 小灵通

　　凡是有想象力善于幻想的人，都有预见之明。很多年以前，这个"很多年以前"应该是二十世纪的七十年代，有一个名叫叶永烈的科普作家就先见之明地为小灵通命名了，他写的一本科幻小说就叫《小灵通漫游未来》。那时我在上小学，读得如痴如醉。几年前人们把一种城市短程无线通信用的通信工具便称为"小灵通"，也许就是借用了叶永烈对这个名字的发明。叶永烈如果去讨要发明费，兴许厂家出于名人的广告效应，会向他支付。

　　小灵通的好处是单向收费，话费比移动手机便宜。它的缺点是出了城市便无法使用，甚至在城市里常也不能如意使用。有电话打进来了，你在屋里把电话一接通，可能立即会遭遇没有信号，断线了，很恼人。所以接打小灵通，要能保证通畅，放心接打，你一定得站到屋外，能站到旷地里最好。

　　柳州是座有百万人口的城市，柳州这座城市沿柳江而建。这条江虽然不是九曲十八弯般的婀娜，却很有特色，它以一种状似葫芦的形态以一百八十度的形状穿越城市。它的走向是这样，先由北面插入城市，直入城市心脏，在心脏位置突然以一百八十度掉头，又转向北方离去了。有伟人写诗吟咏江河曰"大江歌罢掉头东"，柳江这条江在柳州这座城市唱完一首歌，却没有掉头东去，竟然是再度掉头北上，又流回去了，真是奇怪啊。我喜欢柳州这座城市，我喜欢柳江这条怪异的江。

　　于是 2000 年我在柳州这座城市的柳江旁居住了下来。没事的时候就沿着柳江散步，看江水看江景，看小灵通的信号发射塔在马鞍山上竖了起来。有一天正散着步，小A突然发现连我们居住的屋顶也竖起了小灵通的信号塔，她歪着头对我说，我们也买一部小灵通吧。

我一直对小灵通嗤之以鼻，小灵通是什么东西嘛，四不像，没有生命力的，怎么可能比得上移动手机。不同意。我判定小灵通在柳州不会有市场，更火不起来。

没想到忽如一夜春风来，大街小巷开满小灵通。才发现柳州是个务实的城市，柳州市的市民是实在的市民。我问我的同事小P，你为嘛买小灵通？他说，小灵通机子便宜，接听不收费，打出一毛五一分钟，我干吗不用？那时我的联通手机打出是六毛钱一分钟，常常舍不得打，小P每见了总大方地一笑，把他的小灵通朝我面前一伸，说，喏，用我小灵通打吧。

真没想到不到一年间，柳州市民拥有小灵通的数量就超过了拥有移动手机的数量。柳州人的务实就务实在这里，它对一种商品，并不十分挑剔，不追求尽善尽美，只要省钱能用，就行。像小灵通，基本能用，有时可能会偶尔妨碍接打，和差不多总得在屋外接打，这些缺点柳州人不计较。

我不能总用小P的小灵通打电话，得人家一次方便，不能次次要人家方便，只好投降，也去买了一部小灵通，是德国造的，虽是直板机，却比移动手机小巧。小灵通握在手里，突然有一种从此可以尽兴打电话接电话的轻松。

那时候很搞笑，我们的老板，腰带上竟然挂满叮叮当当的东西：一大串钥匙，这是没办法的，谁叫他是老板呢，管着家嘛；一只BP机，一只移动手机，再有就是一部小灵通。有时候所有的东西都在他的腰间响了起来，连他不该响的钥匙串也被他手忙脚乱的弄得哗啦哗啦乱响。我们都掩嘴偷笑。

我喜欢跟老板一块去办事，喜欢看他接听电话时手忙脚乱的模样。老板是上司却一点也不摆上司派头，外出遇到需要付费，总是抢着付，人长得黑不溜秋，尖嘴猴腮，与他一块去联系客户，客户常把他错认着随从，他也不介意，人长得就是那样他自嘲说。小P长得气宇轩昂，十分帅气，常被老板拎来，跟他一块跑客户。网上曾流传一幅有趣的漫画，画的是武大郎开店，店员一个比一个矮。事实上是否这样，现代人谁也不知道。我却知道我的同事小H人长得蛮漂亮，谈恋爱去会男朋友，找的电灯泡精心挑选一定不能比她更漂亮。大家都会心微笑表示理解万岁。老板却不是这样，自己长得不咋地，却一定要一些英俊小生跟着去办事。我们就觉得老板心胸宽阔。

　　照说有钱人，不必那么精打细算，可是柳州的有钱人豪爽也很豪爽，却也不忌讳精打细算，所以在我认识的老板中，为了省钱人人都配有一部小灵通。常常大家正在屋里谈着话，有人小灵通一响起来，一边拿起来喂喂，仰脸望天，一边乱步走出屋外，因为担心信号不好，慌忙的样子总有点滑稽。

　　我的小灵通我最担心的就是人在屋里睡下了来电，刚一睡下，或者已经睡着了，小灵通铃铃铃地响起来，如果是在寒冷的冬天，接还是不接，是个考验。接要披衣冷嗦嗦跑到屋外，要多难受有多难受，不接人家电话打进来了，多不礼貌，所以不管如何难受还是一概皆接。有人临睡前要把手机小灵通统统关了，我觉得好生奇怪，后来发现别人都不奇怪，几乎人人都这样做，倒是我自己二十四小时开机成了另类。

　　小灵通果然因为天生缺陷，不几年就彻底退出了市场，尽管仅拥有短短几年的商机，有人抓住了，却也大大地发了财，我认识的一位老板就是做小灵通发达起来的。

　　我所买的小灵通已经十年了，现在仍然功能完好，但在我的记忆中却已经是老古董了。叹世事变化，真快。

（《柳州日报》，2012 年 9 月 27 日第 10 版，编辑：肖柳宾）

## ⊛ 锦衣裸行

　　穿着一件华美的衣裳在黑夜中行路，这是锦衣夜行，对此，人们说遗憾了，我却觉得这样也蛮有诗意。和"锦衣夜行"类似的还有一个成语：明珠投暗，都讲的是美妙的、富丽的东西没能给它耀眼，没能让它在人们面前熠熠生辉，光彩炫目，可惜了，要扼腕大大叹息。所以小混混儿韦小宝发达后，他的顶头上司康熙小皇帝便对他说，小桂子，你现在当官发财了，我让你回扬州老家去，大大地光宗耀祖一番。但是韦小宝不学无术，没教养，不明白康熙这句话的历史传承下来的含义。康熙也不以为忤，继续把话说得更加明白了：他妈的小桂子，富贵而不还乡如锦衣夜行，过两天你就回去，大大地风光一把。

　　一般人终于有了出头之日，最想的就是回乡炫耀一把。我自己也强烈地生出过这个念头。很多年前，俺好容易混进了革命队伍，成了一名军人。俺在家乡一直是弱不禁风风吹要倒的弱书生形象，现在军装一穿，倒也英姿飒爽。就想若这时能穿着这身笔挺的军装，回到我家住的那座山区小县城，那么雄起起气昂昂地在小城里走一圈，在许多认识的人面前炫耀炫耀，是一件多么爽心美妙的事情。这正是一种富贵而要还乡的心理。但作为一个新兵蛋子，乡是不可能想回就回的了。新兵两件事：照相和写信，那天我把照的相领回后突发奇想，便将自己照的五寸全身相晒了几十张，都以明信片方式寄出去了，这是穿锦衣而"裸"行，想象到最终它会代我在小城各处都风光地走上一圈，好不得意。几年后每想起这件事，便不觉得有什么可得意了，倒总要生出很强烈的羞涩来，觉得自己也太轻浮张扬了，不应该，你不就当了兵嘛，有什么好炫耀的！

那时我觉得当兵是一种荣耀，所以要锦衣裸行，而我的叔叔却不这么认为，他说，好铁不打钉，好男不当兵，极其反对我从军，对我最终还是当兵去也，老大不满。从这件事可看出，对所谓"富贵"各人各有各人的看法，我觉得自己因为当兵而"贵"了一把，我叔叔却认为我从此完全成了废铜烂铁，太令人失望了。叔叔说我出生于书香门第，自应传承书香家风，将来做个读书人。我呢那时却偏不干。

自从我对锦衣裸行有了另外的看法，以后对自己就尽量地收敛了，低调了。就算人人认为你又富又贵，你便满面春风起来，穿锦衣而日行，富贵还乡，终究也没什么意思。人这一生，说到底没有什么可炫耀的。

（《柳州日报》，2008 年 6 月 14 日第 6 版，编辑：肖柳宾）

# 长安骑楼

　　位于桂北的融安县长安镇是广西四大名古镇之一，骑楼算得上代表了镇上特有的风貌。

　　我真正对镇里的骑楼发生兴趣是在两年前，那时我刚从江南的水乡来到长安，那天下着细密的春雨，桔如带我观光城镇的风光，就行在这骑楼内。仰脸看天，首先见到的常常是骑楼雕花的屋檐，给人凝重和古朴的印象，在这淅沥的雨丝声中，像在倾听骑楼诉说着古醇的民风民俗，而骑楼自身就正是一道最美丽的人文景观。骤然发现这点，让我兴奋不已。

　　一边走着一边细细地观赏雨中的骑楼。我感到奇怪，江南多雨，最应该却终未形成骑楼式的建筑风格，倒在这偏隅西南的边镇悄然矗起，蔚然林立着了。它是由建筑物的二楼在底层的基础上向外骑出约二至三米，用两根砖柱一左一右撑起来形成的。这种人们未曾进屋便已先得着了屋宇的庇护，免遭风吹雨打日晒了，真是一种非常聪明的建筑样式。骑楼的下面是店铺，一间一间紧密连接起来就形成了街市，也形成骑楼独特的走廊。顾客行人走在其间，不管刮风下雨，尽可优哉游哉，安心购物流连，无须受风雨之苦，实在是很惬意的。像此刻的我，在这风雨中，倒仿佛显得更从容地领受到了骑楼别致的景观。也许只有在雨里才真正显示了骑楼完整的韵味。听说眼前这水泥的街道，原先还全都是青石板铺就，那就更是别具品味了。可惜我生亦晚了，无缘亲身领略到那份更接近自然的如诗的画意，只能在这里做些许的遐想，聊以自慰。

　　如今现存的年代最久远的骑楼，大约是建在民国十六年以前，即是一九二八年，距今至少也有七十余年历史了。细看骑楼的沧桑，一般人都能够大约判断出它们的辈分：最先的是全土木结构，然后是泥砖结构，当代的是钢筋水泥结构。先前还雕着花饰，注起几何图案，最近的便大多毫无修饰了。这些便是骑楼一般的变迁史吧，越接近现代，用料上也就越加坚固耐久，风格上却更简单实用，更少了表面的繁复华丽，节奏虽更明快简洁，同时却也缺少了那种细腻的传统工艺所展示的，最具有民族特性的典雅的装饰美，这常让我在品嚼玩味时惋惜唏嘘，感到一点遗憾。并且随着建筑技术的进步，骑楼正逐渐被一种既吸取了骑楼原有让人在户外也能遮风避雨的优点，又更节省材料取消了两根立柱的吊楼所取代。

我萌生了一个心愿，想在这些古久的建筑物如今还未曾被现代的钢铁建筑，完全无情地排挤湮灭之前，用手中的相机拍摄下来，为历史保存下它们曾经的风貌，以示今人以示后人。它毕竟是我们人类我们民族，我们这个地域的一份有着它自身蕴含着的无可取代的文化遗产，就像北京的四合院，上海的弄堂，苏州的民居一样。正是这些林林总总，如此众多，风格迥异的建筑物，才聚汇成我们中华民族所以博大精深的建筑文化。

想到这里，仿佛和骑楼便结下了一份令我感动的不解情缘，一种似乎不需言语心照不宣的契合，我的心顿时感到一阵难以抑制的激动。

（《厦门晚报》，2009 年 3 月 24 日第 27 版）

# 影响我一生的两本书

　　那年我正在融水读中学，七月份的一天，一场百年不遇的大水，几乎把整座县城都淹了。那天我和同学赵杰支了一张木排在已成河流的街道游走，走近新华书店的时候迎面向我们飘来一本书，我捞了起来翻了一翻，顿时无比兴味。这是一位外国人写的关于"悖论"的书。从这本书里我第一次知道，原来在我们的文化里还有一种叫"悖论"的东西。当时我当即读了大概两页，立即深受里面论述悖论的文字吸引。由于书已被水浸湿了，我没继续读下去。后来每想起当初我没继续读下去，就深感后悔。机遇有时就是这样，你千万不要轻易放弃，你一旦放弃了给你的这一个机遇，你也许就失去了一辈子的缘分。我读的这两页文字说的是一个悖论的故事，现在具体的故事已经不记得了。但是仅仅读了这两页书，我已经知道了，在人类的生活中以及在人的思想和逻辑思维里都充满着悖论，也就是充满着一种无解的矛盾。在读这两页书之前，我还不知道事物中还会有无解的悖论，在我简单的头脑里我一直都认为世界没有不可解的东西。现在我感到豁然开朗，从这本书里得到了观察事物的另一个视角，触摸和理解了世界还有另一面。我把这本书交给了赵杰，让他把它晒干了，然后两人再一块慢慢研读。可是赵杰竟然把这本书搞丢了。我再没能读到。很多年来我一直在寻找这本书，学校毕业以后从军在广州，暗自欢喜，想终于有机会可以到大图书馆看书了。很快办到了中山图书馆的借书证。但是我在汗牛充栋的中山图书馆里却没能找到这本我那时几乎日思夜想的书，甚至关于悖论的书，我竟然一本也没能找到！至今我也没有看到这本书。尽管如此，尽管我只读到了这本书短短的两页，可是它影响了我一生，它使我对这个充满矛盾的社会不感到惊讶，最重要的还在于，它使我对人类无法解决一些矛盾，也不感到惊讶。

还有一本书也影响了我一生。有一天我的母亲从单位拿回了一本书，当时她单位正在组织员工学习这本书，这是华罗庚写的一本叫《统筹方法平话》的书。那时我对什么杂书都感兴趣，母亲把书随手放在书桌上，我见了就拿来读了。一拿起来阅读，顿时让我万分惊喜！我没想到还有书教人怎么安排生活工作的。这本书里写到这样一个生活事例：要喝茶需要洗壶子，生火，烧水，拿出水杯以及洗水杯、泡茶等。一般可以这么做：洗好壶子、生火、烧水，等水烧开后，拿出水杯清洗、拿出茶叶泡茶。但这本书里的方法是，你在烧水的同时，趁水正在烧着还没烧开的时间，就把杯子洗好茶叶准备好，当你弄好这些事的时候，水刚好就烧开了。两种做法，达到的目的是一样的，所不同的是后一种提高了效率节省了时间。我读着大感兴味，它突然使我看到人在做一件事的时候，应该不要盲目地或者依自己的生活习惯按部就班做，而是应像这本书里所教导的那样，要按统筹学原理，先把所要做的事一项一项列出来，然而通过统筹有机穿插在一块做，这样可以大大提高效率，事倍而时半。如果说前一本书影响了我对事物的认识，那么这本影响了我做事的方法。它使我知道在我们平常生活、工作、学习中，如果要更有效率，都离不开一种叫"统筹学"的科学。

（《图书馆报》，2012 年 8 月 10 日 A22 版）

［选入《春华秋实》广西新华书店成立六十周年纪念文集（1949—2009）］

# 我所向往的不是城市

　　我基本没有向往过城市，很多时候我都希望能远离城市。

　　我在十八岁以前，有一半时间生活在城市，有一半时间生活在农村，并且呈一种交叉的生活状态，有时生活在农村，有时生活在城市。但是十八岁以后生活虽然依旧动荡，一会儿在这里，一会儿在那里，却再没生活在农村。

　　十八岁以前我所生活着的城市主要是上海，上海是我母亲的娘家，我的幼年是在上海外婆家度过的。

　　后来我还在广州、苏州这样一些知名的城市生活过，也在一些诸如马鞍山、柳州这些不怎么知名的城市生活着。

　　我在城市里面坐着或者走着，安静地怀想一些什么的时候，总会油然地想望农村，想望农村里的稻田、树林，村路边的花朵和小草，我在这么怀想的时候，仿佛便闻到了稻香，沁心无比，令我陶醉。

　　少年时代的生活，虽然充满了朦胧无知，胡思乱想，有时在上海生活，有时在偏远的广西农村生活，我却从来也没有羡慕过城市，每回到了上海最后要离开时，我总是很高兴，有点急不可待，但是当有一天我知道我们家终于要从此离开农村回到城市，我却大哭，不肯离去。我也不知道这是什么原因。我记得我当时死死地抓住从此别离的那扇由木柴做成的门扉，不肯放手，直到父亲用劲把我的手生生掰开，半拖半抱地把我弄上车。车离去的时候，我泪眼婆娑，扭头回望那扇人去屋空在风中无奈张合的柴门，无比伤悲。

　　中国几千年的文化传承，始终都充满着一种田园情结，总情不自禁颂赞田园诗画般的生活，就算在当下的工业化时代，也不曾改变。最具代表性的大概数陶渊明的"采菊东篱下，悠然见南山"了，那种总算从此能安居田园，悠然自得的心态，只通过这一句，便已表露得如此淋漓如此尽致！我还读过不少中国的古画，描摹到农村的田园生活时，也全是对田园生活的欣赏和赞美。这些画读了让人不仅是产生向往，而且是使人心变得纯净。文艺作品总是有一种净化人心的力量。我也许就是受到了这种力量的驱使，让我纯净而少了些俗世念想的心，偏爱农村，偏爱那些田园生活。

我也知道，自从工业化进程开始以后，田园生活其实上都是在纸上美好了，那种闲适淡然，那种与世无争，那种悠然自得，那种自满知足，都是纸上的东西，是当代文人们的一种幻想。工业化进程的大踏步必然要以对农村的掠取甚至践踏，最后使其濒于破产为代价，凋敝和荒芜是农村田园与工业化城市对峙的结果。因此，现实里的农耕生活，事实上是艰辛而几近无望，这在百年前的英法国家是如此，在我国的当下亦正是如此。农业喂养了工业，工业发展起来，农业却走向了贫困。好在人们终于认识了工业需要反哺农业，许多国家都这么做，我们国家也在这么做。然而大量的农业人口依然在背井离乡大规模涌入城市，这从历史的角度看是一种必然，不以人的意志而转移；从个人的角度说就是一种生存的无奈和另一种新生活方式的开始。这些年来，我村上的玩伴几乎已全部离开了生养他们的农村，以各种各样的方式，以各种各样的渠道走进了城市。

尽管如此，城市的文明生活并不能完全地吸引我，当我在享受高度快速发展的城市文明带给我的诸多好处时，我也总在怀想农村，怀念农村，梦想农村，我希望有一天我能够再度回归农村，回到农村，安静地坐在田亩旁，想一想我一直没能离开或者说一直没有勇气离开的城市。

（《教师报》，2009 年 12 月 2 日 B2 版）

# 上海酱瓜

出了弄堂口，是个小小杂货店，小得似乎只能容下转身之间。门面上，摆了六七个坛坛罐罐，玻璃做的，里面腌着蒜头、姜、豆角，当然，还有酱瓜。等着你把它买回家。

酱瓜的一种最简单的家常做法，就是把一条新鲜黄瓜洗净了，放在竹篮子里，略凉一凉，待表皮的水分晾干了，连切都可以懒得切，整条儿地便扔进酱油盆里浸泡，过得几天辰光，嘴实在等得馋了，夹出来，即可大㗅。咬在嘴里，嘎嘣嘎嘣的脆，声音好听极了，引得听到的人也要跟着嘴馋，淌哈喇子，但是，味道嘛，当然，不能与正宗的酱瓜相比。

正宗的酱瓜得到弄堂口那间小杂货店里买，一毛钱一根，或者多少多少钱一斤，买回来了，切一小片一小片，装碟里，早上，送泡饭。平常吃一碗，有酱瓜下饭，舍不得放筷，再加一碗。酱瓜味道最美的吃法是不要切片，整个儿地放进嘴里，一小口一小口咬下去嚼，嘎嘣有声，虽然不够文明，吃相定然有点儿难看，但要吃到好味道，就管不得尊相美丑啦。这么吃着，味道真的好极了，美不胜收啊，令人品味无穷啊。

酱瓜的味，咸中带甜，甜里透咸，脆口生香，像一支曲里的两组美妙旋律，在口中缠绕着，余味不穷。

十八岁的时候，到广州当兵，几乎跑遍了广州城，也找不到一根酱瓜，让我无比地沮丧遗憾，觉得广州实在样样都好，就是没有酱瓜不好。

柳州也是这样，每进商场，逢买食品，我都要留心寻找酱瓜，可是千寻万觅，始终是给你来个无踪无影，觉得好生奇怪。俺多次说过，如果上海的酱瓜来到广州柳州，一定畅销，大受欢迎，好东西，美好的东西，到哪里都是好的，都是美好的，都会受欢迎。但是为什么这些地方都没有酱瓜卖呢？现在可是市场经济，哪里有卖点哪里有商机，一定就会有人经营有人把握。

前不久，在柳州的一家超市，终于发现了久违的酱瓜，它被商家隆重地推出在一处显赫的地方。买下了，回家里，一尝，果然，味道无穷。过两天，吃完了，再去买，买不到了，说缺货，得等。

（《农民日报》，2007 年 1 月 6 日，编辑：沙丘）

# 上海春卷

能吃上春卷，有点富人过日子的味道。

春卷只有拇指大小，也只有拇指般短长。

进一家店里，坐下，叫一盘春卷，两盏醋碟，蘸着吃，又酥又脆还不腻，含口里也化了。特别喜欢里头的一点萝卜丝儿，把一节春卷咬开来，萝卜丝儿冒着香香的热气，欲断不断，嘴里已含着，手里仍拿着，满嘴春色，诱人啊。

每嘴馋了，就和表哥卡卡跑北京路上去看三姨。

说是看三姨，那是借口，奔春卷来的。

三姨见了我们，吟吟一笑。俺们肚子里的肠子，几道弯，她能不知道。但是她不说破，只吟吟一笑。

坐谈了会儿，说，饿了吧，走，吃春卷去。

这时，我们早已对春卷望眼欲穿，急猴得也不知暗示了三姨多少回儿了。

遂一齐站起来，走出门，拐个弯，进到一店家。

三姨待我们坐定，要两盘春卷，三盏醋，笑眯眯：吃吧，吃吧。

最先我们以为得计，以为三姨是傻大头，挨我们骗吃骗喝还不晓得，还乐呵呵。哈哈在心底快乐得意地笑。

后来懂得三姨是晓得的，装傻呢。自己就挺不好意思了。

不好意思了，我们商量着，最后坚决决定，还得找三姨，只有三姨肯拿春卷招待我们，我们应该义无反顾，不能不去，不能不吃！

但是，再去，脸上就总带上傻傻羞羞的笑了。

三姨见了我们，不动声色，什么事也没有发生，仍笑吟吟坐谈一会儿，说，走，吃春卷去。

这些年住在桂林，突然发现桂林也有春卷卖了，好不欢喜，就差要雀跃起来。静子见了我这副馋样儿脸挂微笑。但是有先见之明，温柔地劝道，还是不买的好。

我说，别样的俺啥都听你的，这回见了春卷，就让俺不听你的一回，成不？

静子见看样子阻拦不住，就任便了。

我把春卷买下了，激动得一口大啖，啊呸，什么春卷嘛，老娘的烙饼也没这么又硬又韧，又粘又涩。

静子见状，也忘了扮淑女形象，不禁樱口一开，哈哈大笑，然后才赶忙掩了嘴，偷偷地四处一望。总算还好，没惹人注意，注意到了的，又都是绅士，假装没看见。

而俺的痛苦却需要人看见，有谁看见？

美好的春卷啊！

（《农民日报》，2007 年 1 月 13 日，编辑：沙丘）

（选入《2007 年度中国报纸副刊作品选萃》）

## ☁ 儿歌

我讲写文章不要什么意义，只要把废话写得好写得漂亮就行了。我的朋友们都反对，他们讲要有意义，要教化于人。我听了哈哈大笑。那些没有办法把文章写得好写得漂亮的人，才教化于人，才搬出一些道理来唬人。他们再不搬出这些东西来唬人，你说他们还能吃上干饭吗？我写文章的时候，深有感触，漂亮的废话写不出来了，就下意识去找一些"意义"，去"发现"或者阐释这些意义，这时只有"意义"才能拯救我的文章。意义找到了，文章果然顺利写出来啦。关上电脑，我一身轻松，捻须微笑。

林语堂人老了爱回忆，回忆的内容经常是儿时候的人事。有一次他又回忆开了，这次回忆，讲的是在家乡看社戏。社戏演的无非是才子佳人，魑魅魍魉，这些都没有什么新鲜，我在读林语堂这些回忆之前，早读过社戏啦，那是鲁迅的社戏，不管是谁的社戏，总之都是社戏，差不离。所以我一边读的时候，一边就对林先生心下唠叨，先生这回你写这个给我看，可就晚啦，我早已读过别人的啦。不料林先生讲着讲着，就让我感了兴味，他让我感了兴味的地方，也就一句话，就是"唱戏无法，请个菩萨"。他解释说他们乡下人演戏，演着演着常常就忘了词儿，词儿可以忘了，戏却不可以演砸喽，有人急中生智，请了一个菩萨出来救场，菩萨一现万事都解决啦，管你是谈恋爱焦急得没个办法，还是两军相斗斗得难分难解无法收场，菩萨一来，什么问题就都解决啦，哐哐哐哐鸣锣收场吧。幕在菩萨的掩护下名正言顺严丝合缝徐徐拉上了。后来，这个法子就成了所有演戏人不二的救场法门，"唱戏无法，请个菩萨"！很多人写文章，所讲的这个"意义"

就很像林语堂先生幼年时候看社戏里那个"唱戏无法，请个菩萨"。在人类的历史长河上，生命和生活是常演常新的，可是道理，也就是所谓意义，却基本上千古不变，哪有那么多来讲，又哪能轮到像你我这些晚生小辈来讲啊。

"文革"时候，江青同志很急切地想在文学艺术史上留下点青名，她总结出了很多东西，什么三突出啊，什么主题先行啊等，有些总结得还真是那么回事，只是太绝对了，只准有自己的不准有别人的，只有自己的对，别人的便都不对，这就坏啦，犯了众怒，被打倒了。罗素主张参差不同、婀娜多姿，他就得到了世界的拥护。你可以主题先行，你也可以篇篇文章都讲意义，但你也得给我讲废话的权利呀。

刚才我在听儿童歌曲，一直来我觉得自己早长大啦，不适合听儿歌了，可是老眯一定要我听，我也没有办法，他说这些儿歌都是最受儿童欢迎的，你应该听，他以为我还是儿童呢。既然如此，我只好服从了。听了，我的确如沐春风。其中有一首歌，全部的歌词就是这样：两只老虎，两只老虎，跑得快，跑得快；一只没有眼睛，一只没有尾巴，真奇怪，真奇怪！我听罢，哈哈大笑。

（《现代金报》，2006 年 6 月，编辑：余昭昭）

# 人听到的不是自己的声音

　　第一次接受广播电台的采访有点局促。这是个人物专访。我没有想到我会被采访，还要做成专题。

　　电台记者这时等在门外，他的架势都已经摆好：话筒，录音设备等。

　　我穿着工装，戴着防尘帽，正操纵着机器。在机器轰鸣声中，值班工长跑过来，对着我的耳朵大声嚷嚷：罗海，记者想采访你！

　　听清了工长这么对我嚷嚷，我有点激动，心跳加速，但是我还是想到了一些什么，我想对工长说：可不可以不接受采访？

　　工长让我放下手中的活推搡着我，直把我推出门外，我想问的话却没有问出口。

　　等待采访我的记者是个四十岁左右的中年男子，相貌沉静、稳重，是看一眼就使人产生踏实和信任感觉的那种人。

　　于是我就把自己交给了记者。

　　记者问你就是罗海吧，然后伸出手来和我握着。

　　记者的手很厚实，温暖，他握我的手不是象征性地碰一碰，而是结结实实地把我的手完全地握在了他的手心，一会儿才放开。

　　我与一些知识分子也握过手，知识分子的手大都纤细，瘦削，潮湿，弱软，冰凉，而且和人握手总是象征式的。有一次我和南京来的一位专家握手，专家的手伸出来，居高临下地停在离我几乎有一米远的地方，就不动了。那是我第一次和真正的知识分子握手。我赶紧把手伸过去，一握，让我很不高兴：其实这不算是我们彼此握手，他只是等着我把他敏感的手捏一捏，他连五指略微弯曲一下护一护我握着他手的手都不肯。生硬，傲慢，甚至无礼。还有一次我是去拜访一位律师，这是一位三十多岁的女律师，人长得很秀气，秀气的脸上透露着职业的精明，但是当我下意识地伸出手来时，女律师使我十分尴尬，她并不理睬我伸出来的手，我的手就这么僵在空中，然后我才很羞愧地从空中抽回了什么也没有握到的空空的手。羞辱是自取呀，那些教人当代礼节的书上不是写着当男性与异性接触时，除非对方先伸出手打算和你握，不然千万不能主动和对方握手嘛，我怎么忘记了呢。我自己无礼怎能怪别人！但是，我还是心里不高兴：你的手就那么金贵？这个小节可见你这位律师对人的态度。

记者这么握我的手，让我发觉知识分子不全都是以上两位那样骄矜冷漠自我中心的人。我对这位记者进一步产生了好感。

记者在这次采访中问了我许多的问题，比如他问你对你们工厂有什么印象。他这么问，我想到了工人工作环境的恶劣，高温，高尘，你只要看看我现在的模样就知道了，还有就是半夜里偷偷向河里排高超标的污水等。

可是我说出来的话却是领导对我们工人如何如何的关心，我们作为国企应该怎样怎样多为国家做贡献。

我怎么会说出这样的话来的呀，平常不仅未曾演练，我甚至都不会说。未料到它们是潜伏着，潜伏在我的脑海里，关键时刻，就一股拉碴就脸不红心不跳地全冒出来了。

记者说你说真话真说。我就再说了一遍，但是，说出来的还是那话，嘴就不听使唤，就要说那种话。

记者还问你是怎么自学成才的，你已经成为我们市里青年工人学习的榜样了。

我说感谢国家的培养感谢党的培养，感谢我们领导的关怀……

记者听了，又笑，他的笑很温和，我看出里面的善解人意，所以说着说着我就不慌乱了，更顺溜了。

专题播出来后，我听了，怎么也听不出那个被采访，并回答着记者问话的人发出的声音是我自己的声音。

我们的厂医吕医师知道了对我解释：你听你的录音觉得不是你的声音没有什么奇怪，你日常听到的你的声音是从你内腔里听来的，你以为你的声音就是这样的声音，其实和别人听的你的声音是不一样的，你现在听的录音，才是别人听到

的你的声音。

呵呵，原来是这样的呀！

（《成都晚报》，2005 年 1 月 2 日，编辑：史幼波）

## 比如金钱

我的堂弟读初中一年级，有一次我们问他长大了做什么？他说什么也不做。不做你喝西北风啊？他有点不好意思地笑，然后又觉得我们问得有些奇怪，回答说，想买东西到抽屉里拿钱就是了啊。

我们忽然有一点愣了，既而就都笑起来，讪讪道是呀是呀。

堂弟听我们这么讲话的口气，知道是言不由衷，但又想不通我们在哪里言不由衷，为什么要言不由衷。

想不通他也就不想了。

这件事发生在三四年前，现在我们还常拿这件事寻堂弟的开心。

一个初中生对金钱还抱几乎白痴的态度，可见作为商人的我的叔叔和叔娘教育的"成功"了。

我之所以把"成功"两个字要用引号引起来，不是含有讽刺的意味，主要是因为感到有些词不达意。

就是说我认为叔叔和叔娘作为一个商人，在这个一切向钱看的社会里还能把堂弟教育得没有一点金钱观念是成功的，但是，又好像个能算真成功……心情有点矛盾。

一个没有金钱概念的人是纯粹的人是纯真的人，凭这一点他很可爱；但是一个没有金钱概念的人又无异于是个白痴，凭这一点他很可笑，前途堪忧。

这样教育的后果，可能会造成下面这种严重的状况：懂得用钱懂得花钱，花钱如流水，但就是不懂得挣钱，将来可真要喝西北风哩。

就算如此，我对堂弟还是由衷地表示欣赏。上初中一年级了，他还不懂得金钱，是好事，这不证明今后仍然不懂，与那些小小年纪就满是铜臭味的人比起来他是天使。

我表姐的儿子也就是我的表侄就不是这样了，他同很多的同龄孩子一样完全融入这个时代，对金钱有着天生的悟性，懂得金钱的现实含义。

他三岁的时候发生过一个经典故事，表姐常拿来挂在嘴上作为儿子天性聪慧的例子骄傲地传播。

那时过年，表姐带他去给同事拜年。见了面彼此寒暄，几句过后，就要往小孩身上说。表姐就对表侄嘱咐快给叔叔阿姨拜年。表侄便双手一合哈着腰口中念念有词：恭喜发财，红包拿来！恭喜发财，红包拿来！

听得大家先是一惊，既而都开怀乐了：小子聪明机灵！

赶紧拿出红包纷纷往表侄怀里塞。

我可以想见表侄忙不迭地搂着红包，要比所有人更乐了的模样：一脸狡猾而得意的"坏"笑。

表姐说谁也没有教过他，就懂得这么说了。一脸飞扬的得意神采。

中国有两句乍听起来完全不一样的话，一句是：金钱如粪土，仁义值千金；一句是：有钱能使鬼推磨。

前一句表明金钱是不重要的，可以随时抛弃。

后一句表明钱是多么好使。

在不同的时候不同的地点怀着不同的目的，人们的嘴巴里会分别吐出这两句话中其中一句。而且前一分钟说这一句，后一分钟会说那一句，连头脑都不用过，说起哪句来都天经地义。

想来，我的堂弟和我的表侄最后也许不免将途殊而同归，都会说起这种话，像所有已经长大成人的人那样。

（《成都晚报》，2005 年 1 月 23 日，编辑：史幼波）

# 你如果恋爱就去看电影吧

　　余庆庆告诉张融你如果恋爱，就去看电影吧。张融不回话，脸上露着诡秘的笑，似乎心领神会。张融最近是在恋爱了，他的恋人是一位娇小而美丽的女孩儿，似乎随时要小鸟依人的样子。杨志新却说他还需要看电影吗？也是一副心领神会的模样。但是张融果然是带着他的"小鸟依人"在夜幕降临的时候，常常走进龙城路边上的电影院，看电影去了。

　　看电影是恋爱的一种方式，也许自打有电影以来，就没变过。尽管如今看电影越来越退出了人们的日常生活方式，但是在恋人中很多还是愿意选择通过到影院看电影，来增加恋人间彼此的接触和沟通，这尤其在最初的时候。所以现在的电影院，基本上都是出双入对的恋人。如果没有这些恋人，电影院上座率的前景可能就要堪忧。我的一位朋友在融安县长安镇工作，他告诉我一件趣事，有一次他和女朋友去这座小镇的一家电影院看电影，发现整个电影院看电影的人就只他俩。起先让他惊讶，继而觉得颇有诗意。近一千个座位的电影院，就他俩，他们像点缀在一排排空旷座位上的两个小小音符，相依相偎，很诗意。我听了，也觉得有点诗意啊，只是电影院的经理可诗意不起来了。所以我郑重建议为了保证电影院的上座率以及票房收入，政府应该鼓励人们谈恋爱。如果大家总是在恋爱，电影院就火了。电影院火了，就为经济发展做了贡献，就会增加就业。善莫大焉。而且让世界充满爱，世界就更加和谐。

　　十多年前我在广州，发现广州电影院的经理们，在那时就已能敏感地抓住了电影院票房的最好和最高卖点，便是那些一对对恋人。为了能最大地最多地吸

引这些恋人选择看电影，他们不惜重金，将电影院做了全新布置，一方面包装得更加豪华，另一方面更是别出心裁，完全打破了影院座位的传统格局，去除了两个座位间生冷的隔手，设计制作了一张张没有间隔的情侣座，让亲密的爱人能更加亲密地坐在一起，享受看电影的美好时光。这一招立时大受欢迎，生意顿时火红。长安镇电影院为什么竟会发生仅有我朋友一对恋人在看电影的事，原因之一可能就在他们没设计情侣座啊。掌握消费心理是生意人的法宝。

恋爱了就要去看电影。看什么电影也很讲究，蒋平和蒋兆是兄弟俩，哥哥蒋平就经常向弟弟蒋兆传授恋爱了看电影的讲究。他说当你们还隔着一层纸时就选择看恐怖片吧，一场恐怖片未完准保她便投入你怀抱。说完得意地坏笑。蒋兆是我同学，当时我也在一边聆听教诲。不过，听了嗤之以鼻，觉得这算什么嘛。不过现在改变了看法，同意爱情还是应该使点小心计的。小小的心计，是爱情成功的保证。余庆庆对张融说恋爱了，就去看电影吧，大概就是怀着这种意味吧。只有看电影容易使还未确立爱情的人们更容易亲密。没有任何一种活动比看电影让两个人坐得如此贴近，如此天然地亲昵，所以电影走过一百年，去去来来许多人，只有恋人们始终是电影院里的铁杆拥趸。

（《来宾日报》，2008 年 12 月 23 日第 3 版）

# 我们患上了一种时代病

静子说自从家里装了宽带，你就几乎不再买书了。她还给我留了面子，没说你就几乎不再读书了。

我本能地想反驳一句，在头脑里过了她的话一下，就无法反驳了：她说的是实情啊。

我们家装宽带是在 2002 年，那时还住在桂林。

装宽带之前的生活是这样的，我们每次去逛街，我都不会空手而回，一定要买上几本书。那时逛街，阳桥的新华书店，微笑堂上的特价书店这些书店没有逛到，就不算逛了街。

自从装了宽带后，不知不觉就不怎么逛书店，更几乎不再买了。原来每期的《散文》杂志，我都要到报亭去买一本。这几年都在写散文，写散文的人应该买一本《散文》。可是装了宽带后，这本买了多年的杂志也不买了。生活因为网络而在改变。静子有不同的看法，静子建议网络要上，但书也还应该照样买，照样读。她的理由是，通过网络阅读和通过纸质阅读，阅读的质量大大不同，网络使人浮躁，纸质让人沉静。真正的阅读还是在纸质。

我赞同。但我终于几乎还是不再买书，偶尔买回来的书，也几乎不看。

我每天都在网上逛来逛去。

散文中国、新散文、美文，还有天涯的散文天下、红袖添香等这些散文网站都频繁地留下过我来来往往的身影。

有一两年我不但热衷于在这些论坛上逛来逛去，还跟了不少帖，发了不少

言，差点要担任一些论坛的版主。

除这些专门的文学论坛，我每天还要逛许多时事性的综合论坛，像天涯杂谈、新华网论坛、中国法院网的法治论坛等。

这些论坛比阅读报刊有更强的时效，最主要还是一件新闻事件出来，实时地就能了解民众的反应和各方第一时间内对新闻事件的评论。这些全是新鲜的原汁原味的，因此有时也无比尖锐，是在报刊上永远也看不到的。这是网络的吸引力和魅力之处，这种吸引力和魅力，任何报刊都无可比拟。

除此之外每次打开电脑，先要把QQ挂在网络上，QQ上有许多好友，还有不少的群，这上面另有信息需要关注和交流。

累了，也不下网，在网上找人下围棋，动军棋，打扑克，不亦乐乎。

上网成了我最主要的生活。

达英是我同事，有一次在办公室里他突然问我：我是不是得了一种病？

我看他身强体壮，一顿吃三大碗饭，整天在网上逛荡不止，会有什么病！

办公室里所有同事听到了，都直想发笑。

他仍然一本正经，说，我看我得了一种上网强迫症！

听他这么说完，我身上像是被电击了一下。而原来打算嘲笑和正在嘲笑达英的，也不嘲笑了。大家脸上的神情不觉都收敛起来，看样子人人都感到，得了达英一样的病。

（《来宾日报》，2008 年 10 月 15 日）

## 帽子歪歪戴老婆来得快

乡间的词汇充满了对生活的渴求，你下到一座村庄里，总可以寻觅到许多对生活诠释和希冀的民间谚语。这些谚语的表达一般是平和的，虽然带着对生活的沧桑与无奈，对自己渺小和卑微的悲寂，总体上，却是一种冷静。

不像城里流传在坊下的那些民谚，带着浓浓的政治腥味，基本上都是对朝政和官僚的讥讽和嘲弄，解恨是解恨，却已经不是真正来自民间的了。可以猜想得到，这些政治谚语，多数大概就是一些想当官渴望当上官的人，或者已经当官了，只是当着小官而渴望当上更大一些官的人，小知识分子们，倒腾出来的。县委宣传部韦祖祠曾得到过这样一部由正规出版社出版的谚书，我借来读了，读到里面很多的酸味，难免让我想到那则古老的狐狸睁眼盯着那串不能到手的葡萄就说葡萄酸的故事。这样的谚语我不喜欢，它们充满了刻薄和尖酸，既不能安慰人心，也不能挑起人对生活的激情。读着这样的谚语，心情容易灰暗，对生活失望，对生存环境主要是政治生活环境全盘否定，然而又不是指引人抗争，起来改变当下不良的环境，不过仅只是止于牢骚让人消沉颓唐而已。这样的牢骚还是不要发和少发的好，于世事无补无益！

那些来自真正民间的乡村谚语，你很容易分辨，这些谚语就像创造它们的那些主人一样生活在社会的最底层，就像它们的主人一样组成这些谚语生命的每一个字也都是卑微渺小的，也都是不起眼看上去不太能摆上某些人台面的，像它们的主人一样吐露的都是些微小的、个人生命的或者生存的基本愿望，但是它们却起到安静和消解人民内心寂苦的功用，这些在平静中吐露着悲寂的谚语，大多笼

罩一层对生存对自身无力把握的命运的调侃和幽默，因此幽暗里闪耀着亮眼的微光，能让人在吸吮中带着微笑，虽然是一种无可如何的微笑。从这些谚语，能体察到人民温和的性格宽容社会的禀性。使这些谚语，在局外人看来，就变得智慧和有情有趣。

我们柳州乡下就流传许多这样的谚语。

我小时候住着的村庄，不要说什么公路铁路自来水电灯不会有了，就连外出的山路都是曲折难寻，我记得有一回父亲带着我和一帮村人去县城，在山上寻觅着几乎不存在的路，一再迷失了，最后才终于来到县城。外面的世界是如此难以寻觅，我们的村庄是如此的闭塞。在柳州像我们这样的乡村不说二十年前，就是现在也不在少数，因此那里的青年人谈婚论嫁该多么艰难，特别是男青年，本村的女青年有很多都外嫁了，而外面的女子又不愿意嫁进来。如今我们国家特别是乡村男女比例失调，男多女少，村里人娶媳妇难的情况就更严重了，男人四五十岁还打着光棍的都有啊。我小时候，夜晚母亲抱着我哄我入睡，常常会边摇晃着我边唱吟一些民谣民谚，像"帽子歪歪戴老婆来得快"就是她一再吟诵在口上的。长大了一点，理解了这句民谚的字面意思，我感到很好奇很奇怪，就仰着脸问母亲：妈，把帽子戴歪了，老婆就来了吗？母亲听了就笑了。隔壁阿姨听了把我戴着的帽子扯一扯，扯歪了，说你想要老婆啦？一下老婆就来了！我信以为真，吓得赶紧把被扯歪的帽子扯正过来。引得大人们哈哈笑。母亲更是笑得把我搂在怀里喘不过气。没能从大人们那里得到真正的答案，使我对这句话，琢磨了很长时间。本能使我不信，如果真是这样村头阿养叔一直想娶媳妇娶不上，他不会帽子歪歪一戴，老婆不就来了嘛；但是大人们好像又说得那么煞有介事，让我不敢断言否定。总之，从此是不敢把帽子歪歪戴的，生怕一不小心，就来一个人做你媳妇了。那时太小了不知道，凭空来一妹子要做你媳妇那会是人生多么幸福美好的事呵，天上都难求啊！

"帽子歪歪戴老婆来得快"，这样的民谚，将复杂的人生渴求，干脆简单成戏谑的话语，释放了难以得着的对命运的诉求，和不肯放弃的对美好生活的渴念。我太喜欢这样的民谚了。

（《柳州日报》，2007 年 7 月 19 日第 10 版，编辑：肖柳宾）

# 男人腰上的风景

古代男人腰上的风景多为玉和剑。

《礼记》有一句："君子必佩玉"，说明了古时代的风俗。古时候腰中佩饰不同的玉，甚至还成为官衔高低的表示。至于《红楼梦》里贾宝玉腰身上的佩玉叮当，那就更不必说了。

而《古诗十九首》有："使君从南来……腰中鹿卢剑"，腰中必佩剑，更是古时男人们的一种实用装饰，既表现了男子的英武之气，更是为防身之备。秦始皇以九五之尊高坐在宫廷之首，侍卫环立，亦必腰不离剑，可见在古代，男人对剑的衷情。也全靠有这一把须臾不离身的腰中佩剑，才救了秦始皇的命。当荆轲图穷匕首现，操起匕首刺向秦皇之时，秦始皇仓促中全靠须臾不离的一把佩剑得以自保，不然早命归黄泉，历史改写了。李白虽一介文人书生，可是腰中必佩之物也总是一把利剑，衣袂飘飘之际，腰中之剑若隐若现，更显得李白的脱落潇洒。李白起码写过八首与腰中佩剑有关的诗，其中最有名的当数《侠客行》："十步杀一人，千里不留行。事了拂衣去，深藏身与名……"充满了豪侠之气，颇得自古至今之男人们的激赏。蒋介石主政黄埔军校，对每位毕业生必亲赠一枚腰中佩剑，算得承传了古风，也是一件颇有意思的事情。在历史上亦能作为美谈。

当代男人腰中的风景已不再是玉和剑了。在中国二三十年前特别是"文革"时期，腰中的风景多为一根军皮带，亦称武装带，那时候连女子也"飒爽英姿五尺枪，不爱红妆爱武装"了。我小时候每见大哥哥大姐姐们腰中扎着的这一根皮带，就羡慕得不得了，我的一位远房哥哥从军队复员回来，从此他那一根武装带

就成了我的专宠，早晚都得欢天喜地地扎在我的腰上，不仅须臾不离，还要到处去显摆炫耀，生怕别人没看到。

二十世纪九十年代男人腰中的风景是一枚会"唱歌"的BP机。BP机别在男人的腰上，时不时唱起"歌"儿来，提示他"有你忙啦"，是对男人事业的肯定和赞美啊。那时候能有一枚别在腰上的BP机，是成功男人的一种象征和标志。所以很多男人，有了一枚BP机一定要在腰间别得显山露水。以前，那件穿在身上的T恤，下摆总是露在裤头的外面，现在要仔细地扎进裤头里，好让别在腰中皮带上的BP机显豁出来。我一位试图扮装成功人士的表弟那时候就是这样，有时很久也没人扩他，他耐不住BP机的寂寞，就定时给它自己唱起歌儿来，娱乐一下，弄得蛮搞笑。

现在男人们腰间的风景是手机和相机，我的朋友李哥他腰上常别着两部手机一部小灵通，后来又加上一台数码卡片机。这么一来，他这个男人的这一道风景可真就蔚为可观了，真像越战时美军士兵腰间别着的那一排醒目的手雷。不同的是，美军腰间的那些手雷是炸响在别人身上，李哥腰上的这些手机全炸响在自己身上，有时这些手机一块叽叽咕咕连片响起来，真会弄得李哥手忙脚乱。李哥告诉我这三部手机，一部是接家人电话专用，一部是工作之用，那台小灵通在市内使用。李哥说别的手机是可以关机的，家人的这部手机一定是二十四小时开机。他这么一解释，我感到特温馨，从手机的设置上看出李哥真是个有情顾家的好男人。

写到这里，我想，明天男人腰上的风景又会是什么呢？

（《江阴日报》，2010 年 1 月 26 日）

# ❀ 没有手稿的时代

　　有一次河马来到我的书房找书，一顿日本鬼子进村式的搜寻，旮旮旯旯翻遍了，八路的没有找到，也就是说他想要的那本书怎么找也没有找着，但是却意外地翻出了几张破纸片，这几张纸片是他在几年前写给我的一篇文字。这些文字虽然也有几处思想的闪光，也有一两段的妙语连珠，却总不能算锦绣文章或千古绝唱什么的。收到同学朋友同事用笔写给我的东西，早些年可多了去了，当初自然不会上心保存，看完了，哪儿顺手丢哪儿了。河马却在那里哇啦哇啦地大大地有意见起来啦，嘿嘿嘿直嚷，说你看你看教育你你不服气，不教育你吧还真不成。他把那几张纸捏在手里夸张地甩着，纸张在他晃动的手中一张一合地漫天飞舞，说这可是我的手稿啊，知道不，这是手稿啊！手稿怎么啦？手稿怎么啦？他把已经瞪大的一双老鼠眼骨碌碌努力瞪得更大了，望着我，难怪别人不情愿开导你了呀嘿，手稿就是文物，懂吗？听他说"文物"我忍着没笑。有一天，比如我为了抢救国家财产或者救个小学生中学生什么的光荣了牺牲了，它不就价值出来了嘛。再退一万步说了，有一天，就算我没能惊天动地平平常常地离去，见字如见人哪，你怀念我了把这些手稿拿出来，不就像我又生动活泼站你面前了嘛。多么珍贵的东西呀，你现在怎么还找得着?！的确是耶，现在早就是电脑时代了，无纸化时代了，你要想看到某某亲笔给你写的一些文字或者一封信，那只能在梦里去想望了。我对河马说，你嘿快先从凳子上安安稳稳给我下来吧，要贫嘴站稳地上贫吧你。

　　小时候俺虽然不是文学少年，却也挺爱读书识字的，最喜欢的，就是拿了本

当月出版的文学杂志，反复琢磨封二封三上的作家手迹。估摸着要写成怎样的字才会出息成一名作家，那时的感觉还真颇有心得。语文老师上作文课最爱说的一个故事就是巴尔扎克的。巴尔扎克成为大作家后，他曾对他的邻居老太吹牛说，一个人能不能成为作家，看他小时候写的字就可以了。有一次，老太就拿了本小学生作文让巴尔扎克评价，请巴尔扎克先生看看写这本作文的小子，将来是否可以成为一名作家。巴尔扎克打开来看了，嗤之以鼻，说你劝这小子趁早做其他事吧。老太听了乐了哈哈大笑，说这小子就是你呀。我们听了也乐了呵呵大笑。现在，如果巴尔扎克生活在今天，小时候用电脑写作文，长大了用电脑写作品，这些逸事就没了，这些鲜活的教育文学青少年的宝贵材料，就不存在了，多让人惋惜呀多可惜呀。现今，文学杂志几乎也不再登作家手迹了，我猜不是不想登不是不愿登，是难有得来登了。

联合国一直在做着一件事，各个国家包括我们中国都很配合，都极力支持，都感觉重任在身，就是规划和保护人类文化遗产。作家、艺术家们的手稿都是人类宝贵的文化财产。我的小侄虽然现在读五年级，也在考虑这个问题了，他曾以学校民意代表的身份向校长建言，凡是我们学校的写作苗子，平常他们用电脑写作文外，学校应该规定他们，每人都要向学校上交至少一份手写的作文，以便珍藏。他还打算进一步向我们市的市长建议，市政府应该尽快保存市里每位作家至少一份手稿。他这个建议不知及时告诉了市长没有。

（《山西晚报》，2009 年 12 月 21 日第 22 版）

# 那些退出生活舞台的随身之物

## 手绢

上学前每次母亲总要问：手绢带了没有？

带了。

然后她整整我的书包，说，好了，走吧。

我背起书包蹦蹦跳跳上学去了。

在学校我们唱着"丢手绢，丢手绢"做着丢手绢的游戏。手绢是我们的生活用品，也是我们的游戏之物。

中学毕业的时候，情窦初开，一位女同学送我三样东西：日记本、钢笔和手绢。

手绢上的花骨朵儿是她亲手绣的，红艳艳的，是几朵我的家乡在三月四月里到处可以见着的美丽的映山红。

我记得临毕业的那年早春，我和她去踏青，满山的映山红初开，绿的叶红的花，开在向阳的山坡上，她指着这满山的花骨朵儿问我喜欢吗，我说喜欢。

毕业的时候她就送了我带着映山红美丽倩影儿的手绢。

可是我们并没能有情人终成眷属。

很多年以后再见面，想起曾经的那一方手绢，怀念是无比的美好。

在过去的岁月里手绢是情物更是俗物，是生活中的一种用品。但是因为它是贴身之物，带着身体的温度，许多人对它就多了很多用心和讲究。

女孩子要把小小的一方手绢除了要叠出各种好看的模样，还要洒上几滴香

水，才会满意地藏在身上。用料上也讲究，丝质的、绸缎的，颜色和花样更是翻新。

最好最能向人炫耀的手绢，就是那种出口转内销的。做工明显的好，档次明显地高。我的三表姐那时是十七八岁的年纪，她总能不知从哪里淘到出口转内销的手绢，然后忙碌着分派给好友。因此她的人缘极好，朋友一大帮。我也被爱屋及乌，时常分到一两条手绢。这用来出口的东西真是好，质地软和，结实耐用，用了许久还是新崭崭的像刚买的一样。

十八岁时到广州当兵后，时代就变了，我的女朋友是部队上的一名军官。广州的天气总是热的，第一次约会不知是被广州的天气热的还是被自己的心急的，额头上尽冒汗。女友很体贴，说抹抹，然后低头从她口袋里抽出一张纸巾递我。她低头抽口袋的时候，我还以为她是要拿她的手绢给我，有点儿心动，没想到却原来是一张纸帕儿。

以后凡用到手绢的时候她就递纸巾给我，那种只有递手绢才有的特别心动的感觉没了，还觉得太浪费，你看，用手绢多好，脏了洗洗，能再用。可是我不敢把自己的真实想法讲给她听，怕她嫌我土老帽儿。久而久之，将就着她我也就用惯了纸巾，手绢在不知不觉便退出了自己的生活，手绢的浪漫情调也只有在记忆里才能回味了。到今天二十年了，都没再用过手绢。

几年以前，刘晓庆曾发表宣言为了节约资源，用餐时自己将拒绝使用一次性筷子，并倡导所有同人都拒绝一次性筷子。我觉得如果影星们都能这么做，很好，名人就应该是大众的表率，随着他们的表率作用，影响到民众，民众跟着改变不环保不节约资源的生活观念和习惯。

我就想，有一天，不知不觉中就退出了我们生活的手绢，由于环保等原因会不会被再次记起，重新成为我们生活的新宠，回到我们温暖的身上，再一次被我们爱惜地折起，放在身上，被我们重新温暖。

## 手表

少时让我倾慕的手表，不知哪天，不知不觉中，从我的手中摘下，就再也没有戴上。取代它的先是BP机，后是手机。现在，我所先后戴过的那几块表，记得似乎还放在衣柜里，真去寻了，却寻不着，奇怪地消失了无影无踪了。

手表曾是我须臾不离的随身之物，白天戴着，晚上睡觉了，也戴着。一旦脱下，手腕会见有一个鲜明的手表印痕。

我喜欢时不时看一眼手表，成了习惯，自己还不知道。跟女友桔如约会，有一天，她终于说，你有事？没有啊！那你怎么老看表，还以为你有事呢！惊出我一身冷汗。这哪成，看表误俺谈恋爱，要改要改。以后若不必要再不敢随意看一眼手腕上戴着的手表了。真没事，就算有事，再大的事，也比不过与你谈恋爱呀。

从小就喜欢手表，喜欢它的精致，喜欢它行走有至，永远步态从容，不疾不徐。小时候爱抬起母亲的腕来，将她手上的手表贴在耳朵上，仔细地聆听它发出的嘀嗒嘀嗒声音。这种声音既有着金属的清音，又有着音乐的韵律，在我听来不仅无比美妙，更是十分奇妙：它怎么永不疲倦呢？终于有一天偷拆了母亲的手表，打开后盖，看到表壳里边真是巧夺天工，无比的精密，精细，容不得随意摆弄，赶紧就合上了。从这点也可看出，第一我是有点探究心但没有穷究精神，第二我对完美精致的事物有着一种下意识的膜拜，不敢动手亵渎更不敢轻易破坏。

喜欢手表的人很多，我在中学读书时的同学杨少华就是一个。杨少华理大背头，穿牛仔裤，有时还戴上一副蛤蟆镜，一身时髦打扮。他戴的第一块手表日本西铁城，是那种能自动上链的。那时我们戴得最好的也就是上海牌手表，和西铁城一比，外观就无比土老帽儿了，更不要说其他，更别说什么自动上链。上课的时候下课的时候，杨少华都要时不时甩一甩戴着表的手腕，让手表上链。他知道没必要这么甩动，手表也会自动上链，可是他偏爱甩，动作有点夸张，有点炫耀，引来我们很多同学的白眼。他不在乎，有时甚至还故意甩得更加夸张些。

后来他哥哥去了趟广州，给他带回块电子表，他爱不释手，西铁城就很大方地随意送给了一个同学。

这块电子表，夜晚会发光，还是一块会唱歌的电子表，他整天玩不够，每次下课，他都要玩一玩，让表唱一轮歌。令我们羡慕不已。

再后米，有史多同学的哥哥去了广州，一天王志强同学的哥哥去了趟广州回来，甚至带回一麻袋电子表。王志强约我们男同学晚上上他家看表。

晚上全班的男同学都去了，还来了不少女同学。打开麻袋，顿时眼前现出一麻袋电子表，花花绿绿，各式各样，多得数不清，看得眼花缭乱。王志强很得意，头一抬，对我们说，大家随便挑，统统五块一只。这么便宜啊，我们一哄而上，你抢我夺，最后每人都选了几只。

第二天，班上同学腕上几乎清一色电子表，老师来上课竟然都发现了，露出惊讶的表情，这种表情凝固在老师脸上，逗得全班同学忍不住哈哈大笑。

## 钢笔

父亲送我一支镶金派克钢笔，十分名贵，也十分珍贵。说名贵是因为镶金派克钢笔一般地方根本买不到，是到上海的友谊商店买的；说它珍贵是因为它是父亲送我的少有的礼物。

同学李云看见了，李云说，卖给我吧。不卖。李云说，你开多少价都行。没有可商量的。我再次坚定地回答。李云说，你不卖哪天我偷你的去。你敢！

我谅李云不敢，这可是金子做的钢笔，非一般寻常物。

可是有一天，李云竟真的把它偷去了。

他得手了，还对我诡异地一笑。我见他这种诡异的笑，赶紧一摸口袋，笔已经不见了。

其时老师正在上课，我狠狠地盯着李云。报不报告老师，这是一个问题！如果报告老师，偷这一支笔，李云也许会要被关拘留所，也许还要被学校开除。

李云其实已经被一所学校开除了，靠了关系才到我们学校来读书的，他将面临再次被开除的命运。

回到家我告诉了母亲，母亲想了想，握着我的手，说，人家喜欢，虽然他擅自拿了不好，你就当是送给他了，好不好？

这件事就这样烟消云散了。我"送"给了李云一支我最钟爱的钢笔，而这一支钢笔在李云未来命运的途中，会扮演什么角色，会对他的人生产生影响吗？又会产生什么样的影响？

不单是这支钢笔，我所拥有过的钢笔都是我的钟爱之物。不同时期除了这支派克钢笔，我还拥有过上海产的英雄钢笔和我们本地产的不知名号的多种钢笔。我都细心地保存。

为了使书写更加如自己的意，我还用心改造钢笔。一种方法就是用钳子直接把钢笔尖弄弯了，直到自己感觉适意为止，还有一种方法是细活，就是将笔嘴在磨石上慢慢打磨。拗弯的笔可以写各种字体，打磨好的笔适合写狂草，或者适合随心所欲地龙飞凤舞。这些对钢笔进行自我改进的方法，自然是跟人学的，在我们的学校，那时曾一度成为时髦，人人动手加工自己的钢笔。

平常，在我身上时刻都会带上一支钢笔，别在我的上衣口袋上，露着一点尖尖的笔帽。

而同学王志强最搞笑，他经常在他上衣口袋上并排插着三支钢笔，而且笔帽的颜色各不相同，通常是红蓝和黑。他把笔整齐地插在上衣口袋里，经常雄赳赳地背着手在我们小镇的街道上徜徉。有人走过他身旁他就咳嗽两声挺挺胸脯，让插在胸前的三支钢笔的笔帽更加显豁，他成了我们小镇上最带有文化气息的人，我们戏称他"文人"。

我到部队当新兵的时候，我的小姨娘正在一座叫马鞍山的江南城市里做金笔厂工人，她教导我现在出了社会了，不比做学生，为人处世更要乐善好施，要广结善缘，为了使我能乐善好施广结善缘，她特意从马鞍山寄了她厂里生产的许多钢笔给我，多到足够我向全排的战友每人送一支！

收到了钢笔我立即遵照执行，在一个冬天却温暖如春的晚上，屁颠屁颠捧着一扎钢笔，奔向全排每一个战友，不管认识不认识，更不管有没有交情，都恭恭敬敬赠送上一支。

我的这些战友多是来自农村的老实本分人，收到我的钢笔人人受宠若惊，万分感激。一时我在排里十分受人爱戴，让我在部队的处境立马改善。

所以为人处世做事情，有长辈的指教，必高人一筹啊。

# BP机

大凡现代科技的产物，命运都不长，BP机就是。

在我们小城，BP机从横空出世到退出人们的生活舞台，前后仅仅几年光景。真是昙花一现。但是它也像昙花一般开得茂盛、开得热烈，开得惊天动地，它在我们小城城一诞生立即风靡开来，席卷全城。就像现在几乎人人都有手机一样，那会在我们小城上也是几乎人人都有BP机。人在街上走，常常会发现嘀嘀嘟嘟一街都是BP机动听的声音。

我们单位，起先是个人购买，后来领导发现BP机是一种控制部属的极佳工具。一天，在酒桌上，对搞采购的四哥吩咐说，去，买一批BP机来，一人发一只。四哥以为领导在搞默，或者是喝蒙了，不当回事。第二天，领导追问，才明

白是个正事。高兴得屁颠屁颠立马办了。一时，单位上下人人屁股后头挂着一枚嘀嘀着响的 BP 机，好不高兴，别的单位员工知道了羡慕不已。

我摸着新发下来的这枚 BP 机也是高兴不已，周围的朋友许多人都有了，自己也老早想买一只，通信店去看了好几回，还没下定决心，主要是高不行低不就，领导英明，一句话就给解决啦。

晚上还在兴头上拿着 BP 机端摸呢，突然 BP 机就嘀嘀嘀地响了起来，还在手上呜呜地震动着跳舞，吓了一惊。连忙一看，原来是领导扩来。到门外电话亭复电话，领导啥也不说，只说赶快过来。以为有急事，打了车就往单位赶。到了，气喘吁吁推开领导的办公室，领导正盘腿坐茶几前，悠然地玩着茶道，见我来了，说，没事，请你来喝茶。让我哭笑不得。

这以后，无论工作还是休息，半夜三更也不例外，时不时领导就会让我的 BP 机唱起歌跳起舞，"请我来喝茶"。对 BP 机的兴头是彻底没了，倒弄得浑身的神经紧张。一天见四哥垂头丧气的模样，一问才知道也是被领导发的 BP 机折腾得不成样。我们单位小十来个人，因为 BP 机，这下二十四小时可全都在领导的掌控之中了。没想到科技的发明会变成对人的折腾。

我表弟刚从大学毕业，说为了找工作方便，一毕业就买了一只 BP 机，可是买回来，一天二十四小时，甚至一连几天都是静默，让他好不沮丧，恨不得让 BP 机随时都唱一唱跳一跳，实在寂寞，忍不住干脆自己玩 BP 机让它在手中唱歌跳舞，聊胜于无。他对我的 BP 机时不时就有嘀嘀嘀的召唤羡慕得不行，那种眼神充满了渴望。而我却羡慕他的 BP 机总是乖乖地不出声不吵烦主人，恨不得什么时候再也听不到 BP 机的召唤。什么事情都是这样，圈内人和圈外人，总是互相羡慕。拥有的人羡慕没有的人，没有的人羡慕拥有的人。

谁也没想到，称雄一时的 BP 机，没几年在风头正劲时，一下就被手机取代退出了历史舞台，我腰上的那枚 BP 机现在丢在抽屉一角，已经被遗忘好多年。

不知是因为对通信科技的迅捷发展已经没有了新鲜感，还是因为领导的为人处世有了改变，自从我们的 BP 机被手机取代后，领导也不再动不动就召唤我们了。有传说是他家夫人吹耳边风的结果。说他夫人常告诫他八小时以外，应该尊重员工的个人生活，不要随意打扰。家有贤妻事事皆谐。特别是做领导的身边有一贤妻，不仅是他的福气，也是属下的福气。

（《南国今报》，2012 年 9 月 28 日第 93 版，编辑：韦巍）

# ☁ 当素食成为一种时尚

忽然素食就成了一种时尚，同事、朋友见面常常会问：你素食了吗？我们院子里已经有好几位成了素食主义者，彼此见面探讨最多最热烈的都是素食的话题。

静子每见他们讨论就会觑着我笑，她是笑我绝不可能成为一个素食主义者，她常这么说我："一餐不见肉，两眼就发绿"，弄得我总有点不好意思，有些惭愧。其实静子每次煮好菜，如果没有肉，我并不表态，只会默默坐下来吃饭。她竟然会发现我一餐不见肉，眼睛就发绿啦？

我的表现应该算相当好了。我的表妹夫张先生对肉的热爱更到不能理喻的地步，他是一餐也不能缺肉的。有一次表妹煮了一回素菜，开饭的时候，表妹夫张先生坐下来，拿起筷子忽然看到了，立即就放下筷子，粒米未沾站起身，径自出门去了。不一会儿回来，手上多了一袋从市场上买来的油滋滋香喷喷的叉烧，这才心满意足坐下来有滋有味一口叉烧一口米饭吃起来。与表妹夫张先生共事的同事都知道，你无论怎样招惹我表妹大张先生都可以，但你不能不让他没肉吃！

打小我就很欣赏那种大块吃肉的生活，《水浒传》里把能大块吃肉大碗喝酒，张扬成一种理想。事实上能大块吃肉大碗喝酒就是中国百姓千古以来的理想。而在我看来，这不仅是一个理想，更是一种应有的实际生活。人可以没有很多东西，但是不能没有肉。

可是时尚总是以颠覆传统为己任，没有不颠覆传统的时尚。因此现在的时尚就是做一个素食主义者。

前不久我们到风景胜地龙女沟玩，龙女沟招待我们的就是全素餐，桌上虽然也摆着八大碗十大碟，可是既不是鸡鸭鱼肉，更不是海鲜生猛，一律的是园子里种的、山野里挖的各种蔬菜、野菜。虽然没有大鱼大肉，那些山笋、野蕨、鱼腥草等竟然也美味可口，吃得我们大为开怀。不少人当场便决定，从此做一个素食者。在热烈的议论中他们立即为素食找到了很多的好处，诸如绿色环保不杀生健康人生呀等，让人人都信服应该做个素食主义者。我也信服了，对静子说回去我们也做个素食者啊。

　　回到家果然静子从此每餐上桌的菜肴再没带一点荤腥，素菜朝天。几天以后，我嘟囔说，嘴巴淡出鸟来啦。静子卟哧地笑，也不说啥。第二天餐桌上照例两三碟素菜，不过最后竟多了一碟炒猪耳朵！让我不禁大喜，满嘴有滋有味大啖起来，真个儿吃得畅快淋漓。

　　饭后静子笑眯眯问我：猪头肉好吃吗？好吃好吃！我连忙地答。静子又笑眯眯地告诉说，那不是猪头肉，那是假肉。

　　顿时让我大为惊讶。

　　静子打开了电脑让我看互联网上说的何谓"假肉"。原来有一种工艺可以使素食做得像各种各样的动物肉，比如猪肉鸡肉等，不仅形态像口感更像，完全乱真。网上说自从有了"假肉"这种食品，追求素食主义时尚的人就更多了。

　　中国人真是太聪明啦。

　　我暗下决心：既然能有"假肉"可吃，从此俺要做个坚定的素食主义者。

（《山西晚报》，2009 年 11 月 23 日第 23 版）

# ☁ 写信

自从买了电脑，对于写信，我常感到两难。

我还记得早两年，市报副刊部主任叶老师第一次来看我时，说到写文投稿，他曾婉转地告我，文章写得好不好，当然是主要的，但是，字写得好不好，也不是不重要。我想，当时我脸肯定就红了。他说的是什么意思，我自然心知肚明。就在他来看我的前不久，编辑部还打过电话来问我，你的稿子，某某，某某是什么字。

不说他们，早在读中学时，父亲就一再指责过我的字写得像鸡爬。而且好像他很不明白，他们这一辈，我的伯父及他等，字写得虽说不都是书法，至少是像模像样。到了我们这辈，特别是我这"龙头老大哥"，写的字就别提了，要多难看有多难看，让父亲嗤之以鼻，真是恨铁不成钢啊。我自己呢很不服气，不是不服气自己的字为什么就写得差，从此好好练字，而是不服气父亲的批评，字写得差怎么了？这种心态，自然往下更没有好结果了，字写得越来越差。先父亲还督促我练练字，后来见我是扶不上墙的泥，心也就冷了发觉理也没用懒得理了。

没想到前几年我突然打算舞文弄墨起来，字写得差，就像叶老师暗示的，可就不是"写得差怎么了"，而是成了大事，也许就意味着，你可以用的稿子会因为字差难认甚至认不得而被编辑枪毙。这下可让我急了。

好在现在科学发达了，有了电脑（我感谢科学及时发达到让我们这代赶上了能用电脑来代替写字），赶紧就把电脑买回来。有了电脑写稿，我也轻松，不用因为用笔写不好字而焦头烂额了；编辑也不会读不清我的稿子了，皆大欢喜。

尝到了用电脑的甜头，这以后，不单是写稿用电脑，写信也跃跃欲试，想用电脑了。

但是，并不敢贸然用。有一次，在与一位朋友交谈中，我试探他，说到了关于用电脑写信的事。他一听，差不多跳起来，愤愤然地冲口而出说哪个用电脑给他写信，他肯定看都不看就丢到纸篓里去。让我听了简直心惊肉跳，心底像《水浒传》中的人物那样暗中叫了一声"惭愧"，庆幸自己全靠未表明打算今后用电脑给他写信，不然想不定惹得他恐怕立即会和我绝交了呢。

可是，除了他和某些我拿不定会不会计较我用电脑写信的人外，很多我都开始忍不住慢慢用电脑来替代笔写信了，或者先是用笔，互相熟了，渐渐地改用电脑。

不久前无意中读到了大作家朱以撒先生的散文《古典牵挂》，一时又让我不知所措起来。他对于别人用电脑来给他写信说："我弄不清楚为什么不亲自援笔，给我一点亲切。"然后说了一通古先人用笔写信的美好后，叹喟道："现在，这样美妙的古典简札是越来越远去了。透过电脑打出来的方块字，我的眼睛运行一目十行，清晰无误，可是我的心却毫无知觉，不能上升到审美这个层面上来。我全然看懂了文字内容，却无法透过文字内容去捕捉里边的心境。"让我吃惊，用电脑打出来的字，就捕捉不出里边的心境，那你怎么阅读变了铅字的文学作品，人家又怎么读你的书？像天天与文字打交道的朱以撒先生，都不能接受电脑打出来的信，别人呢，更可想而知了！

自这以后，搞得我犹豫好久一律都不敢用电脑给人写信了。可是，我发觉，不用电脑写信，在这个凡事讲效率的社会，不单浪费时间，如果把信的内容也看着是一种资源的话，还浪费了这种资源。用手写的信，写好了，一般是不可能都复抄一份留下给自己的，便寄出了。可是有些信实在还是一篇可以让更多读者读的文章哩，或者里面的一段话一个句子，很美妙，就此埋没了，实在有点对不住它们，可惜。那会我还没有电脑的时候，只好很费时间挤时间抄下来以备写文章用。现在有了电脑了，在电脑上写信，信打出来寄出去，底稿只要按一下鼠标，存盘起来，便万事大吉，真是优哉游哉啊。我真奇怪了，朱以撒先生是写文章的人，竟会弄不懂用电脑写信有太多好处的道理！有些作家，比如贾平凹，原来也是很顽固的反对用电脑写作派，现在好像也改变过来了。电脑这种东西不管别人用怎样的感情对待它，厌恶它也好，喜欢它也罢，像许多科学发明一样，总将按自己的步伐前进，取代旧事物。就像当初钢笔取代毛笔，虽然遭到许多人的反对，说从此中国再也没有美好的方块字了那样。

当然，朱以撒先生的怀旧心情可以理解，我自己虽然总愿意用电脑给人写信，如果收到别人用手写的信，还是格外的高兴，说得自私点，真希望别人给我的信都手写呢。但如果别人总用电脑给我写，我也高兴。用手写信的人，说明他是一个恋旧的人；用电脑写信的人，他应该是一个讲效率的人。而不管给我的信是用手写还是用电脑写，我都能够读出写信给我的人的心境和对我的感情。而且，如果你的字不单写不好，像我一样常常还让人难以辨认，那么我劝你，还是用电脑写，让人看得清清楚楚的好，不然不仅大家吃力，还可能误事呢。

当然，尽管是这么说，有时我还是不拒绝拿起笔来给人写信。我想，选择是用笔写信或是用电脑写信，还是应时制宜吧。

（《广西日报》，2002 年 3 月 15 日 B3 版，编辑：蒋锦璐）

# ☁ 有种的别走

　　难怪要说我们这里是南蛮之地呢，在我们村上，不管男人女人，老人小孩，话吵不上三句，就会捋袖捞腕，大打一场。光吵架不动手，村上人是不屑的。有些地方人，比如四川人，做游郎，来到我们村上，有时把东西卖贱得心痛了，便嘟嘟嚷嚷讲脏话。四川人骂人，天下有名，可是，他就是光会骂人，绝不动手。四川人一骂起来，村上就有人站出来，恶狠狠地推搡他，意思要挑起打斗。可是，不管你怎么粗暴地推搡拉扯，四川人就是不还手。闹得我们村里人都觉得没趣。

　　我读初中的时候，我们村上人和邻村村上人将打架发展到了城里。我们农村人所说的城里，也就是那时还叫公社的公社所在地。记得那是二十世纪八十年代初的一天。公社驻地虽然不大，就两条街，可是在街心，却建着一个大广场，广场里起着许多的带着更多大砖柱的墟棚。墟日子的时候，方圆十里八地的人们都来这里赶墟，人来人往，熙熙攘攘，好不热闹。平常日子，就不是这样了，整个墟棚几乎没有人迹，空旷得人走过心都感到空落。这块场地就给打群架，提供了绝好的场子。打架就发生在墟棚里。那不仅是一般意义上的打架，简直就是一场有准备的战争。前一晚我想邻村也是同样，家家户户都在摩拳擦掌，有组织地进行着准备：哪家的哪些人一线冲杀，哪家的哪些人，二线保障。在一线冲杀的，就准备下棍棒刀枪，刀是那种农村人上山砍柴的大砍刀；枪就是火铳，开一枪，杀伤力可以是一片。但是光伤人，不会要人命。我们还临时制作一种土手雷。所谓土手雷，当然跟真正意义上的手雷不完全沾边，就是拿各种大大小小的瓶子，装上才出窑的生石灰，再盖上盖子，拧紧，临时打开来，灌上水，再拧紧。扔出去，它就会像手雷一样炸起来，具有一定的杀伤力。平常我们制作这种土手雷，用来巡河炸鱼。打群架的时候，成了很好的武器。二线搞保障，最首要的任务，就是准备下担架绑带，以便到时在火线上抢救伤员，并把伤员抬回村里。那天群架打起来，两村人顺着街道，分别由南北两端依借着墟棚廊柱的掩护，猫着腰，弓着背，不时开着火铳扔着土手雷，时而小心翼翼，时而奋不顾身，向广场中心发起进攻。但是，这场架最后没有打完，政府很快调来了驻地的部队。全副武装的部队，也不说话，一排一排列着队，迅速插在了两村人中间，就这么把两村人隔开了，沉默地站着。人民解放军，亲人哪。见状，两村人都没有人再动手，自动地，慢慢地撤退了。

村上人打架，其实上并没有什么深仇大恨，甚至连仇恨的边都谈不上，就像这次打大规模的两村人的群架，无非是因为邻村有人说了我们村人的坏话。就相约下了这场打斗。

打架既是村人证明自己的机会，也是一种乐趣。

当然，当打架成为乐趣的时候，是有点可怕。

但是，我们从不害怕，只是让外人感到害怕。

另外，像这种大规模的打架并不多见，我在村上生活了十多年，也只有这一回。

不管大架小架，架打完了，一般种下的并不是仇恨。很有趣的倒可能是架还没有打完，打着打着，双方就打成了朋友，携着手，笑呵呵家里喝酒去了。

(《成都晚报》, 2004 年 9 月 19 日, 编辑: 史幼波)

# 武林高手

　　俺时常把自己幻想成身怀绝技的武林高手，走在高山崇岭就想，路两旁呼啦啦会涌出打家劫舍的匪徒来，行在通衢街衢，走着走着就会遇着横行乡里的恶霸。俺展开绝世神功，或将匪徒们打得狼狈鼠窜，或将恶霸教训得奄奄一息只剩一口出的气，入的气还有没有就说不定了。

　　这么想着，俺会暗自高兴好半天，兴奋好半天，沉迷好半天，然后整整衣衫，昂首挺胸雄赳赳走出门去。

　　这一日俺来到长沙，长沙是中国革命发源地的省会城市，早就心向往之，不可不逗留逗留，四处瞧看瞧看。俺坐在公共汽车上正兴致勃勃观赏繁华的街市，忽然心下一紧，一沉，伸手一摸，平素装大钞的口袋竟然不知何时，已然是空瘪瘪的了，当下一惊非同小可，长沙的偷儿手段竟恁地高强，俺半点没知觉，就懵懂地着了道儿？俺在南京旅游时，也是在公共汽车上碰到过一次偷儿，那偷儿趁着车上人多拥挤，一点一点挨到俺的身边，然后趁俺一意痴迷地看着街景，贼手伸进了俺西装的内衣口袋。正是将得手未得手之至，俺忽地惊觉，用手一拍胸口，正把这偷儿的手巧巧地拍在衣袋里。俺手在外贼手在里，正像武林高手的过招，内功比较，一时还不能分出上下，僵在那里，凝在那里。俺仍拿眼望着窗外，只用余光瞅着贼脸。只见贼人竟也不动声色望着窗外，手就一点点空着从俺的衣袋里脱落出来。俺看他面带微笑，俺便也面带微笑，任他手脱出只要不带了俺的钱。贼人脱手后，走向后车门，公共汽车一停站，下车便走了。走的时候好像还回头看了看俺，面目大有钦佩神色。俺很是得意，记得还特意向贼挥了挥手表示再会了。俺出门在外，从未着了贼人的道儿，被贼人偷盗得手过，难道这次在长沙竟失了手？不禁一阵地心慌意乱，下了车悻悻不乐地往旅馆赶回去。走进旅馆到了房间不觉眼睛一亮，原来钱并没曾被谁偷了去，是俺出门急忙了，换衣服时，把钱放桌未拿匆匆走了。呵呵呵。

一次，俺发奇想，要作弄作弄偷儿。这一日出门，口袋里鼓鼓地塞了一沓百元大钞，大模大样走上街去。不一会儿，便引来几双鼠眉贼眼的目光，或远或近地在俺的口袋上下翻飞。俺眼见着了，心里一乐，视而不见，仍大大咧咧满街地瞎逛。只见贼儿前后夹攻、左右一挤，顿时把俺这一扎百元大钞移花接木了。俺仍装着痴埃，但是一转身却反悄悄地跟着了这帮得手的偷儿。只见他们在一街巷的拐角处似乎拿着俺的那一沓百元大钱，正自气愤不已、骂骂咧咧哩，看得俺掩嘴偷乐。原来，这百元大钞是俺下的一套子，哪是什么百元大钞呀，不过是一沓冥币罢了哩！恶俗恶俗，俺也把人家偷儿作弄得挺恶俗一回了哩，好玩。

可是昨儿俺在柳州的时候，却是真正地着了一回偷贼的道儿。俺才下火车，行在广场的大街上，走着走着忽觉不对，感到裤兜被一似乎铁器一类的硬物碰着，立马想是偷儿的铁镊子，来不及有什么动着了，先下意识赶紧发一声喊。只见路人被俺这一声大喊，惊了一吓，纷纷回头，俺也回头，一看一把镊子果然还在俺裤兜里，偷儿被俺这一声大喊，给喊木了，呆在当下。可是，他却并不扭头跑了，看神色也不惊慌，只是一时呆了罢了，就站在俺面前。俺眼见了，气上心头，贼大胆！俺一边摸着口袋证实钱未曾被偷，一边气愤愤责道：你干吗？偷儿不答，俺真想使出本领来，将此贼扭派出所去。但一想，俺还能明白俺这武林神功什么的本领，是俺自个儿幻想着虚拟的，真实的自己哪有什么本领！不但扭不过人家，搞不好人家立马来了援手，让俺吃不了兜着走呢。再说了你就算把偷儿扭派出所了，按国家目前的法律，也不能怎么奈何得了他，至多关上两天之后他想干吗还干吗。不禁沮丧，再不多说话，扭头走人了。行到偏僻没人处，赶紧把裤兜里侥幸没被偷的一叠百元钞放在贴肉的衬衣口袋里，只在这裤袋里放着不足百元的零钞，再到闹市里瞎逛。这回俺是万分地警惕百倍地小心，时不时用手按一按裤兜。正在俺打算打道回府时，不禁啧啧而叹，尽管俺如此小心谨慎，竟仍然不知什么时候着了偷儿的道儿，裤袋里头的钱一毛不剩不翼而飞了。好在把大钞都及时转移了。乖乖，柳州的偷儿硬是了得啊。俺就像《水浒传》里的鲁智深明知张清厉害，一口气就连伤了水浒山寨里十数条好汉，还是凭着自个儿武艺

高强，看到张清来了，故着不见，不料一石子就被张清撂倒地上，贻笑大方。嘿嘿，罢了罢了，赶紧离开这是非之地为上。

乘车回到家里，吃罢洗罢团身就睡。今早一觉醒来，发觉昨夜睡了个梦，梦中俺又成了什么武林高手，在梦中雄赳赳干着除暴安良的事业，那些偷贼见了俺不是金盆洗手了，便是逃得没了踪迹了，痛快痛快。

（《成都晚报》，2004 年，编辑：史幼波）

# 你能记住别人吗

我想了他N久，才终于想起来，他叫马明搏。

但我装作一直就认出他的样子，始终也同样亲热地拉着他拉住我的手的手，摇着，一边说一些不着边际的话，一边试探着努力把他认出来，结果竟终于认出他来了。

大家都很高兴的样子，有点儿兴奋。

我的确高兴兴奋，为终于也认出别人而高兴兴奋。

马明搏是我中学的同学，一别十多年了。

没变。他望着我这么说。

他变了吗？也许也没变。

一些场合我总是感到十分窘迫，那些场合就是需要认人记人的场合。比如各种聚会。

同学、同事，隔几年不交往，大多我就总记不住了。也一直在认真地设法要记住所有人，可是，最终还是记不住。

有一位社交大师说，你能够在第一时间抢先叫出对方的名字，你就赢得对方一半了。我深为相信，一直尝试着争取做到，苦恼的是总做不到。遗憾哪。

不仅仅是遗憾，有时还烦恼。"你看看那家伙，挺倨傲！"不止一次听有人这么在背后指点我，每听到了我简直感到无地自容：本人是很好讲很低调很恭谦的一家伙呀，一点也不倨傲，只是因为记不住人，只好躲在一边不敢作声呵。可是在别人的第一印象里总不是这样，总要到双方在一块认真交往了，对方才改变看法。

就很羡慕和钦佩一些人物，这些人物，大人物比如周恩来，不大不小的人物比如我们的很多各种级别的领导。要做亲民的领导人，有一个特点就是能记住人，见了某人一面，第二次再见，一边主动伸了手出来，一边就叫出了对方名字。这时，面对的若是一位下下级下下下级，对方便受宠若惊，连忙伸了由于激动而颤抖的双手出来，使劲握住领导的手，尽管领导的手是冰凉的也感觉十分的温热，对这位领导立马生出亲信的心，这一握手、叫名字也许让这位下下级要幸福地记忆一辈子；面对的若是一名平头百姓，这位平头百姓也同样会连忙伸了由于激动而颤抖的双手出来，但是多了一点儿怯怯的样子，握着了领导的手，这一握手、叫名字也是要让这位平头百姓记忆一辈子。

记住别人，实在是人生的要诀。做领导能记住别人，会大大增强团体的亲和力、凝聚力。做小民百姓能记住别人，生活上也将诸多方便，还可能形成竞争优势。

我一位表嫂在柳石路上开了一家百货小店，她的店虽小，生意却兴隆。这让我感到挺奇怪，表嫂的小店所卖的东西既不比别家的多什么，也不比别家的更便宜，可是人家就是乐意来表嫂小店买东西。一次表嫂给我揭了谜，她告诉我，她之所以比别家卖得好，除了与别人一样讲产品的质量，讲服务的态度，更靠一点：记得人！她说只要来她店里光顾过一次的，就算你没买东西，她也能记住。若是这位顾客再来，她能一眼认出来。这总是让回头的顾客有点惊有点喜，然后生出信赖和亲近。生意也就越做越兴隆了。

"表嫂，你总是刻意地记住顾客？""不是，天生的。"听了表嫂这么回答，又让我有点黯然，我是学不来了。

不过记不住人，也有它的好，最大的好处是不能记仇。比如某某某某得罪了我了，某某某某在什么时候什么地方对不住我了，有时一时气愤不过，就要想：总有一天我要以牙还牙，以颜色还颜色。可是，时间一长，日子一过，不记得了，或者只留下点模糊印象，什么牙呀什么颜色的，什么什么呀，一笑而过。

心平下来，就想：这样也很好！

自然这说的是一些小睚眦，如果是大仇呢，会不会也不记得？本人没有大仇大恨，便说不上来了。

（《柳州日报》，2008年9月20日第6版）

## 自己的日记

我应该是从读初中开始写日记的。

第一次记日记是在一个秋夜。那个晚上月亮皎洁，从窗外一直照到我的床上，照到我的脸上，照在了我的眼睛上。我本来是睡了的，睁开眼来，看到月亮透过窗户正望着我，和我对视了。我静静地看着月亮，月亮静静地看着我。突然心里有一种非常想用笔记下这时的月亮的冲动。连忙找来纸和笔，也不开灯，就着月光的朦胧，匆匆地写下了我的第一篇日记。这篇日记只有二十八个字，是一首打油诗。

第二天我去买来了一本日记本，把这首打油诗抄在了第一页上。

我的第二篇日记仍然记的是月亮。秋天的夜晚是纯静的，落叶无声，铺在地上，在月光的照耀下，它们悄然地显现着纤细的美和宁静的美。月光将它们打扮得如此的静美，让我的心灵受到震撼。我无比地喜欢这些银子一样洒下的月光，和被月光照耀着的这些梦幻般的落叶。我握着笔再一次记下了我眼里的月亮以及落叶。

就这样我开始了记日记。

到我高中毕业的时候，已经记了二十多本日记。

高中毕业后从军，县武装部的高参谋将领我们到部队。临走前他说你们一样也不用带，就带两条腿走路，一张嘴吃饭，行了。我们听了，都笑。除了部队发的，大家果然差不多什么也没带。军人就是要干练、简洁。可是我却带了一只沉甸甸的大旅行包，走路的时候，需要另一位战友帮我一同拎着。高参谋发现了，对我大眼一瞪，大为不满。当他知道里面装的是我写下的几十本日记以及一部大

字典时，顿时转怒为喜，大为高兴，"军队需要文化人。"他说，还在队列前把我大大地表扬了一番。

我除了最初记的两篇日记写得比较抒情，比较受自然变迁的感动而外，后来的日记基本总记的是自己生活中遇到的事和人，基本上不写自然的风物了。那时我想，我把这一切都记下来，等到很多年后，我再来翻看它们，那将会是一种怎样的乐趣，会给人一种怎样的回悟！

正因为这样想，那时我写的日记总是很长，千把字是最起码的，几千字常有。那些点点滴滴的生活，那些与人交往或听闻而来的活灵活现的话语，都是我热衷记录的；还有我对这些事对这些人的所感所想，更是我要记录的。除此而外，那时记日记也是我修养自己的一种手段，每到晚上深夜人静，就要想一想今天收获了什么，有哪些教训值得记取，什么事情做好了，什么事情做得让我羞愧，然后拧开笔，打开日记本，一个字一个字记下来。

在军队，特别是新兵，作息有着严格的规定，该睡觉的时候睡觉，该起床的时候起床，每天更有着艰苦的训练，就是这样，再累在夜深人静的时候，我还是要打开手电筒，靠着电筒的微光，坚持将一天记下来，从不间断。晚上记日记很快被班长发现了，不久也被查夜的连长发现了。当他们知道我在写日记后，好像是一块商量好了的那样，对于我的违反作息，全都装着没看见，没人干涉我。这种关照，我知道那都是出于军人对文化的敬仰。

我以为我会一直这么地记下去，大约是在七八年前，我却没任何缘由地突然停止了记日记。直到现在也不再记日记了。

我想了很久，为什么不记日记了？最可能的原因是因为有一天我突然开始喜欢上了写文章，直到今天，有好几年几乎每天都写。也许写文章取代了记日记。文章和日记都是心灵的记录心灵的回音，在我来说，它们合二为一。

尽管如此我还是写下了大概百余本日记，我没有任何私密的抽屉及箱子，我又不想家里人翻看，这样我只好每写完一本日记，就用写着年月日的纸条封起来，搁在书架上。我的父亲和母亲果然从没去翻看。

奇怪的是这些日记，许多年来，就这么封存着，我竟也没有任何的好奇和兴趣去翻一翻看一看。

有一天我是不是会去读读自己的日记？

（《武汉晚报》，2009 年 9 月 27 日第 32 版）